Uaigheanna agus Scéalta Eile

Uaigheanna agus Scéalta Eile

Daithí Ó Muirí

Cló Iar-Chonnachta
Indreabhán
Conamara

An Chéad Chló 2002

© Cló Iar-Chonnachta 2002

ISBN 1 902420 57 8

Obair ealaíne an chlúdaigh: *Seacht* le Seán Ó Flaithearta
Dearadh clúdaigh: Tom Hunter
Dearadh: Foireann CIC

Tugann Bord na Leabhar Gaeilge
Bord na Leabhar Gaeilge tacaíocht airgid do Chló Iar-Chonnachta

Tugann An Chomhairle Ealaíon
cabhair airgid do Chló Iar-Chonnachta

Clóchur: Cló Iar-Chonnachta, Indreabhán, Conamara
Teil: 091-593307   **Facs:** 091-593362   **r-phost:** cic@iol.ie
Priontáil: Clódóirí Lurgan, Indreabhán, Conamara
Teil: 091-593251/593157

Clár

Uaigheanna   7

Suíocháin   31

Litreacha   109

Scéalta   155

UAIGHEANNA

Uaigh I

Fear déanta cónraí an bhaile seo mé. Cúpla bliain ó shin iarradh orm cónra ar leith a dhéanamh. Ceann ina mbeadh spás do dhá chorpán taobh le taobh, cé nach luífeadh ach corpán amháin inti, mar a míníodh dom. Fear saibhir sprionlaithe, a raibh cónaí air leis féin i dteach mór ar imeall an bhaile, bhí sé tar éis bás a fháil. A shearbhónta a chuir glao gutháin orm go mall san oíche agus dualgas air uacht a mháistir a chur i bhfeidhm. Ba é an chéad rud a dhéanfadh sé ar maidin an íocaíocht a chur i mo chuntas bainc.

Rinne mé an chónra, a dhá oiread níos leithne ná mar ba ghnách. Theastaigh dhá sheastán nua, a dhá oiread níos leithne, le dul fúithi. Chuir mé glao ar an searbhónta agus mhínigh mé an scéal dó. Cuireadh tuilleadh airgid i mo chuntas bainc.

De réir cosúlachta, cuireadh go leor airgid i gcuntas bainc fhear an tí tórraimh mar bhí air an carr tórraimh a chur chuig an ngaráiste. Chuala mé gur oibrigh beirt innealtóirí lá agus oíche chun cúl an chairr a leathnú.

Theastaigh uaigh a dhá oiread níos leithne agus fostaíodh beirt bhreise chun cúnamh a thabhairt don bheirt reiligirí lánaimseartha. Agus ordaíodh leac chuimhneacháin a dhá oiread níos leithne ón saor cloiche.

Sa séipéal ba é an sagart féin a d'oscail an dara leath den doras mór dúbailte chun an chónra a ligean isteach. Ní dhéantar seo ach Domhnach Cásca agus Lá Nollag, chun slí isteach agus amach na sluaite a éascú. Ag an tsochraid tugadh faoi deara go raibh an tseanmóir a dhá oiread níos faide ná mar ba ghnách. Agus gur caitheadh a dhá oiread uisce coisricthe ar an gcónra. D'oscail an sagart an dara leath den doras arís chun an chónra a ligean amach chun na reilige. Faoi cheathair, dá bhrí sin, a osclaíodh an dara leath den doras an bhliain sin.

Tháinig ceathrar mac an fhir mhairbh ó na ceithre hairde agus d'iompair siad an chónra go dtí an uaigh. Theastaigh ceathrar eile chun cúnamh a thabhairt dóibh. De bharr gealltanais airgid a chuir an ceathrar sin a nguaillí faoin gcónra. Níl a fhios an de bharr gealltanais airgid a d'iompair na mic an chónra, nó ar dhualgas clainne é.

Bhí a dhá oiread daoine ag an adhlacadh ná mar a bheadh súil leis, fear é nach raibh mórán aithne ag an bpobal air, ná aige orthu. Ní mé ar íocadh iad, nó ar le teann fiosrachta a tháinig siad.

Uaigh II

Nuair a tháinig mise chun an bhaile seo bhí fear tar éis bás a fháil. Fear a raibh fuath ag gach duine dó, a raibh gangaid i mbéal gach duine a labhair faoi.

Níl uaigh domhain go leor chun a chorp a chaitheamh síos inti. Thochail siad síos faoi na sé troithe go dtí gur theastaigh dréimire chun na reiligirí a ligean síos agus aníos. Roimh i bhfad ní raibh dréimire fada go leor le fáil. Agus ní raibh aon mhaith le sluaistí. Piocóidí, oird agus siséil a úsáidtear anois. Bíonn foireann ag obair ann ó mhaidin go hoíche. Teastaíonn lampaí. Tá caidéal ann chun uisce a tharraingt aníos. Caidéal eile chun aer a ligean síos. Os cionn an phoill tá gléas mór adhmaid le rópaí ag rith ar rothaí miotail chun na hoibrithe a ligean síos agus aníos.

Tá droch-chaoi ar an reilig. Seanbhuicéid phollta caite thart, barraí rotha briste, maidí adhmaid, páipéir ó lón na n-oibrithe. Na cosáin ina bpuiteach ag an oiread sin daoine a thagann chun an obair a fheiceáil. Locháin uisce ar gach taobh. In aice leis an uaigh tá cnocán mór cré agus smionagair atá á scaipeadh ar fud na reilige ag cosa na ndaoine. Tá an chré agus an smionagar seo le feiceáil ar urlár an tséipéil fiú, mar bíonn sé de nós ag na daoine cuairt a thabhairt ar an reilig sula dtéann siad ar

aifreann. Tuigtear go nglanfar an salachar seo uile nuair
a bheidh an uaigh críochnaithe. Agus, freisin, gortaítear
daoine ó am go chéile. Bristear cos nó lámh. Thit balla
na huaighe síos agus plúchadh duine. Bhuail taom croí
seanoibrí. Sciorr gasúr isteach san uaigh agus maraíodh
é.

Uair nó dhó d'fhiafraigh mé cén drochrud a rinne an
fear atá le cur san uaigh. Dúradh liom gur fear é a chuir
a mhallacht ar mhuintir an bhaile ar leaba a bháis. Cén
fáth? Mar go raibh an dearg-ghráin aige orthu. Cén
t-údar a bhí aige? Ach chuir an cheist an oiread sin oilc
ar dhaoine nár chuir mé na ceisteanna eile a d'eascair ó
na freagraí éagsúla a tugadh dom. Ní bhaineann sé
liomsa ar aon nós. Is strainséir mé.

Sa teach tábhairne gach oíche seinnim le ceoltóirí an
bhaile. Tá meas ar an gceol sa bhaile seo agus tá
maireachtáil ag mo leithéidse ann dá bharr. Cúpla
scilling ag deireadh na hoíche ó fhear an tí, cúpla pionta
agus gan orm lámh a chur i mo phóca. Tugaim faoi
deara nach mbíonn ar an mbúistéir lámh a chur ina
phócasan ach an oiread, go gceannaítear deoch dó i
gcónaí. Deirtear liom go bhfuil cónra an fhir coinnithe
ina reoiteoir, agus drogall ar dhaoine dá bharr feoil a
cheannach uaidh, a ghnó tite siar go mór. Bíonn sé ag
ól ó thús na hoíche. Déarfainn go n-ólann sé an
iomarca. Is minic a chonaic mé daoine á iompar abhaile.

Gach oíche, tar éis dúinn seinm ar feadh tamaill,
sroicheann muid an tráth áirithe sin nuair a bhíonn an
ceol ag rith chomh líofa ónár méara go stoptar gach
comhrá, go mbioraítear gach cluas, go ndífhócasaítear
gach súil—gach oíche agus an ceol ag obair ar chosa na
ndaoine ina seasamh ag an gcuntar, an tráth sin den

oíche sroichte agus fear nó bean ar tí léim amach i lár an urláir chun geábh fiáin damhsa a dhéanamh—ansin tagann na hoibrithe isteach ón reilig. Iontaíonn na héisteoirí uainn agus cruinníonn siad timpeall orthu. Brúchtann an nimh i gcroí gach duine. Ní bhíonn ach eascainí agus mallachtú le cloisteáil ar gach taobh.

Tá tamall maith le caitheamh fós sula bhféadfaidh muintir an bhaile seo dearmad a dhéanamh ar an mallacht a cuireadh orthu.

Uaigh III

Bhí deich raidhfil sa teach nuair a thosaigh na saighdiúirí ag déanamh fáinne timpeall ar an mbaile. Chuala muid go raibh siad ag cuardach na bhfeirmeacha ar an imeall, na cróite, na sciobóil, na garraithe. Go raibh go leor daoine tógtha acu, gur thug siad drochbhualadh do chuid eile.

Chuir muid fios ar an dochtúir. Míníodh an scéal dó. Dá mbéarfadh na saighdiúirí ar na raidhfilí ní muide amháin a thógfaí ach leath an bhaile. Go mbeadh na céadta saighdiúir anseo roimh dhorchadas. Dhófaí tithe. Chéasfaí ógánaigh. D'éigneofaí mná. Shínigh sé teastas báis mo sheanathar.

Chuir muid fios ar an sagart. Dúradh leis gur fritheadh mo sheanathair marbh sa leaba ar maidin. Rinne sé comhbhrón linn uile agus chuir sé an ola dhéanach air. Bhí orainn uile cuma an bhróin a chur orainn féin. Cé gur dheacair é b'éasca é i gcomparáid leis an gcuma bháis a chuir mo sheanathair air féin sa leaba.

Fuair muid cónra. Chuir muid na raidhfilí isteach inti. Os a gcionn luigh mo sheanathair tar éis é féin a bhearradh agus a ghléasadh ina chulaith Dhomhnaigh. Cheannaigh muid beoir agus fuisce. Thosaigh na comharsana ag teacht. Bhí tórramh ann.

Tháinig na saighdiúirí ansin. Chuardaigh siad an teach ó bhun go barr, sna cófraí, faoi na cairpéid, thuas san áiléar. Tógadh ainm agus uimhir gach duine. Scrúdaíodh an teastas báis. Ghoid siad airgead a bhí thíos i gcrúiscín, rásúr ón seomra folctha, fáinne ó sheomra leapa. D'ól siad an fuisce agus d'imigh faoi dheireadh gan an chónra a chuardach.

D'éirigh linn a áitiú ar na comharsana imeacht ar a trí ar maidin. Chuir muid glas ar na doirse agus bhí ceiliúradh beag againn as an mbuille a bhuail muid ar an namhaid. Líonadh gloiní dúinn uile agus d'ól muid sláinte a chéile cruinnithe timpeall ar an gcónra a raibh mo sheanathair ina shuí inti agus straois air go dtí an dá chluais.

Ar maidin chuaigh mo sheanathair i bhfolach faoin leaba agus d'iompair muid an chónra amach go dtí an carr tórraimh. Tugadh go dtí an séipéal í agus dúradh an t-aifreann an lá céanna. Adhlacadh an chónra, agus na raidhfilí istigh inti. Ar ais sa bhaile nach muid a bhí bródúil as mo sheanathair agus as an íobairt a rinne sé? Ach thuig muid nach saol suaimhneach a bheadh aige as sin amach.

Ní raibh muid féin ar ár suaimhneas nó gur éirigh linn mo sheanathair a aistriú amach ón mbaile. Cuireadh é go dtí an chathair ar an taobh eile den tír. Áit nach dtugtar faoi deara é i measc na sluaite. Áit a bhfuil daoine atá báúil leis an ngluaiseacht, a chuireann tithe sábháilte ar fáil dó.

Ní fhaca mé mo sheanathair ó shin. Ach d'éirigh le mo mháthair dul ar cuairt chuige an tseachtain seo caite. Dúirt sí go bhfuil an-imní air. Nach bhfuil an tsláinte go rómhaith aige. Go bhfuil an baol ann go dtitfidh sé i laige ar an tsráid, go bhfaighidh sé bás i measc an tslua. Go n-aithneoidh na húdaráis a chorp. Na méarloirg, na fiacla, DNA. Nach bhfuil an t-eolas ar fad ar na ríomhairí? Gabhfar muid uile. Gabhfar an dochtúir. An sagart. Dí-adhlacfar an chónra agus aimseofar na raidhfilí.

Tá imní orainn uile anois. Deir m'athair gurb é an t-aon seans atá againn anois go mbeidh saoirse bainte amach ag an tír sula n-éagann mo sheanathair. Ansin féadfaidh muid na raidhfilí a dhí-adhlacadh agus iad a thaispeáint don bhaile ar fad mar fhianaise go ndearna muid ár gcuid ar son shaoirse ár dtíre.

Uaigh IV

Bhí fear óg ar an mbaile seo a chuir lámh ina bhás féin.
Le tamall roimhe sin bhíodh sé i gcónaí ag caitheamh
anuas ar shaol agus ar shaothar na ndaoine. Díomhaoin
a bhíodh sé féin, gan é sásta obair ar bith a dhéanamh,
dul chun cinn sa saol. Cén mhaith bheith ag obair? a deireadh sé. Cén
mhaith pósadh, gasúir a thógáil, obair ó mhaidin go
hoíche chun greim a chur faoin bhfiacail? Cén mhaith
an saothrú beatha seo uile nuair nach bhfuil i ndán
dúinn ar deireadh ach an uaigh? Cén mhaith bheith
beo? Cén mhaith leanúint ar aghaidh? Ar mhaithe le
beagán spraoi, gáire croíúil anois is arís, áthas meandar?
   Ní mórán airde a thug muid air. Ach luigh a bhás go
trom orainn uile. Chuimhnigh gach duine ar a raibh ráite
aige. De réir a chéile scaip galar ar fud an bhaile. Dá
bhfeictí tarracóir ar a bhealach suas go dtí an portach ní
bhreathnaítí isteach i súile an tiománaí. Cén mhaith? a
deireadh muid. Dá bhfeictí cúpla duine ag fanacht leis an
mbus chun dul soir chuig an monarcha ar maidin chromtaí
cloigeann. Cén mhaith? Claí a bhí tite inné atógtha inniu.
Cén mhaith? Mhéadaigh an galar. Stop na tarracóirí ag
dul suas is anuas. Níor stop an bus ag bun an bhóithrín
níos mó. D'imigh beithígh ar strae ó gharraí go garraí.

Ach fuair muid leigheas ar an ngalar seo. Ní hé gur tháinig muid ar fhreagraí ar na ceisteanna faoi fhiúntas na beatha.

Gach uair a fhaigheann duine bás ar an mbaile seo déanann muid uaigh a thochailt. Ach ní sa reilig. Na reiligirí atá fostaithe lena aghaidh a dhéanann an uaigh sa reilig. An uaigh ina gcuirtear an chónra leis an duine marbh istigh inti.

Ach uaigh in áit eile ar fad. Áit ar bith ar an mbaile seo. I ngarraí ar chúl tí, ar thaobh an bhóithrín, ar chnocán ag barr an bhaile, i lár an chriathraigh, thuas in uaigneas an phortaigh.

Nós é atá tosaithe le blianta beaga anuas. Faigheann duine bás. Brón. Tórramh. Aifreann na marbh. Sochraid. Adhlacadh in uaigh sa reilig. Díreach ina dhiaidh sin téann muid ar ais abhaile. Tagann muid chugainn féin. Isteach sna gnáthéadaí arís. Fir, mná, cailíní, buachaillí, naíonáin, an corrmhadra, cruinníonn muid uile le chéile ansin. Le sluaistí agus le lánta siúlann muid thart faoin mbaile. Déanann muid suíomh a roghnú agus ansin an uaigh a thochailt. Agus cros a chur uirthi le hainm an duine mhairbh agus thíos faoi, beagán ar chlé, a lá breithe.

Ar an gcaoi sin má thosaíonn an galar ag scaipeadh arís ní gá dúinn ach cuairt a thabhairt ar an uaigh. Seasamh ansin os a cionn, breathnú síos i bpoll folamh an bháis. Breathnú ar an gcros, ar an lá breithe, ar an spás folamh ar an taobh eile. Spreagann sé chun oibre muid, dul suas ar an tarracóir arís, dul ar ais chuig an monarcha ar maidin, an claí leagtha a atógáil.

Sin é é. Uaigh. Ar nós nach bhfuil na mairbh ach imithe uainn, nach bhfuil siad básaithe go fóill. Ach go bhfuil uaigheanna folmha réitithe faoina gcomhair ar aon chuma.

Uaigh V

Murdaróirí muide. Déanann muid daoine a mhurdaráil le gunnaí, le sceana, le rópaí, le clocha. Ní dhéanann muid aon iarracht an murdar a cheilt. Fágann muid an duine ina luí marbh agus uirlis a scaoilte, a sháite, a thachta, a bhuailte caite ar an talamh in aice leis. Is gearr go dtagtar ar an gcorp. Cuirtear fios ar na póilíní. Tosaítear ar an bhfiosrúchán, déantar scrúdú iarbháis, ceistítear finnéithe, bailítear an fhianaise.

I gcónaí gabhtar an duine a rinne an murdar. Cúisítear é. Cuirtear ar a thriail é. Ciontaítear é. Agus ar deireadh crochtar é.

In uaigh gan chros gan chónra i reilig na murdaróirí ar imeall an bhaile a chuirtear an corp. Ach ag meán oíche déanann muid an uaigh a fholmhú agus an corp a dhí-adhlacadh. Faoi choim na hoíche iompraíonn muid an corp trí na cúlsráideanna. Bíonn cuid againn ag faire ag ceann na sráideanna, réidh le comhartha a thabhairt má fheictear aon duine. Dreapann muid thar an mballa mór agus isteach linn i reilig an bhaile. Aimsíonn muid uaigh an duine a murdaráladh. Go ciúin, tosaítear ar obair na sluaistí. Tógann muid an corp amach as an gcónra agus leagann muid corp ár gcomhghleacaí isteach inti. Líonann muid an uaigh arís, scuabann an chré isteach ó gach taobh, cuireann ar ais na bláthfhleasca, glanann gach lorg coise. Ar ais ansin leis an gcorp eile go reilig na murdaróirí, áit a gcaitheann muid síos é san uaigh a d'fholmhaigh muid ag meán oíche. Athlíonann muid í, ar an airdeall i gcónaí ar fhaitíos go bhfeicfí muid.

Ní gá a bheith chomh cúramach sin, is dócha. Ní thugtar mórán airde ar na mairbh sa bhaile seo. Ach tá lá amháin sa bhliain a dtugann formhór mhuintir an bhaile seo cuairt ar na huaigheanna.

Ar an lá sin tagann cuid díobh chuig reilig na murdaróirí. Breathnaíonn siad síos sna huaigheanna gan chros agus bíonn trua acu don té atá curtha ann. Labhraítear faoin maithiúnas. Faoin trócaire. Deirtear paidreacha ar son na marbh.

Ní róshásta a bhíonn an chuid eile den bhaile faoin iompar seo. Ar an lá céanna tugann siad cuairt ar reilig an bhaile. Baineann siad an luifearnach ó uaigheanna na ndaoine a murdaráladh. Cuireann siad bláthfhleasca nua ann. Breathnaíonn siad síos sna huaigheanna agus bíonn trua acu don té atá curtha ann. Labhraítear faoin dlí. Faoi chor in aghaidh an chaim. Deirtear paidreacha ar son na marbh.

Bíonn muide i láthair ag reilig na murdaróirí. Labhraíonn muid faoin aiféala. Faoin náire. Gealltar crosa le hainmneacha orthu dúinn, go gcuirfear cónraí ar fáil, fiú go gcuirfear deireadh le pionós an bháis ar fad.

Ar fhaitíos na díchreidiúna ní mór an méid seo a leanas a chur in iúl. Amanna, sula ndéanann muid an duine atá sáinnithe a mhurdaráil déanann muid dreas cainte. Míníonn muid córas na babhtála. Ar an gcaoi sin éiríonn linn, anois is arís, earcach nua a fháil. Mise, mar shampla, cé go n-áirítear i measc na murdaróirí mé, ní dhearna mé aon mhurdar fós. Seans nach ndéanfaidh go deo.

Uaigh VI

Ina stoirm a bhí sé nuair a díbríodh as an teach mór mé.

Shíl mé gur chóir bás a fháil díreach taobh amuigh den doras. Ionas go bhfeicfeadh duine de na huaisle mo chorp ar an mbealach amach ar maidin. Go n-iarrfaí mo shloinne, mo cheantar dúchais, mo mhuintir. Go mbeadh trua acu dom. Aiféala gur chaith siad amach mé. Náire. Go gcaithfidís níos fearr leis na searbhóntaí eile.

Shíl mé ansin gur chóir bás a fháil ar thaobh an bhóthair i mo cheantar féin. Ionas go bhfeicfeadh duine de mo mhuintir mo chorp ar maidin. Go n-inseofaí mo scéal mar eachtra i measc na n-eachtraí a d'fhanfadh i gcuimhne na ndaoine, go gcumfaí amhráin faoin éagóir, go gcaithfí smugairle amháin dímheasa ar thalamh ar shiúil duine de na huaisle air tamall gearr roimhe.

Shíl mé ansin gur chóir bás a fháil i lár na coille. Go dtiocfadh an mac tíre ar mo chorp ar maidin, go seasfadh sé os mo chionn agus go gcaoinfeadh sé os ard mé. Go dtiocfadh uasal agus íseal ar an láthair ag déanamh iontais den mhíorúilt. Go dtógfaí tuama mór do mo chorp a sheasfadh mar chuimhneachán de thús na ré nua ar feadh na gcéadta bliain.

Shíl mé ansin mo chual cnámh a tharraingt suas ar

thaobh an tsléibhe go bhfaighinn bás as amharc i bpoll
faoi sceach.

Ach gan mórán achair bhí sé ina mhaidin agus an
ghrian ag scalladh. Fúm féin a bhí sé, éirí as an bpoll, an
mac tíre a sheachaint, mo mhuintir a ghríosadh, post eile
a fháil.

Uaigh VII

Bhí seanreilig phrotastúnach sa bhaile inar tógadh mise, a ndeirtí fúithi go raibh taibhse ann. Cóiste, agus fear gan chloigeann á stiúradh, a thagadh amach trí na geataí arda ar phointí a dó dhéag oíche ghealaí, a sciobfadh siúlóirí oíche leis agus nach bhfeicfí go deo arís iad.

Mar ghasúir, ba mhinic muid ag spraoi sa reilig tar éis na scoile. B'áit scanrúil í fiú i rith an lae, ach is cosúil gurbh in go díreach a mheall muid. Chuireadh sí reiligí na scannán uafáis i gcuimhne dúinn, shamhlaíodh muid na mairbh ag éirí san oíche, léimeadh muid amach as áit fholaigh chun geit a bhaint as a chéile. Cuireadh ruaig orainn cúpla uair ach ainneoin sin, agus ainneoin na cainte ar an mí-ádh a thitfeadh ar an té nach mbeadh ómós aige do na mairbh, ba é an reilig an t-ionad spraoi ab ansa linn.

Nuair a bhí mise agus deartháir níos óige liom inár ndéagóirí chuaigh muid suas ann ar a dó dhéag oíche ghealaí agus shiúil muid thart ar na huaigheanna faoi na crainn iúir, shuigh muid ar thuamaí na seanuaisle ag caitheamh *fags* agus ag ól *cider*.

Bhí uaigh amháin ann a raibh céimeanna síos lena taobh faoi leibhéal na talún, eidhneán ag fás go tiubh ar gach taobh, agus doras mór adhmaid ag an mbun le hinsí móra miotail, hanla agus poll eochrach. Bhí ceithre pholl bheaga sa doras seo, gach ceann i bhfoirm chroise. Agus muid óltach, thug mo dheartháir mo dhúshlán dul síos na céimeanna agus mo shrón a chur isteach trí cheann de na poill. Seandúshlán an mhí-áidh a bhí ann. Ar éigean, mar ghasúr, a shiúlfá an bealach ar fad síos na céimeanna i lár an lae ar eagla go n-osclófaí an seandoras romhat, go léimfeadh an fear gan chloigeann amach, go sciobfadh sé chun siúil ina chóiste thú. Is iomaí rith aníos ag screadaíl a dhéantaí. Is iomaí tromluí a bhíodh ar ghasúir faoin eachtra.

Dhiúltaigh mise an dúshlán agus shiúil mo dheartháir síos na céimeanna agus sháigh a shrón isteach sa pholl.

Ní de bharr go raibh eagla orm a dhiúltaigh mé an dúshlán. Dá n-iarrfadh sé orm dul síos, an doras a bhriseadh, siúl isteach sa tuama agus an áit a scriosadh dhéanfainn é le teann diabhlaíochta. Ach mar gheall ar gur rud páistiúil a bhí ann, pisreog na seanóirí a bhí fágtha i mo dhiaidh agam ag an am sin.

Fuair m'athair bás gan choinne an tseachtain ina dhiaidh sin. An tseachtain ina dhiaidh sin arís d'imigh mo dheartháir ón mbaile agus ní fhacthas ó shin é.

Uaigh VIII

Is mé fairtheoir oíche na reilige. Tá teachín taobh istigh de na geataí agus is ann atá cónaí orm. Tagann buachaill an tsiopa ar maidin agus tugaim liosta dó. Filleann sé ag am lóin leis an tsiopadóireacht. Bia agus deoch. Sin mar atá an saol agamsa. Saol na bhfuíoll é i gcomparáid leis an seansaol.

Tá gunna crochta ar an mballa agus cúpla bosca piléar istigh sa chófra in aice leis an teileafón soghluaiste. Tá fógra faoin ngunna agus uimhir theileafóin na bpóilíní scríofa air. Ach níor úsáid mé an teileafón riamh. Agus cé gur taispeánadh dom an chaoi a gcuirtear piléar isteach sa ghunna níor scaoil mé riamh é agus níl sé i gceist agam lámh a leagan air choíche, fiú. Ón taobh istigh, os comhair na fuinneoige, a dhéanaim faire na hoíche, na soilse múchta agus glas ar an doras.

Is áit gnóthach go leor í an reilig san oíche. Tagann na leannáin i ngreim láimhe ina chéile. Tógann siad bláthanna ó na huaigheanna agus bronnann siad ar a chéile iad. Amanna déanann siad collaíocht ar uaigh áirithe a bhfuil leac mhór os a cionn. Níos deireanaí san oíche a thagann na creachadóirí. Folmhaíonn siad na huaigheanna nua agus goideann siad fáinní, crosa, fiú éadaí na gcorp. Na coirp féin, fiú. Iad a dhíol leis an dochtúir, nó a thabhairt abhaile do na cúnna. Cúpla uair níor bhac siad leis an uaigh a athlíonadh agus bhí orm dul amach chun lorg a gcuid oibre a ghlanadh le mo dhá lámh. Amanna feicim na mairbh ag éirí, ag siúl thart ina dtaibhsí, ag fágáil na reilige, ag filleadh ar maidin.

Uair sa mhí tagann ionadaí an phobail ar cuairt chugam. Aon rud as an ngnáth le tuairisciú? Tada, mar is gnáth. Bíonn cathú orm anois is arís gach a bhfuil feicthe agam a insint dó. Ach níor mhaith liom aon stró a chur air. B'fhearr leis gan aon stró a bheith air, ná ar an bpobal. Agus níor mhaith liom an post seo a mhilleadh mar ní bhfaighidh mo leithéid, duine de bhochtáin an bhaile, post ar bith eile. B'fhearr cúrsaí a choinneáil ar a seansiúl don duine a fhostófar nuair a bhásóidh mé, an duine a dhíonfar agus a bheathófar, an duine dearóil a ndéanfar an conradh leis, a dtaispeánfar dó an chaoi a gcuirtear piléar isteach sa ghunna, an chaoi a gcuirtear fios ar na póilíní. An té a mbeidh sé d'ádh air uaigh a fháil mar thuarastal na hoibre seo. Sea, uaigh leagtha amach d'fhaireoir oíche na reilige i gcomhair lá a bháis.

Sin atá uaim. An chinnteacht go bhfuil uaigh ag fanacht liom. Is cuma faoi dhímheas na leannán, faoi shaint na ngadaithe, faoi scian an dochtúra, faoi fhiacla na gcúnna. Ach go mbeidh leac chuimhneacháin ar m'uaigh ionas nach ndéanfar dearmad go raibh mé ann, m'ainm greanta uirthi, bliain mo bhreithe, bliain mo bháis. Sea, fios gur mhair mé méid áirithe blianta. Is leor dom é, agus sílim go gceapann an pobal gur leor dom é freisin.

Uaigh IX

Mise an reiligire. An chéad uaigh eile sa reilig seo níl cead agam í a thochailt. Is í m'uaigh féin í. Sin an chúis nach ligfear dom uaigh ar bith eile a thochailt. Tá muintir an bhaile an-mhíshásta. Ach céard is féidir leo a dhéanamh? Mé a bhriseadh as mo phost? Mo bhás a dheifriú? A mbás féin a chur ar ceal?

De réir a chéile a tháinig cúrsaí go dtí an staid seo.

Tharla sé lá nár thosaigh mé ag líonadh uaighe nuair a d'imigh lucht na sochraide. Thug an sagart faoi deara mé i mo sheasamh díomhaoin in aice leis an uaigh agus an tsluasaid crochta i mo lámha. Shiúil sé suas chugam. An tuirseach a bhí mé? Tinn? An tocht bróin a bhí orm i ndiaidh an duine a bhí básaithe? Líon mé an uaigh, cé gur go mall é.

An lá ina dhiaidh sin cheannaigh mé suíomh do m'uaigh féin sa reilig. Maith thú, a dúirt an sagart, ní mór a bheith fadbhreathnaitheach. Níl a fhios ag duine ar bith againn an uair.

Ansin thuig mé gurbh fhearr labhairt go hoscailte leis an sagart faoi mo chás. An oíche sin chnag mé ar a dhoras. Thug sé cuireadh dom dul isteach sa seomra suite ach d'fhan mé ar leac an tairsigh. D'inis mé dó céard a bhí ag cur as dom. Go raibh mé ag iarraidh m'uaigh féin a thochailt. D'iarr mé cead air.

Níor thaitin an achainí leis an sagart. Dúirt sé gur rud é an bás a thiocfadh gan choinne. Nach dtochlófaí m'uaigh go dtí tar éis mo bháis. Mhínigh mé dó go raibh blianta fada caite agam ag tochailt uaigheanna do mhairbh an bhaile. Agus, le cúnamh Dé, go mbeadh cúpla bliain fós le caitheamh agam ag tochailt uaigheanna do dhaoine a bhí faoi láthair ag siúl thart beo beathach. Ach anois go raibh mé ag iarraidh m'uaigh féin a thochailt. Ach ní bheadh sin ceart ná cóir, a dúirt sé. Níor ghnás dúinn é. Cheapfadh muintir an bhaile gur á maslú a bhí mé. Nach raibh meas agam ar an mbás. Nach raibh eagla orm roimhe.

An chéad uaigh eile a bhí le tochailt agam ní dheachaigh mé síos faoi na cúig troithe. Ba chosúil nár thug lucht na sochraide faoi deara é cé go raibh míchompord thar an mbrón le mothú ag an adhlacadh. Ina dhiaidh tháinig an sagart agus cara le muintir an mhairbh agus d'fhiafraigh siad díom cén fáth nach raibh an uaigh domhain go leor. Dúirt mé nár fhéad mé nuair nach raibh cead agam m'uaigh féin a thochailt. Mhínigh mé gach ar mhínigh mé don sagart cheana. Bhí mé ag súil go dtuigfeadh an duine eile agus go gcuirfeadh sé ina luí ar an sagart cead a thabhairt dom. Ach d'imigh sé gan focal a rá. D'fhan an sagart gur líon mé an uaigh. Thairg sé lámh chúnta dom, fiú.

Ceithre troithe a thochail mé don chéad uaigh eile. Rinne muintir an mhairbh gearán leis an sagart. D'impigh sé orm an uaigh a dhéanamh níos doimhne. Dhiúltaigh mé. Ina raic chogarnaí a bhí sé le linn an adhlactha. Tugadh gach drochainm dár chualathas riamh orm. D'fhan gach duine timpeall ar an uaigh go raibh sí líonta isteach agam.

Nuair a bhásaigh duine eile sa bhaile tháinig an sagart chuig mo theach agus fear óg in éineacht leis. Thug mé isteach go dtí an seomra suite iad. Cupán tae? Bhí sé in am dom éirí as an bpost, a dúirt an sagart liom. Dhiúltaigh mé éirí as. Dúirt sé go bhféadfainn an pá céanna a choinneáil go lá mo bháis. Dhiúltaigh mé. Thairg sé ardú pá dom. Reiligire an bhaile mé agus ní éireoinn as go bhfaighinn bás. An mbeinn sásta uaigh cheart a thochailt an iarraidh seo? Ní bheinn ag dul faoi na trí troithe. Mhínigh mé arís céard a bhí uaim. D'imigh an sagart amach agus fearg air. Ní dúirt an fear óg rud ar bith, níor bhreathnaigh sé orm, fiú, ach lean amach an sagart.

Níl a fhios agam cár cuireadh an corp, má cuireadh. Corp ar bith níor tháinig chuig an reilig ó shin. Níl an sagart sásta labhairt liom. Seachnaíonn súile na seandaoine mo shúile féin.

M'uaigh féin, mar sin, an chéad uaigh eile a thochlófar sa reilig seo. Faraor ní mé a thochlóidh í, ach an fear óg sin a fheicim ó am go chéile ina shuí ar bhalla na reilige ag fanacht le mo bhás.

SUÍOCHÁIN

Tús

1993 an bhliain. Bhí mé tríocha bliain d'aois, céim agam sa ríomhaireacht agus cúpla bliain de thaithí oibre. Ar ais i mo chónaí le mo Mhama a bhí mé, dífhostaithe le breis is bliain tar éis post a fuair mé ar fhágáil an choláiste dom a chaitheamh in aer mar bhí mé tinn tuirseach de. Taisteal ar feadh bliana a bhí i gceist agam. Oirthear an domhain a fheiceáil. Iontais dhodhearmadta. Tuiscint a fháil ar an saol, aithne a chur ar dhaoine éagsúla, filleadh agus tosú ag obair arís. Mo Mhama a chuir brú orm cur isteach ar an bpost a bhí fógartha sa nuachtán. Déanfaidh sé maitheas duit. Cathair ar an taobh eile den tír. Saol nua. Nó an bhfuil tú ag iarraidh bheith díomhaoin ar feadh bliana eile, ar feadh an chuid eile de do shaol? Ní raibh. Sheol mé litir, mo CV agus teastais chuig an gcomhlacht. Glaodh orm chun agallaimh. Mo Mhama a labhair le bean an tí chun lóistín oíche a chur in áirithe dom. Tabhair bricfeasta maith dó. Ag dul chuig agallamh atá sé. I mo chónaí sa taobh sin tíre a bhí mé féin sular phós mé, an bhfuil a fhios agat? Chaoch sí súil orm agus lean uirthi ag caint. Fuair sí amach go mbíodh aithne aici ar dhuine de mhuintir bhean an tí, rud a chuir fad leis an gcomhrá eatarthu. Anois, tabharfaidh sí sin aire mhaith duit!

Maidin an lae roimh lá an agallaimh thairg sí airgead dom le haghaidh an bhus cé go ndúirt mé faoi dhó gurbh fhearr liom síobshiúl. Ach tá sé rófhada. Seo duit agus bí ar do chompord. Ádh mór, a stór. Chuir mé an t-airgead i mo phóca agus d'imigh liom.

Suíochán I

D'iarrfainn peann ar an gcéad tiománaí a stopfadh dom chun go scríobhfainn m'ainm ar mo chaipín. Bhí sé sciobtha aníos ón mbóthar agam, áit ar aimsigh mé é tar éis gach póca i mo chóta mór báistí, mo sheaicéad agus mo bhríste a chuardach. Do mo mhallachtú féin a bhí mé nuair a cheap mé go raibh dearmad déanta agam air agus cuma na báistí tagtha ar an spéir. Ach arbh é mo chaipín féin é? Nó ceann cosúil leis nár thug mé faoi deara nuair a roghnaigh mé an áit seasaimh seo? Níorbh fhéidir a rá go cinnte ach shocraigh mé gurbh é mo chaipínse é agus gurbh amhlaidh gur thit sé i ngan fhios dom agus mé á chuardach.

An carr a stop, ba chosúil le carr rásaíochta é, íseal, biorach, dhá shuíochán. Fear óg agus cuma an rachmais air. Bhí luas uafásach faoi. É ag teannadh an-ghar le haon charr a bheadh chun tosaigh air, sciorradh go tobann timpeall air, chomh sciobtha sin go mbeinn scanraithe murach gur léir dom go raibh smacht iomlán aige ar an gcarr. Faoin aimsir a labhair mé i dtosach, ábhar ar ghlac sé go fonnmhar leis. Mí Aibreáin a bhí ann, aimsir idir dhá shéasúr, slán le fuacht an gheimhridh, súil le teas an tsamhraidh. Ba ghearr go bhfuair sé amach go raibh mé dífhostaithe ach go raibh mé ag taisteal chuig cathair ar an taobh eile den tír chun agallamh a dhéanamh an lá dár gcionn. Chrom sé ar scéal a insint dom faoin gcaoi a bhfuair sé an post a bhí aige. Ba é an chaoi go ndearna sé agallamh an-mhaith agus mhol sé dom éisteacht go géar lena scéal mar go raibh rud le foghlaim agam uaidh.

Le linn dó bheith ag caint liom bhearnaigh sé arís is arís a phríomhábhar–scéal an agallaimh–chun m'aire a dhíriú ar na gléasanna éagsúla a bhronn an post seo air. An carr féin, ar ndóigh, ach an raidió go háirithe. Labhair sé faoi na rudaí seo uile agus mhínigh sé go cruinn a gcuid modhanna oibre. Mé féin, níor labhair mé ach chun cur in iúl dó go raibh m'aire dírithe ar na háiseanna seo, focal molta nó dhó, iontas bréagach, ceistíní fánacha, múineadh, foighne mar b'fhada liom go gcasfadh sé ar ais ar scéal an agallaimh, scéal ar chuir mé an-suim ann.

Bhí cnaipí ann chun glas a chur ar na doirse, na fuinneoga a oscailt, na suíocháin a chur siar is aniar, an teas a mhéadú is a laghdú, an doraisín sa díon a oscailt– d'fhág sé oscailte é chun geoladh deas gaoithe a ligean isteach. Ach ba é an raidió an sméar mhullaigh–seachas an ceann lena chur air agus as, bhí na cnaipí uile ar an roth stiúrtha ionas nach gcaithfí lámh a bhaint de le linn na tiomána. Ardú agus ísliú na fuaime, ton, minicíocht agus athróga éagsúla eile bhí siad faoi smacht ag méara na láimhe deise. Bhí tiúnadh uathoibríoch ó stáisiún go stáisiún ann agus go fiú roghnódh sé–an raidió é féin– an tarchuradóir ab fhearr glacadh don stáisiún. Ghabh sé leithscéal liom cúpla uair agus d'ardaigh an fhuaim chun éisteacht le cinnlínte na nuachta, aguisíní gnó agus eile. Faoi dhó labhair sé isteach i dtéipthaifeadán beag a bhain sé amach as a phóca ascaille, cúpla figiúr agus ainmneacha comhlachtaí, meamraim chun glaonna gutháin a dhéanamh. Ag pointe amháin tháinig bíp beag dúbailte óna uaireadóir—ceann a bhí in ann an t-am aon áit ar domhan a thaispeáint, agus freisin dhéanfadh sé bíp ar an uair nó an leathuair, gach ceathrú uaire, cúig nóiméad fiú, bhí fiche aláram air a bhuailfeadh ag am nó ag dáta faoi leith. Agus rinne sé glao ar an bhfón soghluaiste chun figiúirí agus ainmneacha a rá le téipthaifeadán freagartha, mar a mhínigh sé dom, ar an gceann eile den líne nó de gha leictreonach éigin.

Ar ndóigh, loic na gléasanna seo air ar deireadh, in am na práinne. Cé nach raibh aon droch-chroí agam dó féin go pearsanta, a mhalairt ar fad le bheith fírinneach, bhain mé ardsásamh mailíseach as an gcliseadh seo, beart in aghaidh na cúise iontais a dhéantar as an teicneolaíocht ar cheart di bheith ina cúis mhór imní. Ach seo uile tar éis scéal an agallaimh a insint dom.

Scéal an Agallaimh

D'fhéadfadh duine ar bith post ar bith a fháil ach ruainne beag thar an ngnáthmhisneach a bheith aige. Ní barúil gan bhunús é sin ach eolas a mhúin mo chuid taithí féin dom.

An post seo, an carr seo, na héadaí, an ríomhaire glúine taobh thiar den suíochán ansin, níor cheap mé riamh go mbeadh a leithéidí agam. Ach féach go bhfuil agus cén fáth nach mbeadh? Ní raibh ann ach go ndeachaigh mé chuig an agallamh agus é beartaithe agam cur ar mo shon féin gan aon drogall, náire ná faitíos a bheith orm agus gan ligean d'aon duine an ceann is fearr a fháil orm. Mholfainn duit an rud céanna a dhéanamh amárach. Éist lena ndearna mé.

Isteach an doras tosaigh liom agus caol díreach trasna na hoifige chuig deasc an rúnaí. Gan breathnú suas, síos, ar chlé nó ar dheis ach díreach idir an dá shúil uirthi d'fhógair mé gur le haghaidh an agallaimh a bhí mé ann. Tar éis éirí óna suíochán chun mé a ghrinniú ó bhonn go baithis d'iarr m'ainm orm agus pus uirthi. Tharraing sí m'fhoirm iarratais amach ó chual páipéir agus scrúdaigh í. Ghrinnigh sí mé ó bhonn go baithis arís agus dúirt liom suí agus fanacht. Shiúilfeá féin amach, is dóigh, ach ainneoin na droch-chaoi ar chaith sí liom sheas mise an fód. Misneach, a mhac, misneach.

Níor lig mé don áit cur as dom cé nach bhfaca mé a leithéid de ghalántacht cheana. Na suíocháin thar a bheith bog, ceithre cinn acu, toilg leithne clúdaithe le leathar donndearg a raibh cnaipí orthu ar aon dath buí leis na cosa lúbacha a bhí fúthu. Boirdín le clár de ghloine dhonn in aice le gach tolg agus nuachtáin ghnó agus irisí ríomhaireachta leagtha orthu. An t-uafás pictiúr mór frámaithe ar crochadh ar na ballaí, cruthanna éagsúla ildaite caite i mullach a chéile orthu. Plandaí beaga agus móra i ngach áit, bileoga fairsinge sínte amach taobh thiar de na toilg, crainn chaola i bpotaí sna cúinní, cachtas ard le spíonta chomh fada le do mhéar in aice leis an rúnaí. Agus ar an mballa thall dabhach mhór ghloine líonta le huisce agus thíos inti, feamainn, sliogáin, clocha duirlinge, carraig a raibh maighdean bheag mhara ina suí uirthi agus éisc le stríocaí dearga ag snámh go mall anonn is anall, anonn is anall.

Áit ghalánta, a dúirt mé os ard. Ceist a bhí ann, an dtuigeann tú? Ag súil le freagra a bhí mé ón seisear eile a bhí ina suí ar na suíocháin ar an dá thaobh díom. Diabhal aird a thug siad orm. Drochaimsir, nach ea? Ciúnas arís. Anseo le haghaidh an agallaimh atá sibh, ab ea? Bhí an chosúlacht ar chúrsaí nach raibh aon fhonn caidrimh ar dhuine ar bith acu. Ba chuma liom. A Chríost, a dúirt mé ansin, nach te atá sé anseo, róthe, tá mé ag ceapadh. Agus bhain mé mo sheaicéad díom agus scaoil mo charbhat beagán. Bhí bean ann a bhí ag léamh ceann de na hirisí agus bhreathnaigh sí orm ar feadh cúpla soicind sular sméid a cloigeann orm. Bhí liom, bhí a fhios agam é cé gur lean sí uirthi ag léamh. Muinín, atá mé ag rá, muinín. An dtuigeann tú an doimhneacht bhrí a bhaineann leis an bhfocal sin?

Ba é an nós imeachta go dtagadh duine amach ón seomra agallaimh agus go n-imíodh sé amach sa chlós chun tiomáint leis ina charr fad is a bhíodh an rúnaí imithe isteach leis an gcéad fhoirm iarratais eile. Thagadh sí amach ar ball chun ainm an chéad iarrthóra eile a ghlaoch agus théadh an t-iarrthóir isteach. Duine amach agus duine isteach gach cúpla nóiméad. Agus freisin bheadh iarrthóirí eile ag páirceáil taobh amuigh agus ag teacht isteach chun fanacht lena seal féin. Má bhí teannas ann, agus bhí míchompord ar a laghad, bhí mise ar mo dhícheall chun é a scaoileadh. Ach comhrá ar bith ní dhéanfadh fear ná bean de na hiarrthóirí liom cé go raibh cuid acu sásta cuma na héisteachta a chur orthu féin, fiú an corrmheangadh a chaitheamh liom. Ach ba bhua dom é nuair a thug mé faoi deara gur bhain cúpla duine a seaicéid díobh tar éis tamaill agus gur scaoil fear amháin a charbhat. Sea, níl amhras ar bith ach go raibh teas rómhór san áit.

Bíodh an t-ádh leat, a chomrádaí, a dúirt mé leis an bhfear a d'éirigh chun dul isteach chuig an agallamh. Chaoch mé súil air agus m'ordóg ardaithe os cionn mo dhoirn. D'ardaigh sé a ordóg féin, dúirt go raibh maith agat liom agus isteach leis. A mhaighdean, bhí an chrógacht ag borradh ionam ina dhiaidh sin. Amach leis an bhfear tar éis nóiméid agus ceann mór faoi air. Cén chaoi a raibh sé? a d'fhiafraigh mé de. Ag súil le cúpla leid a bhí mé agus mise an chéad duine eile isteach. Uafásach, a dúirt sé, ordóg dírithe síos aige agus é imithe tharam go sciobtha. Bhí súil gach iarrthóra dírithe orm, iarracht den trua, shíl mé, ar go leor acu. D'ardaigh mé mo dhá ordóg agus mé ag straoisíl ó chluas go cluas. Gheit beirt nó triúr acu nuair a scairt an rúnaí amach m'ainm. Faoi dheireadh, a scairt mé ar ais léi. Bhuail mé mo dhá bhos le chéile agus chuimil go fuinniúil iad. Anois, a dúirt mé, mo sheaicéad orm arís agus mo charbhat fáiscthe. Mhéadaigh ar phus an rúnaí nuair a chaoch mé súil uirthi agus mé ag siúl thairsti go dtí an doras.

Isteach liom go seomra an agallaimh. Áit a chuirfeadh lagmhisneach ar dhuine ar bith, ach amháin, ar ndóigh, orm féin. Bhí sé beag agus cúng gan fuinneog ar bith, fuacht ann a dtabharfá suntas dó tar éis teas na hoifige amuigh, leathdhorcha agus gan ach bolgán lom amháin ar crochadh ón tsíleáil íseal. Bord beag cearnógach ina lár agus fear faoi chóta mór agus scaif ina shuí taobh thiar de ag breathnú suas anuas orm. Bhí beirt eile ann, fear agus bean ar chathaoireacha ar gach aon taobh den bhord agus iad ag stánadh gan stop ar an gcéad fhear. Cúpla slat amach ón mbord, díreach in aice liom agus an doras dúnta agam, bhí cathaoir eile. Chaith mé mé féin

síos inti, d'fhill na lámha ar a chéile, bhreathnaigh go
dúshlánach ar an bhfear a bhí do mo ghrinniú agus
d'fhan mé leis an gcéad cheist.

An chéad cheist a chuir sé orm ba faoi mo chuid
éadaigh a bhí sí. Nach raibh a fhios agam gurbh é an
nós sna hagallaimh, d'fhiafraigh sé, culaith dheas
éadaigh a chaitheamh, léine de dhath geal éigin, carbhat
de dhath a luíodh go deas le dath na culaithe, agus
bróga leathair glanta agus snasta go maith?
Seantreabhsar a bhí orm, dath gorm, seaicéad glas le sip,
carbhat buí, léine le cúig nó sé de dhathanna éagsúla
uirthi, agus buataisí seanchaite le poill ar féidir dath mo
stocaí, dearg más buan mo chuimhne, a fheiceáil
tríothu. Dúirt sé gur mór an masla don chomhlacht
agus dá bhrí sin dó féin go pearsanta, teacht chuig
agallamh gléasta mar sin.

Bhuel, mhínigh mé gach rud dó. Nach raibh aon
éadaí eile agam, nach raibh an t-airgead agam chun
culaith dheas éadaigh a cheannach, léine gheal, carbhat,
bróga leathair nó éadaí ar bith eile. Ach go raibh mé
lándáiríre faoin agallamh seo. Breathnaigh, a dúirt mé
leis, fiú más seanéadaí atá orm tá siad nite. Mé féin a
rinne an níochán, na héadaí a chrochadh ar an líne agus
an léine a iarnáil. Agus tá snas ar an dá bhuatais, cé
nach léir é go rómhaith faoin solas seo. Féach go bhfuil
mé bearrtha agus mo chuid gruaige cíortha. D'iarr mé
air tabhairt faoi deara nach raibh dubh ar bith le feiceáil
faoi na hingne, mo dhá lámh crochta san aer romham.
Nocht mé na fiacla dó. Glanta. D'fhill anuas bóna mo
léine chun cúl mo mhuiníl a thaispeáint dó. Sciúrtha.
Gan dearmad a dhéanamh ar chúl na gcluas, mé i mo
sheasamh agus mo dhroim leis. Ba mhór an dul amú a

bhí air, dúirt mé, má cheap sé gur masla a bhí ann tar éis
an oiread sin ullmhúcháin a rinne mé, gan trácht ar an
stró a chuir mé orm féin siúl san fhuacht ar feadh uair
an chloig mar nach raibh luach an bhus féin agam. Agus
ar aon nós d'fhéadfaí dea-chuma a chur ar amadán ar
bith le culaith ghaisce, ach súil ghéar a theastaigh chun
an fíorlaoch a aithint.

Ansin thug sé faoi mo chuid cainte. B'amhlaidh nár
thaitin an blas, an chanúint, an tuin leis. An duine a
gheobhadh an post seo, dúirt sé, bheadh sé ag plé le
daoine measúla, daoine as ceantair mhaithe, daoine le
hoideachas ollscoile. Cainteoir maith a theastaigh, le
foclóir níos leithne, tuiscint mhaith ar ghramadach agus
ar chomhréir na teanga, foghraíocht shoiléir, duine nach
ndéanfadh botúin mhóra, nach labhródh rósciobtha,
nach bhfágfadh siollaí iomlána ar lár agus nach mbeadh
ag mungailt na bhfocal.

Mhínigh mé dó go raibh mé in ann mé féin a chur in
iúl cruinn go leor agus go raibh a fhios agam é sin go
maith. Blas mo chuid cainte, canúint, tuin, níor chúis ar
bith náire iad ach oiread le mo mhuintir a bhronn orm
iad. Go leor den fhoclóir leathan seo, na cleasa
gramadaí agus castaí comhréire, ní raibh iontu ach cur i
gcéill, bealach chun beagán a rá i mórán focal. Ach, ar
ndóigh, cé go mb'fhearr liom gan mo dhúchas a cheilt
ba mhaith a bhí mé in ann cuma na galántachta a chur
orm féin dá mba ghá. Thosaigh mé ar óráid uasal ó
dhráma scoile, ar mo dhícheall ag aithris ar ghlór mo
mhúinteora, ag cur bail ó Dhia ar mo chuimhne nár loic
orm in uair na práinne.

Ansin rug sé an fhoirm iarratais aníos ón deasc
roimhe. Ach sula raibh deis aige í a scrúdú go géar

d'admhaigh mé go raibh bréag nó dhó ann. Ach cén chaoi eile a bhfaighinn agallamh? a d'fhiafraigh mé de. Cén chaoi eile a bhféadfainn an deis a fháil chun mo chuid buanna a thaispeáint? Cén chaoi eile a mbeadh seans agam éalú as sáinn an bhochtanais agus na dífhostaíochta a leagann an tsochaí agus an chinniúint amach do mo leithéidse? Cén chaoi? a scairt mé air agus mé ag tarraingt mo chathaoireach cúpla orlach chun tosaigh. Leis an ngeit a bhain mé as sciorr an fhoirm iarratais as a lámha. Tháinig cuma imníoch air agus bhreathnaigh sé ar an bhfoirm a bhí tar éis eitilt anonn uaidh gur luigh sí sa chúinne taobh thiar de. Bhí an chuma air go raibh sé idir dhá chomhairle faoi éirí. Chaith sé súil go faiteach ón mbean go dtí an fear lena ais. Iad sin, orlach níor chorraigh siad. Ba chosúil nár bhain siad a súile de ó thosaigh an t-agallamh. Bhreathnaigh sé síos ar chlár lom an bhoird ar feadh cúpla soicind ach ansin thug aghaidh orm arís.

Chuir sé ceist orm nár fhéad mé freagra a thabhairt uirthi. Ba é an chaoi gur theip orm aon mheabhair a bhaint as an gceist. Má chuirtear ceann de na ceisteanna sin ort ag d'agallamh féin céard a dhéanfaidh tú? Iarraidh ar an gceistitheoir an cheist a chur arís? Í a mhíniú duit? A rá nach dtuigeann tú? Éist leis seo. B'éard a rinne mé féin, gan braiteoireacht ar bith, freagra mór fada a thabhairt nach mbeadh sé féin in ann aon mheabhair a bhaint as. Ainneoin gur thosaigh sé ag sciotaíl, gur chroith sé a chloigeann ó thaobh go taobh, go ndearna sé iarracht i ndiaidh iarrachta cur isteach orm lean mé orm ag cur díom gan stop, ag athrú ó ábhar go hábhar, ag tarraingt gach rud faoin spéir isteach sa scéal má cheap mé gur fheil sé don ócáid. Nuair a tháinig mé chun deiridh d'fhiafraigh mé go soineanta de ar thuig sé céard a bhí i gceist agam. Nuair a dúirt nár thuig thosaigh mé arís agus úsáid á baint as na lámha an iarraidh seo, iad a ardú agus a ísliú, na méara a shíneadh i ngach treo, mo chloigeann a chlaonadh ó thaobh go taobh. Ba mhór an spórt é, domsa ar aon nós.

Bhuel, lean cúrsaí ar aghaidh mar seo ar feadh tamaill mhaith, é ag cur ceisteanna orm agus mé ag clabaireacht liom ar nós gur thuig mé agus go raibh dúil mhór agam sa rud ar fad. Bhí cuma na tuirse air, tuirse a mhéadaigh de réir mar a d'imigh an t-am. Nuair a bhíodh mo chuid freagraí tugtha agam bhíodh tost ann ar feadh cúpla soicind, cuma chráite air, ach i gcónaí bhíodh ceist eile aige. Bhí iontas orm nár chuir sé deireadh leis an agallamh.

Faoi dheireadh d'fhan sé ciúin ar feadh b'fhéidir leathnóiméid agus é bán san éadan. Dúirt sé ansin, agus a ghlór corraithe go maith, nach raibh aon cheist eile aige. Bhuel, bhí sé beartaithe agam faoi seo gan imeacht nó go gciceálfaí amach an doras mé. Ní raibh ann ansin ach gur chuir mise ceist air féin. Agus nuair nár fhreagair sé í thug mé féin faoi í a fhreagairt. Ag cur allais a bhí sé gan mórán achair.

Le linn an agallaimh ar fad bhí an bheirt eile ina suí go socair sna cathaoireacha ar gach aon taobh den bhord gan gíog ná míog astu. Bhí deis agam le tamall anuas sracfhéachaintí a chaitheamh orthu nuair a sheachnaíodh fear na gceisteanna mo shúile ó am go chéile. Ba léir dom gur ar éadan an fhir i lár báire a bhí a súile greamaithe. Ach anois d'iontaigh an bheirt orm. Bhí loinnir gháire ina súile. Bhí mé ag breathnú ón mbean go dtí an fear agus ar ais arís. Leath meangadh mór ar an dá bhéal.

Cloigeann cromtha a bhí ar an bhfear agallaimh. Den chéad uair san agallamh ní raibh focal le rá agam. Thosaigh an fear agus an bhean ag sciotaíl agus iad ag breathnú trasna ar a chéile agus ormsa. Go tobann d'éirigh an fear agallaimh, fearg air, shiúil go dtí an doras taobh thiar díom agus amach leis go dtí an oifig. Tá an post faighte ag an mbastard seo istigh, a dúirt sé. Thosaigh an bheirt romham ag bualadh bos agus iad trína chéile leis an ngáire. Bhí sé dochreidte. Ar éirigh liom san agallamh? An raibh post agam? D'éirigh mé agus sheas sa doras. Bhí thart ar scór iarrthóirí ag fanacht san oifig, a seaicéid bainte díobh, carbhait scaoilte, uachtar blúsanna oscailte. An chuid a bhí ann nuair a chuaigh mé isteach, rinne siad meangadh leathan gáire liom agus d'ardaigh a n-ordóga. Rinne gach iarrthóir eile aithris orthu. Bailígí libh, a scread fear an agallaimh. D'éirigh siad agus amach an doras tosaigh leo, duine i ndiaidh duine. Ansin, de rith, lean an fear agallaimh amach iad. In aice liom bhí an rúnaí ina seasamh, agus í ag snagaireacht caointe. Thug sé a chroí agus a anam don chomhlacht seo, a dúirt sí liom agus fearg ina glór. Thug, a dúirt sí agus deora móra ag sileadh ar a dá pluc, agus is beag an buaireamh a chuireann sé ortsa agus a shaol scriosta agat. Bhí an chuma uirthi go raibh sí chun sceilp san éadan a thabhairt dom. Cé a íocfaidh an morgáiste anois, a scread sí orm, céard a bheas le hithe ag na gasúir? Agus amach de rith léi agus hata an fhir fáiscthe lena brollach. Ach bhí an fear suite ina charr agus é tosaithe ag tiomáint leis beag beann ar charranna na n-iarrthóirí a bhí ag casadh, ag cúlú, ag géilleadh slí dá chéile agus ag tiomáint leo go cúramach. Mo dhuine, bhí sé ag bípeáil arís agus arís, an fhuinneog thíos aige agus é ag eascainí ar na carranna eile. Ghéill siad uile dó agus leis an deifir imeachta a bhí air leag sé pota mór bláthanna sular bhailigh sé leis faoi ardluas agus an rúnaí ag rith ina dhiaidh ag scairteadh air, do hata, do hata.

D'airigh mé meáchan ar gach gualainn orm. Maith thú, a dúirt an fear agus d'fháisc mo ghualainn. Agus comhghairdeas, a dúirt an bhean agus d'fháisc sise an ghualainn eile. Cén fáth, a dúirt an fear, a mbriseann siad an pota bláthanna sin i gcónaí? Do chéad dualgas, a dúirt an bhean, ceann nua a ordú ón gcomhlacht garraíodóireachta, tá an uimhir ag an rúnaí.

Bhuel, thug an bheirt sin, na húinéirí a bhí iontu mar a d'fhoghlaim mé, traenáil mhaith dom. Éadaí agus bróga, neart acu. Tuarastal an-mhaith agus an carr breá seo. Cuireadh ranganna urlabhra ar fáil dom, m'fhoclóir a leathnú, gramadach, glór galánta agus gach uile mhíle ní eile. An obair—labhairt ar an nguthán den chuid is mó, dul chuig cruinnithe anois is arís. Aisteoireacht, le beith fírinneach. Margáil, díol agus ceannach, cuma údarásach, culaith ghaisce, bréaga, beagán a rá i mórán focal agus mar sin de. Tá leabhair ann faoin bhféinmhuinín, muinín daoine eile a chothú ionatsa, cleasa iontacha chun daoine a mhealladh, fealsúnacht ar leith, is dóigh. An rúnaí, thóg sé tamall orm dul i dtaithí uirthi agus, ar ndóigh, tamall uirthise dul i dtaithí ormsa. Faoin am seo déarfainn go bhfuil cion áirithe againn ar a chéile. Sin é uile duit anois. Níl scil ar bith ag baint leis an bpost seo. Dhéanfadh duine ar bith é, tú féin mar shampla, ach beagán traenála a fháil, sea, agus an misneach a bheith agat, an mhuinín agus an muineál.

Ach an t-aon dualgas oibre nach dtaitníonn liom is é sin na hiarrthóirí a chur faoi agallamh. Leagann an bheirt úinéirí riail amháin síos, nach bhfuil cead agam a rá leis na hiarrthóirí imeacht. Is é sin le rá go gcaithfidh siad imeacht ar a gconlán féin. Ach níl sé deacair cur ina luí orthu go bhfuil an t-agallamh thart nó go bhfuil teipthe orthu. Níor fhan duine ar bith acu thar chúig nóiméad fós. Ach is dócha gur cheart dom aghaidh a thabhairt ar an bhfírinne agus a admháil go dtiocfaidh an lá a mbeidh fear nó bean mo dhiongbhála trasna an bhoird agallaimh uaim. Fanfaidh an duine sin agus beidh ormsa fágáil.

Beidh deireadh liom ansin. Leagfaidh mé an pota bláthanna ar mo bhealach amach agus an rúnaí ag rith i mo dhiaidh, deora ina súile. Féinmharú an t-aon rogha a bheidh romham. Ach ní dhéanfaidh mé é cosúil leis an bhfear a bhfuair mise a phost, tiomáint isteach i mballa ag 90 m.s.u. Mise, nuair a thiocfaidh an lá nach mbeidh aon mhaith ionam, gheobhaidh mé ceann de na hinstealltaí sin a chuireann chun báis thú go glan néata, beagnach i ngan fhios duit féin, d'fhéadfá a rá.

Anois, céard a déarfá?

Ag fanacht le mo bharúil ar a scéal a bhí sé. Le fírinne, ní raibh a fhios agam céard ba cheart a rá leis. Buíochas a ghabháil leis as scéal a agallaimh a insint dom, dearbhú go ndéanfainn mo mhachnamh air, go mbainfinn leas as an gcomhairle a chuir sé orm ag m'agallamh féin an lá dár gcionn? Ní fhéadfainn fanacht i mo thost, ar aon nós. Rith dhá rud liom. An chéad rud, go n-iarrfainn peann air chun m'ainm a scríobh ar mo chaipín. An dara rud, scéal a chuir an chaint faoin bhféinmharú i gcuimhne dom. D'fhéadfainn insint dó faoi chara le mo dheirfiúr a chuir lámh ina bhás féin cúpla bliain ó shin. Ní raibh aithne mhaith againn ar a chéile ach d'fhreastail muid ar an ollscoil ag an am céanna agus uair nó dhó bhí an bheirt againn in éineacht ar an ordóg ag dul abhaile don deireadh seachtaine. Ba mhór an trua nach ndearna sé go glan néata é, gan pian a chur ar an oiread sin daoine. A athair agus a mháthair, a thriúr deirfiúracha, a chairde féin agus cairde a theaghlaigh, gan trácht ar an mbean arbh í cúis a bháis í, a teaghlach agus a cairde sise, agus, ar ndóigh, an páiste a bhí ina broinn ag an am. Tharla sé gan choinne. Cén fáth a ndearna sé é? Mar gur cheap sé nach raibh aon mhaith ann agus é dífhostaithe le bliain tar éis an coláiste a fhágáil? Sin a dúradh, ar aon nós. Scríobh sé nóta gearr, ag rá céard a bhí beartaithe aige, d'imigh sé agus sheas ar thaobh an mhótarbhealaigh, an chuma air go raibh sé ag síobshiúl agus léim amach roimh charr. Ba dhubh dhuairc an tsochraid í—is minic nach ócáid bhróin amach is amach í sochraid idir daoine ag casadh le chéile, gaolta agus seanchairde, béile, cúpla deoch agus mar sin de. Ach an tsochraid seo, ní raibh cosúlacht dá laghad uirthi go gcuirfeadh sí tús le leigheas an bhróin. Lochtaigh go leor gan trócaire é, rud nárbh fhéidir liomsa a dhéanamh agus mé ag iarraidh a shamhlú cén céasadh mór intinne a bhí air, cén ghráin a bhí aige air féin agus ar gach duine eile gur chuma leis cén phian shaolta a d'fhágfadh sé ina dhiaidh. Deora, snaganna, béiceach, náire, ciontú, croitheadh tostach cloigne. Agus tháinig an bhean a leag é agus a fear céile, an bheirt acu cráite. Lá dorcha, lá a chuirfeadh in éadóchas faoin saol agus faoin duine thú, lá a d'fhág a lorg ar go leor.

Bhí an tost eadrainn éirithe míchompordach faoin bpointe seo. Bheadh orm rud éigin a rá. Ach an bhfeilfeadh ceachtar den dá rud a bhí i m'intinn? Drochsheans go mbeadh peann aige. Agus drochsheans go mbeadh suim aige i mo scéalsa mar fhreagra ar a scéal seisean. Faoi dheireadh, tar éis na braiteoireachta, thuig mé go raibh an uain imithe. B'fhearr gan tada a rá.

Thosaigh an raidió ag athrú ó stáisiún go stáisiún, go sciobtha, glórtha agus ceol á mbá i sioscadh, i ndíoscán agus i bhfeadaíl. As féin a bhí sé á dhéanamh, a mhínigh an tiománaí dom, súile ag titim ón mbóthar roimhe le himní síos go dtí an roth stiúrtha, áit a raibh a lámh dheas ag méarú gan feidhm le cnaipí agus le lasca. Faoi dheireadh shín sé a lámh chlé amach chun an torann a mhúchadh ar fad leis an gcnaipe ar an raidió é féin. Níor labhair ceachtar againn. Thug mé suntas don scamall íseal dubh amach romhainn. Tuilleadh báistí. Sheiceáil mé go raibh mo chaipín thíos i mo phóca. Briseadh an ciúnas le hosnaíl lag leictreonach. Óna uaireadóir a tháinig sé. Bhí caol a láimhe ardaithe roimhe, súile géaraithe air. An cadhnra ídithe, is cosúil, a dúirt sé. Thit braon mór báistí ar an bhfuinneog thosaigh. Ceann eile, níos mó. Bhí an spéir ag éirí níos dorcha. Níor oibrigh an glantóir ar mo thaobhsa den fhuinneog thosaigh cé gur chas sé an cnaipe timpeall cúpla uair chun an luas agus an mhinicíocht a ardú. An-aisteach, a dúirt sé, níor tharla a leithéid cheana. An cnaipe chun an doraisín sa díon a dhúnadh, níor oibrigh sé sin ach oiread. A dhiabhail, a dúirt sé.

Shocraigh sé stopadh ar thaobh an mhótarbhealaigh

chun iarracht staidéarach a dhéanamh rudaí a chur ina gceart. Ach ba chuma cén útamáil a dhéanfadh sé le cnaipí nó le lasca, ní chasfadh an glantóir os mo chomhair agus ní dhúnfadh an doraisín os ár gcionn. Anois agus muid stoptha bhí na braonta díreach anuas orainn. Tharraing sé lena lámha ar an doraisín. D'éirigh mé ó mo shuíochán chun cúnamh a thabhairt dó. Ach ní raibh aon mhaith ann.

Ansin ní thosódh an carr arís. Chuardaigh sé trí na cártaí ina thiachóg go bhfuair sé an ceann le huimhir an chlub gluaisteán. Cúig nóiméad déag ar a mhéid, a dúirt sé. Ach bhí an fón soghluaiste marbh. Thíos i log atá muid ar an gcuid seo den bhóthar, is dóigh, a dúirt sé. Suas leis tríd an doraisín, ina sheasamh ar an suíochán. Bhí an bháisteach trom go leor anois. Thairg mé mo chaipín dó. Chuir mé orm féin é ach ansin bhain díom arís é mar cheap mé go raibh sé mímhúinte. Suas leis arís chun suí ar an díon, a dhá chos ar crochadh san aer in aice liom. Suas arís leis ina sheasamh ar an díon. Fós marbh, a scairt sé.

Anuas go beo leis nuair a tháinig splanc mhór bhánghorm sholais ón spéir timpeall orainn a d'fhág muid beirt croite. Lean pléasc bhodhraitheach thoirní cúpla soicind ina dhiaidh. Tintreach, a dúirt mé, sin atá ag cur as don chóras leictreachais.

Chinn sé ar fhanacht go mbeadh an múr seo glanta leis agus thriailfeadh sé an fón arís, mura dtosódh an carr. Dúirt mé gurbh fhearr liom féin imeacht, murar mhiste leis, ós rud é go raibh mé gléasta don drochaimsir. Dúirt sé agus é ag gáire gurbh fhearr an díonadh a thabharfadh an caipín dom ná an carr. Ba é sin go díreach a bhí ar m'intinn agam féin ach cheap mé nár cheart é a rá leis. Chuir mé mo chaipín orm agus amach liom. D'fhág muid slán ag a chéile, chroith lámha agus mé cromtha faoi dhíon an chairr agus thug mé buíochas dó as suíochán a thabhairt dom. Am ar bith, dúirt sé. Agus phiocfadh sé suas mé dá mbeinn fós ar an mbóthar. Dhún mé an doras agus d'imigh liom. Thosaigh mé ag siúl ar gcúl, aghaidh a thabhairt ar an trácht a bhí ag spréáil uisce aníos ón mbóthar orm. Bhí sé fós le feiceáil go doiléir tríd an mbáisteach a bhí ag preabadh ón bhfuinneog thosaigh, ina shuí go socair. Chroith sé lámh liom agus a chloigeann ag sméideadh. Ní raibh mé in ann a mheangadh a fheiceáil. D'iontaigh mé, cheangail an caipín faoi mo smig, shiúil liom agus chuir amach m'ordóg.

Suíochán II

An chéad rud a mhínigh an tiománaí dom gurbh iondúil nach dtabharfadh sé suíochán do dhaoine ar an ordóg ach amháin dá mbeadh aithne aige orthu nó aithne aige ar a dtuismitheoirí. Bhí sé sásta eisceacht a dhéanamh i mo chás-sa mar go raibh trua aige dom agus mé i mo sheasamh ceann-nocht faoin múr. Freisin bhí cuma dheas néata orm faoin gcóta mór báistí sin. Ba léir gur dhuine cúramach fadbhreathnaitheach mé, duine a ghléasfadh i gceart i gcomhair na haimsire. Ba cheart go mbeadh a fhios ag an saol gur rud í an aimsir nárbh fhéidir brath uirthi. Féach, cé go raibh an ghrian ag taitneamh ar maidin, go raibh an lá tar éis athrú go hiomlán. Ach ba cheart dom caipín a bheith orm. Nó ar chleas é sin chun trua na dtiománaithe a tharraingt orm féin?

Mhínigh mé nárbh ea, nár thaitin cleasanna mar sin liom. Bhí caipín maith agam ach de bharr go raibh an bháisteach lagtha bhain mé díom é. Níor róléir é ón taobh istigh den charr ach ní raibh ann faoi sin ach ceobhrán an-bhog. Ba ghearr go mbeadh sé stoptha ar fad. Seans, fiú, go n-iontódh sé ina lá geal gréine. Tharraing mé an caipín amach as mo phóca agus thaispeáin dó é.

Ghabh sé a leithscéal as mí-ionracas mar sin a chur i mo leith agus mhaígh nár cheap sé le fírinne go ndéanfainn a leithéid. Thuig sé, fiú ón gcúpla soicind de radharc orm sular stop sé dom, gur duine macánta, díreach agus muiníneach a bhí ionam. An chaoi ar sheas mé go stuama, mo lámh sínte amach go soiléir, mé ag breathnú idir an dá shúil air. Ba mhaith a bhí sé in ann mo phearsantacht a mheas tar éis suntas a thabhairt do na leideanna beaga sin. Ar ndóigh, nárbh é a cheird é, pearsantachtaí daoine a mheas óna gcuma agus ó na freagraí a thabharfaidís ar na ceisteanna a chuirfeadh sé orthu? Nach raibh dhá lá caite aige ag cur daoine faoi agallamh do phost sa chomhlacht a raibh sé fostaithe aige? Nach mbeadh tuilleadh le cur faoi agallamh an mhaidin dár gcionn?

Agus, ar an gcaoi sin, d'inis sé scéal a agallaimh féin dom.

Scéal an Agallaimh

Chuir mé an cailín seo faoi agallamh ar maidin ach cé gurb í an t-iarrthóir is fearr go dtí seo í níl sé i gceist agam a hainm a chur ar an ngearrliosta. (Sular lean sé leis an scéal dúirt sé liom go mbeadh sé i dtrioblóid dá scaoilfí amach an t-eolas sin ach bhí sé sásta a rún a ligean liomsa mar nach raibh aon aithne againn ar a chéile agus gur shíl sé gur duine tuisceanach discréideach mé.)

Dearbhaíodh cheana sa scrúdú éirime go raibh a dóthain eolais aici ar an gcuntasaíocht, gur thuig sí modh oibre an ríomhaire agus go raibh cumas maith

clóscríbhneoireachta aici. Roghnaíodh í le dul faoi
agallamh chun a pearsantacht a mheas. (D'fhiafraigh sé
díom an raibh mé pósta. Dúirt mé nach raibh.)
San agallamh labhair an cailín seo liom faoin
gcaitheamh aimsire a bhí aici. Grianghrafadóireacht.
Seanfhoirgnimh, fothracha, cúlsráideanna. B'ábhar é
an bháisteach ar fhill sí air go minic—braonta ag sileadh
ar fhuinneoga, measctha le hola i locháin bhóthair,
ceobhrán faoi lampaí sráide. Caitheamh aimsire é seo a
bhfuil eolas agam féin air, mar a chuir mé in iúl di. Ní
raibh aon suim aici, go dtí seo ar aon nós, i bportráidí,
ná sa cholainn, solas agus scáil ar chraiceann agus araile,
mar a bhíodh agamsa agus saoirse na hóige agam—níl
fágtha agam na laethanta seo ach na hirisí a cheannach
corruair. (D'fhiafraigh sé díom cén sórt irisí a thaitin
liom féin. Níor mhór mo shuim sa léitheoireacht ach
thaitin grianghraf maith liom.)
Threoraigh mé an t-agallamh anonn go dtí an bhliain
a chaith sí ag obair thar sáile, rud a bhfuil aiféala orm
nach ndearna mé féin riamh. D'fhiafraigh mé di an fíor
go raibh teas lár an lae chomh mór sin gur beag nár
ualach rómhór iad na héadaí ab éadroime. B'fhíor dom,
dúirt sí. Tá an teanga go réasúnta maith aici.
D'fhéadfadh sé seo a bheith áisiúil go leor agus an
comhlacht tosaithe ag plé le comhlacht sa tír chéanna le
gairid. (An raibh mé ag dul amach le haon chailín,
d'fhiafraigh sé, ach ansin dúirt liom gan freagra a
thabhairt—bhí sé rófhiosrach amanna.)
Bhí sí an-mhaith, gan rian ar bith den neirbhís uirthi.
Féinmhuiníneach ach gan a bheith rómhór inti féin. Má
ba dhea-chainteoir í ní hin le rá nach raibh sí in ann
éisteacht go grinn. Macánta ach discréideach. Bheadh

fostóir ar bith sásta post a thabhairt dá leithéid. Agus an
aoibh fháiltiúil ghealgháireach a bhí uirthi! (Dúirt sé
gurbh fhéidir go leor a thuiscint ón gcaoi a ndéanfadh
duine meangadh, a chloigeann iontaithe ón mbóthar
roimhe chun a mheangadh leathan féin a thaispeáint
dom. Chaith mé meangadh ar ais air.)

Ach an post! Obair san oifig thuas staighre. Pá maith,
taithí mhaith, comhlacht a bhfuil dea-cháil air. Post ar
cheart dó a bheith tarraingteach d'aon chailín ar mhian
léi dul chun cinn sa saol. Ach ceannaire na hoifige—bean
nach ndéanann gáire. Bean nach maith léi gáire a
fheiceáil. Ná a chloisteáil. Níl ar dhuine ach siúl isteach
san oifig chun an ghruaim a mhothú. An mhíshástacht
a fheiceáil ar éadain an triúir atá ag obair fúithi. An
fhulaingt a chloisteáil san easpa cainte. Má bhíonn orm
rud a phlé leis an mbean seo tá sé foghlamtha go maith
agam go gcuirfidh sí i m'aghaidh mura gcuirim cuma
ghruama orm. Bheadh trua agat do na mná, an triúr sin
a chaitheann an lá ar fad san oifig. Tá sé cloiste agam go
mbíonn éad fíochmhar uirthi le mná atá dathúil, a
chaitheann éadaí faiseanta, smideadh, seoda. Cailleach
cheart chríochnaithe í féin, ar ndóigh. (An raibh mo
thuismitheoirí fós beo? Bhí, d'fhreagair mé, ach iad
scartha. Ghabh sé a leithscéal as bheith rófhiosrach.
Dúirt mé gur chuma liom.)

Ach tá sí thar a bheith dathúil, an cailín seo. Ón méid
dá cosa a chonaic mé nuair a d'iarr mé isteach ón
seomra fáiltithe í chonacthas dom go raibh siad deas
fada agus caol. Siúl díreach aici ach luascadh beag
álainn ó thaobh go taobh. Agus í ina suí d'fhág sí na
méara fillte ina chéile faoina bolg ach uair nó dhó, nuair
a léirigh sí beagán iontais faoi rud éigin a dúirt mé,

d'ardaigh sí a lámh chlé chun í a leagan ar a ceathrú le hordóg ar chúl agus méara chun tosaigh, a huillinn ag gobadh amach—nós deas nádúrtha a thaitníonn liom. (Dúirt sé go raibh brón air faoi mo thuismitheoirí, go gcaithfeadh sé go raibh sé deacair. An raibh mórán clainne i gceist? Bhí beirt dheartháireacha agus deirfiúr amháin agam. Mhínigh mé gurbh é an chaoi go mbíodh m'athair i gcónaí ag rith i ndiaidh ban eile. Chaith mo mháthair amach é. Bhí sé deacair, cinnte, ach thuig mé go raibh muid uile níos fearr as i ndeireadh na dála.)

Súile gorma, gruanna arda, na gialla oiread na fríde róthrom, déarfainn féin, dath maith craicinn, gruaig fhada dhubh ina luí timpeall thar a guaillí, dlaoi amháin casta isteach agus imithe síos faoina blús a raibh dhá chnaipe in uachtar oscailte, sleamhnaithe síos ansin i bhfolach ina brollach. Fiacla díreacha, beola tanaí—thug mé suntas don nós a bhí aici a liopa íochtarach a lí agus í ag smaoineamh leathshoicind sula dtabharfadh sí freagra ar cheist. (Lig sé osnaíl mhór fhada. Ghlan mé mo scornach.)

Ach ní féidir liom a hainm a chur ar an ngearrliosta. Í a chur ag obair faoin gcráin phusach sin? Ní ligfeadh mo choinsias dom. Is maith liom í. Ní hin le rá go bhfuil mé splanctha ina diaidh. Meas atá i gceist. Níor mhaith liom í a chur ar bhealach a haimhleasa. (D'fhiafraigh sé díom cén chaoi a raibh m'athair ag déanamh amach ó d'imigh sé ón mbaile. Fuair sé bás cúpla bliain ó shin, dúirt mé, ach rinne sé maith go leor.)

Ach tá leigheas faighte agam ar an bhfadhb seo. Agus í fós ina suí trasna uaim thóg mé na súile di agus chaith síos ar an CV iad. Faraor, a dúirt mé liom féin. Is mór an díomá a bheidh uirthi nuair a gheobhaidh sí an litir dhiúltaithe agus í ag ceapadh go bhfuil ag éirí thar barr léi san agallamh. Dá mbeadh sé de mhisneach agam an scéal a mhíniú di . . . Ansin rith sé liom. Nach bhfuil a huimhir ghutháin anseo romham? Nach bhféadfainn glao a chur uirthi, gach rud ó thús go deireadh a insint di? Agus a seoladh—árasán. Cén fáth nach mbuailfinn ar a doras? Cuireadh a thabhairt di teacht le haghaidh caife, an deacracht uafásach a bhaineann leis an agallamh seo, an tsáinn ina bhfuil mé a mhíniú go hoscailte di. Thuigfeadh sí, bheadh sí buíoch gur shábháil mé í. Comhrá suimiúil a bheith agam le bean thuisceanach ní hionann is an tsíorsháraíocht le cailleach na tóna fuaire atá ag fanacht liom sa bhaile. Ní bheadh a fhios céard a thiocfadh as. (D'fhiafraigh sé díom ansin ar cheap mé gur plean maith é teagmháil a dhéanamh léi go pearsanta. Dúirt mé nach raibh a fhios agam.)

Go raibh maith agat, a dúirt mé léi chun deireadh a chur leis an agallamh. Bhí ár súile daingnithe ina chéile, meangadh á chaitheamh ó bhéal go béal eadrainn. Dá dtuigfeadh sí an céasadh intinne a bhí orm an nóiméad sin. (Stop sé ag caint. Cheap mé go raibh a scéal críochnaithe aige. Thosaigh mé ag cíoradh m'intinne chun ábhar nua cainte a sholáthar ach ansin labhair sé arís.)

Mo léan ach d'imigh sí, slán á fhágáil ag mo shúile lena tóin luascach sular ísligh siad chun breathnú trí na CVanna eile, na daoine atá le cur faoi agallamh maidin amárach. Síle Ní Dhochartaigh. B'fhéidir, má bhíonn an t-ádh liom, gur cailleach a bheidh inti sin. Bróna de Búrca. Óinseach bhreá ramhar, le cúnamh Dé. Tharla rud aisteach ansin. Ba é an t-ainm ar an gcéad CV eile—Seán Ó Néill. . . . Seán! Fear! Sea! Dhaorfainn é seo chun an phoist gan trua ar bith. Buíochas le mac dílis Dé nach homaighnéasach mé, gur féidir é a mheas ar a phearsantacht amháin!

Chuaigh sé sna trithí gáire faoin abairt dheiridh dá scéal. Dúirt arís liom gan aon rud a rá le haon duine faoi—ní bheadh a fhios agat cé leis a mbeinn ag caint. Bhí súil aige nár thuirsigh an scéal mé. Dúirt go raibh an-suim agam ann, agus, má bhí sé féin sásta éisteacht, bhí mo rún féin le scaoileadh agam leisean. Rud a bhí ag cur as dom, agus a chuir a scéal i gcuimhne dom, ach, mar a thuigfeadh sé ar ball, scéal nach raibh mé ag iarraidh a phlé le haon duine a raibh aithne agam air nó uirthi.

Cé nach homaighnéasach mé féin bhí mé sa leaba le fear uair amháin. Agus ní codladh a bhí i gceist agam. Sa chathair a bhí mé i mo chónaí ag an am, mé tosaithe ag obair tar éis an choláiste. Bhí mé ag dul amach le cailín, muid ag luí le chéile beagnach gach oíche, i m'árasáinín aonair féin nó ina hárasánsa. Ach bhí sí imithe abhaile an deireadh seachtaine seo. Sa teach tábhairne a chas mé leis. D'aithin mé é, ó mo bhaile féin, é sa rang níos ísle ná mé féin ar scoil. Bhí an-chomhrá againn. D'iarr mé ar ais chuig an árasáinín é agus thairg áit le fanacht dó. Cheannaigh muid buidéal biotáille. Neart scéalaíochta agus seanchais. Bhí muid inár suí in aice le chéile ar an tolg ag éisteacht le ceol ag pointe amháin, óltach go maith, ag súgradh agus ag spochadh as a chéile. An chéad rud eile bhí mo lámh caite trasna ar a chliabhrach agus mé ag diúl ar thaobh a mhuiníl. Tá mé ag ceapadh anois go ndearna mé dearmad nach mo chailín a bhí ann. Ach chuir sé féin in iúl gur thaitin sé leis. Agus d'admhaigh mé gur thaitin sé liomsa. Bhí muid ar aon intinn gur cheart dul sa leaba le chéile.

Bhreathnaigh mé ar an tiománaí. Níor bhain sé a shúile ón mbóthar roimhe. Lean mé orm.

Roinnt blianta ó shin a tharla sé. Ach ní hé an oiread sin a tharla. Ní hé gur sháigh seisean a bhod suas poll mo thóna ná gur sháigh mise mo cheannsa suas a phollsa. Ní dóigh liom go dtaitneodh a leithéid liom. Ní raibh i gceist sa leaba ach muirniú agus comhrá. Faoi dheireadh d'iontaigh mise mo dhroim leis, dheasaigh mé féin in aghaidh a cholainne agus tharraing sé mé. Ansin, tar éis tamaill, d'iontaigh seisean a dhroim liom agus rinne mé amhlaidh dósan. Fós cuimhním ar an mboladh difriúil a bhí óna chuid síl.

É féin, d'inis sé dom go raibh sé sa leaba le fear uair amháin roimhe. Ar ndóigh, ní fhaca mé arís é. Chuala mé go ndeachaigh sé go Meiriceá ina dhiaidh sin. Tháinig an scéal anall cúpla seachtain ó shin go raibh sé básaithe. SEIF. Is cosúil gur homaighnéasach ceart a bhí ann, ní hionann is mé féin. Ach tá rud éigin a gcaithfidh mé bheith fírinneach faoi. Is é sin nach bhfuair mé sásamh collaíochta cosúil leis riamh. Níor láimhseáil aon bhean mo bhod chomh maith. An bhfuil a fhios agat, tá mé ag ceapadh gur de bharr go mbíonn na fir á dtarraingt féin go bhfuil tuiscint mhaith acu ar na baill phléisiúrtha den bhod, an forchraiceann, thíos faoi, na magairlí agus araile, rud nach mbeadh a fhios ag na mná, mar, ar ndóigh, níl an bod acu. Ní thuigeann siad, cosúil leis na fir agus an phit. Níl an gnéas le mná chomh dírithe isteach ar an mbod. Le bheith fírinneach ní chuireann na mná an oiread sin suime sa bhod,

b'fhearr leo istigh iontu é seachas bheith á láimhseáil.
Scaití is údar gáire acu é, an chuma liopasta atá air.
Stop an tiománaí an carr go tobann. Dúirt sé, agus é
ag priosláil le fearg, nach raibh sé ag iarraidh éisteacht
lena thuilleadh den bhrocamas sin. Ní raibh a fhios aige
cén sórt ban a raibh caidreamh agamsa leo ach gur
chinnte nach raibh tuiscint ar bith agam orthu. Chuir a
raibh le rá agam múisc air. Amach, dúirt sé liom, amach
go beo. Ní thabharfadh sé síob arís go deo d'aon duine
ar an mbóthar. Brocamas an tsaoil a bhí sna
síobshiúlaithe. An ndúirt duine ar bith riamh leat gur
suarachán salach thú—mura ndúirt bí cinnte go bhfuil
siad á rá taobh thiar de do dhroim. Bhí sé dearg san
éadan. Céard ab fhéidir liom a rá ach go raibh brón
orm as cur as dó an oiread sin, nach raibh mé ach ag
insint na fírinne.
    Ach diabhal maith a bhí ann. Bhí sé scuabtha leis ar
ardluas, mé fágtha i lár an uaignis ar thaobh an bhóthair.
Agus rinne mé dearmad peann a iarraidh air chun
m'ainm a scríobh ar mo chaipín.

Suíochán III

Cén rud fiúntach a dhéanfainn le milliún punt? Cén misneach a thabharfadh deich milliún punt dom?

Agallamh

Bhí bliain caite ag Woody ag dul ó agallamh go hagallamh agus fós gan post faighte aige nuair a ghnóthaigh sé airgead mór millteach. Ach lean sé air ag dul chuig agallaimh. Ní chun post a fháil—níor theastaigh obair uaidh, ar ndóigh—ach chun díoltas a bhaint amach.

Díoltas orthu siúd a chuireann daoine faoi agallamh. Iad siúd nár léirigh riamh aon tuiscint ar an duine dífhostaithe, nach raibh sásta riamh seans a thabhairt dó cé go raibh sé cinnte gur duine ábalta go maith é. A leithéidí siúd a dhiúltaigh agus a dhiúltaigh arís é, a thug buille chomh mór sin dá fhéinmheas go gcailleadh sé smacht air féin san agallamh, a lámha ag creathadh, a éadan dearg, a ghlór balbhaithe le tocht. Ar deireadh mhothaigh sé gur dhíol magaidh é agus é teipthe air an post ba shuaraí a fháil, díol sceallóg, bailiú bruscair, glanadh leithreas.

Ba é an díoltas a bhain sé amach díol magaidh a dhéanamh de na hagallaimh. Le bréaga a dhéanadh sé é seo. Bréaga móra millteacha. Taighde mhór a dhéanamh chun *curriculum vitae* slachtmhar a chur le chéile le cáilíochtaí agus le taithí nach raibh aige, litreacha molta ó dhaoine mór le rá nach raibh aithne dá laghad aige orthu, cuntais fhada chruinne ar obair nach ndearna sé riamh. Chumadh sé saol nua dó féin lán le héirim aigne agus le feabhas oibre. Nó ghlacadh sé chuige féin saol duine eile, duine i leabhar le liosta de chéimithe agus d'iarchéimithe, duine a ndearnadh cur síos air in alt irise ar chomhlacht a raibh ag éirí thar cionn leis, duine ar phléigh sé tionscnamh bréagach leis ar an nguthán chun eolas a shaoil a fháil uaidh. Clisteacht agus gliceas a chaitheamh le bréaga inchreidte, cleasa agus seifteanna a chumadh nach rithfeadh sé le fostóir bheith in amhras fúthu.

Agus ní poist shuaracha a gcuireadh sé isteach orthu anois, ní poist mhaithe fiú, ach na poist ab airde. Cuntasóir le gnólacht rathúil fhoilsitheoireachta, leabharlannaí sinsearach san ollscoil, bainisteoir margaíochta i gcomhlacht ríomhairí. B'éard a bhí uaidh dul faoi agallamh ag daoine géarchúiseacha, ardmhuiníneacha, daoine mór iontu féin.

Fiú dá mbeadh an post uaidh cé a thairgfeadh é dá leithéid? Duine nach stopfadh ag caint ar chomh cliste sofaisticiúil is a bhí sé, a d'fhreagródh ceisteanna le ceisteanna eile, a d'iarrfadh sos chun nótaí a bhreacadh ar a ríomhaire glúine? Duine a stánfadh trasna an bhoird agus é ag rá gurbh í an phríomhfhadhb le go leor gnólachtaí an iomarca bainisteoirí a bheith acu. Cé a thabharfadh post do dhuine a chuir an chuma ar an agallamh gur faoi féin a bhí sé glacadh leis an bpost nó diúltú dó?

Go dtí, tar éis bliana ar an ealaín seo, tharla an rud nach raibh aon súil aige leis. Tairgeadh post dó. San fhorlíonadh gnó sa nuachtán a d'aimsigh sé an fógra. Duine le scileanna agallaimh agus taithí dá réir. Níor fhéad sé gan gáire os ard agus é ag réiteach na mbréag—bheadh spórt aige leis an gceann seo. Agus bhí. Ghlan sé, le scuabadh scafánta dá mhéara, deannach mar dhea den suíochán sular shuigh sé. Luaigh sé a chairdeas le bean mór le rá i gcúrsaí faisin agus é ag caitheamh sracfhéachaintí díspeagúla ar éadaí na mná agallaimh. Bhris sé isteach ar cheist agus labhair ar an nguthán póca faoina chuid scaireanna ar feadh nóiméid iomláin.

Sea, bhí ardspórt aige go dtí gur chrom an bhean trasna na deisce agus bhreathnaigh go géar idir an dá shúil air. Is dóigh go bhfuil dearmad déanta agat, a dúirt sí, go raibh mise ar phainéal a chuir faoi agallamh thú cúpla mí ó shin. Bréaga atá tú a dhéanamh. Ach sula raibh deis ag Woody gáire mór magúil a dhéanamh ina héadan, dúirt sí gurbh é féin go díreach an duine a bhí uaithi don phost.

Mhínigh sí go raibh conradh luachmhar rialtais faighte ag a comhlacht chun an dífhostaíocht fhadtéarmach a laghdú. D'íocfaí de réir gach duine a bhainfí ó na figiúirí. Bhí scéimeanna éagsúla i gceist aici, agallaimh ina mbeadh cothú muiníne, spreagadh féinmheasa, agus, dá mba ghá, brú agus bagairt. Ba í an pháirt a ghlacfadh Woody sa togra seo seift na mbréag a mhúineadh do chuid acu. Cinnte bheidís ann a bhainfeadh ardtaitneamh as dallamullóg a chur ar fhostóirí. B'fhíor é, iad siúd a gheobhadh poist dá bharr ba ghearr go mbeidís dífhostaithe arís nuair a nochtfaí na bréaga. Ach, a dúirt sí agus í ag caitheamh meangadh comhcheilgeach ar Woody, ag tosú as an nua a bheidís agus ní dífhostaithe go fadtéarmach. Thairg sí tuarastal maith dó. D'éirigh Woody óna shuíochán, ag slogadh seile. Bheadh carr ag dul leis, a dúirt sí agus í éirithe í féin. Chúlaigh Woody amach an doras agus é dearg san éadan. Agus bónas rialta, agus í ag teacht ina dhiaidh. Bhí tocht ina ghlór agus é ag dul síos staighre. Thabharfadh sí scaireanna sa chomhlacht dó. Amach an doras tosaigh leis agus é ag rámhaille go stadach. Scairt sí ina dhiaidh agus í fós ag impí air rud éigin fónta a dhéanamh leis an scil neamhghnách a bhí aige. Rith sé agus deora lena shúile. An é nach dteastaíonn an t-airgead uait, a scairt sí ina dhiaidh.

Stop sé ag dul chuig agallaimh ina dhiaidh sin. D'imigh sé thar sáile agus chaith a chuid airgid go fánach ar mhná agus ar chairde bréagacha go dtí gur chuir an saol ar fad déistin air. Ar deireadh d'fhanadh sé ina árasán mór ag ól fuisce agus ag caitheamh cócaoin.

Tá an-tóir i measc na ndífhostaithe agus na mbochtán eile ar an gcrannchur mór náisiúnta. Is é an t-aon seans é atá acu dul chun cinn sa saol, neart airgid a fháil, dalladh de na rudaí a leagtar os a gcomhair go rialta sna fógraí teilifíse a bheith acu, carranna, tithe, cártaí creidmheasa seachas pócaí folmha, fiacha agus éadóchas a bháitear le meisce de shaghas amháin nó de shaghas eile. Míorúilt an t-aon aisling atá fágtha acu. Creidtear

go leigheasfaidh an t-airgead mór millteach seo gach
easpa, airgead chomh mór sin gur léir don duine
tuisceanach gurb é an iomarca é le tabhairt do dhuine
amháin. Déarfaí gur cheart é a roinnt idir cúpla duine
seachas an t-aon duais ollmhór a bhronnadh. Ach dá
roinnfí is cinnte nach mbeadh an díol céanna ar na ticéid.
Mar is í an tsaint atá ina chrann taca don chrannchur seo,
saint gan náire, ainneoin go mbíonn cuid den bhrabach
ag dul chuig eagraíochtaí carthanachta nó cúiseanna a
samhlófaí an neamhshaint leo, ar a laghad. Ó thaobh na
polaitíochta de aithníodh go maith an ról a bhí le himirt
ag an gcrannchur seo—cuireadh ar bun é ag am a raibh
gach cosúlacht ann go raibh athrú mór tagtha ar chúrsaí
fostaíochta a d'fhágfadh sciar mór den daonra ar an
ngannchuid i gcónaí.

An chéad duine eile a thug síob dom—Woody an
t-ainm a bhí air—b'fhear é a ghnóthaigh an crannchur
náisiúnta cúpla bliain roimhe. Milliún. Dhá mhilliún.
Deich, céad, míle, nó pé ar bith é. Neart, ar aon chuma.
An oiread sin airgid nach mbeinn in ann a thuiscint cé
mhéad é. Athrú iomlán saoil. Bhí an t-airgead uile caite
aige, gan fágtha aige ina dhiaidh ach an mionbhus agus
fadhbanna leis an ae, srón dhearg agus fiacla
scaoilteacha. D'inis sé an méid seo dom tar éis dom a rá
leis go raibh mé dífhostaithe agus chomh bocht sin nach
raibh luach an bhus agam. Dúirt mé leis nach ndearna
mé féin an crannchur riamh agus thug mo bharúil air,
mar a thug don léitheoir thuas. Nuair a d'inis mé dó
faoin agallamh a bhí le déanamh agam an lá dár gcionn
thosaigh sé ag gáire. Bhí a fhios aige go maith faoin
dífhostaíocht agus bhí scéal mór aige faoi agallamh.

Ag pointe amháin ina scéal d'aimsigh mé peann, cúpla

ceann acu, caite faoin bhfuinneog i measc píosaí páipéir
agus boscaí toitíní folmha. Iad uile ag obair, dúirt sé
nuair a cheistigh mé é fúthu, dúch dubh, gorm agus
dearg. Mhínigh mé dó gur mhaith liom m'ainm a
scríobh ar an lipéad i mo chaipín, murar mhiste leis.
Níor mhiste, cinnte, dúirt sé, tóg leat ceann, más maith
leat. Ach ní raibh mé in ann teacht ar an gcaipín. Ní
raibh sé i gceann ar bith de na ceithre phóca ar an taobh
amuigh de mo chóta mór báistí. Ná sna pócaí taobh
istigh, na cnaipí uile oscailte agam ón muineál síos go dtí
na glúine. Ar fhág mé sa charr deireanach é de bharr an
deifir imeachta a bhí orm? Chuardaigh mé ar thaobh an
tsuíocháin, thíos faoi mo thóin, faoi mo chosa. Tada. Tá
an diabhal ar an gcaipín sin, a dúirt mé.

   Bhí raidió dhá-bhealach greamaithe den phainéal
eadrainn agus phléasc glór scríobach slóchtach amach as.
D'ardaigh sé an gléas béil, bhrúigh an cnaipe agus labhair
isteach. Rud éigin faoi dhá rothar. Nuair a bhí an
comhrá raidió thart mhínigh sé dom go raibh sé ag
tabhairt na rothar sléibhe—bhí siad le feiceáil ar chúl ina
seasamh in aghaidh na suíochán ar an dá thaobh—síos go
dtí stáisiún traenach chun iad a fhágáil in oifig an
bhagáiste. Ag obair do sheirbhís heaicní a bhí sé. Daoine
a thabhairt ó áit go háit den chuid ba mhó ach rudaí a
sheachadadh ó am go chéile, beartáin chuig monarchana,
lomairí féir do shiopa cúpla uair, cáca mór bainise chuig
óstán uair amháin nuair a tharla timpiste sa chistin.

   Dhírigh sé m'aire ar chnoc mór ar thaobh na láimhe
deise. Agus é óg bhíodh sé ina dhúshlán ag na gasúir
rothaíocht suas go barr gan teacht anuas den rothar.
B'álainn an radharc óna mhullach, an fharraige siar uait,
na sléibhte soir, loch, abhainn agus sruthán ó dheas,

machaire leathan ó thuaidh. Ar ndóigh, na rothair a bhí
ag na gasúir ag an am sin ní raibh giar ar bith orthu. Dá
mbeadh ceann de na rothair sin ar chúl acu b'fhurasta
dul suas. Ceithre ghiar fichead! Ní bheadh ann ach
fanacht i do shuí agus na cosa a choinneáil ag dul
timpeall. An raibh mé riamh thuas ann, d'fhiafraigh sé.
Dúirt nach raibh.

A dhiabhail, a dúirt sé go tobann de ghlór ard, an
bhfuil tú ag iarraidh triail a bhaint as an dá rothar sin ar
chúl? Gabhfaidh muid suas. Seo an casadh ag teacht
anois. An bhfuil fonn ort? Ní raibh mé cinnte. Ara, cén
dochar, a dúirt sé, ní bhfaighidh ceachtar againn seans
mar seo arís. Píosa craic. Ach, a d'fhiafraigh mé, céard
faoin stáisiún traenach? Nach mbeidís ag fanacht leis na
rothair? Diabhal deifir atá leis na rothair, a dúirt sé. Ach
céard faoin raidió? Má ghlaonn siad ort? Cuma sa sioc
liom, a dúirt sé, ní bheidh muid ach leathuair an chloig
ar aon chuma. Agus más gá, tá mé breá sásta an
fhírinne a insint, bhuel, cuid de. Níor cheart dom aon
phaisinéir a bheith agam, an dtuigeann tú? Ní féidir leo
ach mé a bhriseadh as mo phost. Drochsheans go
mbrisfidh mar tá an mionbhus seo an-tábhachtach
dóibh. Ach b'fhéidir go bhfuil deifir ortsa, a dúirt sé.
Ní raibh, ní raibh, cén deifir a bheadh ar shíobshiúlaí?
Stop sé ar thaobh an bhóthair ansin, amach linn agus
bhain amach an dá rothar. Rinne sé iontas den chuma
phroifisiúnta a bhí orthu, an t-éacht innealtóireachta a
rinneadh chun iad a chur le chéile. Suas ar na diallaití
linn, thosaigh ag rothaíocht, chas suas an bóithrín agus
ar aghaidh linn. Bhí an ghrian ag taitneamh, an ghaoth
lenár ndroim agus an chéad chuid den bhóithrín deas
cothrom. B'aoibhinn é.

Ba ghearr go raibh mé ag cur allais go trom agus mo chóta mór fós orm. Ba chóir dom é a fhágáil sa mhionbhus, dúirt mé. Dúirt sé go bhfanfadh sé liom ach shocraigh mé ansin é a bhaint díom agus a fhágáil ar thaobh an bhóithrín. Bhí cuma an-chiúin ar an áit, gan teach ar bith le feiceáil. B'in a rinne mé, é a fhilleadh ina bheartán agus é a chur síos ar an bhféar ar thaobh an bhóithrín. Ní bheidh muid i bhfad, ar aon nós, dúirt mé agus muid ag imeacht linn arís.

Chuaigh muid timpeall casadh sa bhóithrín agus go tobann b'in romhainn an chuid eile den bhóithrín ag dul suas ina líne dhíreach, suas thar thaobh an chnoic, thart ar mhíle uainn. Tá cosán ag an bpointe is airde den bhóithrín, a dúirt sé, agus níl ach cúig nóiméad siúil go mullach an chnoic. Fan go bhfeicfidh tú an radharc. De réir mar a bhí muid ag dul suas, agus é ag caint an t-am ar fad, bhí an fána ag éirí géar agus muid ag athrú síos na giaranna.

Cé go raibh muid beirt sa ghiar ab ísle bhí an fána éirithe chomh géar sin gur dheacair dul suas. Ainneoin na bpianta i mo ghlúine bhí fuinneamh fós ionam ach ba léir nach raibh i Woody. Ar éigean a bhí sé in ann labhairt leis an saothar anála. Bhí imní orm go raibh sé ag iarraidh an iomarca a dhéanamh. Stop mé agus dúirt nach raibh mé in ann rothaíocht níos faide agus, ar aon nós, gurbh fhearr an dul chun cinn a dhéanfadh muid ag siúl. Stop sé féin. Chonaic mé an t-allas ag tuile ar a éadan. Bhí cuma lag air. Chuir sé a lámh lena chliabhrach sa chaoi gur shíl mé go raibh sé ar tí taom croí a fháil. Dúirt mé gur cheart casadh ar ais. Ach shiúil sé leis ansin, suas, ag baint úsáide as an rothar mar thaca. Lean mé é. Bhí píosa maith fós le dul sula

mbainfeadh muid an pointe ab airde den bhóithrín
amach. Bhreathnaigh mé taobh thiar díom. Tá
báisteach ar an mbealach, dúirt mé. Stop sé.
Sheas muid ansin go ciúin ar feadh tamaillín ag breathnú ar an
gceobhrán ina scamall mór leathan ag teannadh orainn
go mall ar an ngaoth. Ní dhéanfaidh muid é, a dúirt sé.
Ba léir ón díomá ina ghlór go raibh tábhacht ar leith ag
baint leis an iarracht seo mullach an chnoic a bhaint
amach, tábhacht nár thuig mise. Cén dochar? a dúirt
mé, am eile b'fhéidir, agus bhreathnaigh mé síos an
bóithrín. Bhí mé in ann an príomhbhóthar a dhéanamh
amach, leathcheilte ag crainn, trácht ag gluaiseacht go
mall anonn is anall. Suas a bhí Woody ag breathnú. Ní
bheadh am eile ann don bheirt againn, drochsheans go
bhfeicfinn Woody go deo arís.

B'iontach go deo an spórt an rothaíocht síos.
D'fhéadfá fad an bhóithrín uile a fheiceáil thíos fút,
deimhniú nach raibh aon charr ag teacht aníos agus
imeacht síos ar ardluas gan bacadh leis na coscáin. Sin
a dúirt Woody agus d'imigh sé romham ag liúireach go
fiáin, faoi luas a raibh cuma na contúirte air domsa.
Choinnigh mé mo lámh chlé ar an gcoscán agus mé ag
dul ina dhiaidh. Ach ansin, nuair nach raibh an fhána
chomh géar, scaoil mé é, chuir an dá ghiar suas go barr
agus rothaigh níos sciobtha ná mar a rinne mé riamh
roimhe nó ó shin. D'fheann an ghaoth mo chraiceann,
bhain sí deora as mo shúile ar bheag nár chaoch siad mé.
Ach bhí faitíos orm mo lámh a bhaint de chluas an
rothair chun mo shúile a ghlanadh. Scairt mé arís agus
arís, ag déanamh aithrise ar Woody agus, is dóigh, chun
greim a choinneáil ar mo mhisneach.

Nuair a bhain muid amach an áit ar fhág mé mo chóta

ann tháinig iontas mór orm nuair a thug mé faoi deara go raibh caipín ar imeall an bhóithrín in aice leis. Caipín chomh cosúil le mo cheannsa go raibh mé cinnte gurbh é a bhí ann. Agus mé á scrúdú dúirt mé le Woody gurbh fhéidir go raibh sé, ar bhealach éigin, imithe i bhfostú taobh istigh den chóta agus gur thit sé amach nuair a bhain mé an cóta díom. Bhí Woody ag rá nach é mo chaipínse a bhí ann mar ba é an cineál caipín é a d'fheicfí coitianta go leor faoin tuath. Ba dhóigh gur chaill duine é ansin cúpla lá ó shin agus gurbh é an chaoi nár thug mé faoi deara é níos luaithe. Ach bhí an caipín tirim, a dúirt mé leis, agus nár chaith sé báisteach uair an chloig ó shin? Bhí mé beagnach cinnte gurbh é mo chaipínse é. Bhí meangadh mór gáire ar Woody. D'fhiafraigh mé de an é féin a bhí ag imirt cleas orm. Ní dhearna sé ach gáire arís, ní hea a rá, agus dul suas ar an rothar arís. Dúirt sé gurbh aisteach an duine mé agus d'imigh leis go mall agus é ag gáire. Agus mé ag cur mo chóta orm dúirt mé liom féin gur chinnte go scríobhfainn m'ainm ar an lipéad nuair a bheadh muid ar ais ag an mionbhus, agus mo sheoladh ar fhaitíos go mbeadh an t-ainm céanna ar dhuine eile le caipín den chineál céanna. Ach rinne mé dearmad.

Suíochán IV

Níl an aimsir ródhona inniu, buíochas le Dia, an
bhfuil?

Beagáinín fuar, b'fhéidir.

Bhí an múr sin níos luaithe an-trom. Ar chuala tú an
toirneach? Bíonn an aimsir an-athraitheach an tráth seo
den bhliain. Ach tá an chosúlacht air go nglanfaidh sé.
Cé gur báisteach leanúnach a gheall siad sa réamhaisnéis
ar maidin. Ach is minic mícheart iad.

Bhí an lá inné go dona. An raidió, gabh mo leithscéal.

Chuir sé an raidió ar siúl agus d'fhan mé i mo thost.
Bhreathnaigh mé amach an fhuinneog ar an trácht agus
ar a raibh le feiceáil ar dhá thaobh an bhóthair.
Thiomáin muid faoi dhroichead a raibh casadh géar
díreach ina dhiaidh. Agus muid ag gluaiseacht go mall
bhreathnaigh fear ar thaobh an bhóthair orm, burla tuí
ag gobadh amach as béal an tsaic a bhí caite thar a
dhroim. Sméid mé mo chloigeann air ach bhí muid
imithe thairis sula raibh deis agam féachaint ar sméid sé
ar ais orm. D'athraigh an tiománaí an stáisiún raidió
agus labhair mé arís.

Tá agallamh le déanamh agam amárach.

Ar éigean a stop an bháisteach ó mhaidin.

Sea. Le mí anuas, nach ea, bhí sé an-fhliuch ar fad.

B'fhearr liom an fuacht ná an bháisteach. Ach is dóigh go bhfuil na feirmeoirí sásta. Tá aimsir fhliuch an-tábhachtach dóibh an tráth seo den bhliain. Ach tá an fheirmeoireacht beagnach tite as a chéile, ar aon nós.

D'athraigh sé an stáisiún raidió arís. D'fhan mé i mo thost agus bhreathnaigh amach an fhuinneog. Chuaigh mionbhus tharainn agus é lán le cailíní scoile. Bhí cúpla duine acu ag breathnú amach an fhuinneog chúil, a dteanga curtha amach acu agus dhá mhéar ardaithe orainn, sna trithí gáire. Chroith mé lámh orthu. Labhair mé.

Bhí sé go deas an tráth seo anuraidh, an cuimhin leat?

Bhí sé tirim.

Bhí sé thar a bheith tirim. Más buan mo chuimhne níor chaith sé braon ar feadh os cionn trí seachtaine. Bhí gach duine ag caint air. Ag rá go bhfuil an aimsir athraithe go mór le blianta beaga anuas. Níl a fhios agamsa, le bheith fírinneach. An ndearna tú aon agallamh riamh?

Le haghaidh jab, ab ea, ní dhearna.

Tá súil agam go mbeidh sé go maith amárach. Lá geal gréine ó mhaidin go tráthnóna. Bheadh sé sin go haoibhinn ar fad. Ach drochsheans.

D'athraigh sé an stáisiún raidió arís agus d'fhan mé i mo thost. Carr a bhí ag teacht inár n-aghaidh, spréach na soilse air cúpla uair, bhípeáil sé agus chroith an bhean a bhí á thiomáint a lámh. D'ardaigh mo thiománaí féin corrmhéar a láimhe deise. Bhí meangadh mór gáire le feiceáil ar bhéal na mná sular imigh sí tharainn. Labhair sé.

Tá go leor seafóide ar an raidió. Tuilleadh báistí, is dócha.

Is dócha. Tá sé in am samhradh maith a bheith againn, nach bhfuil? Níl rud a chuireann isteach orm níos mó ná é a bheith fliuch i gcónaí sa samhradh. Ní raibh ach seachtain nó dhó den aimsir mhaith ann an samhradh seo caite. B'fhéidir go mbeidh an samhradh seo chugainn tirim go leor má chaitheann sé go leor báistí anois. Ach, faraor, ní hin mar a oibríonn cúrsaí aimsire.

Tá mise ag casadh anseo. D'fhéadfadh sé a bheith fliuch ó cheann ceann na bliana.

D'fhéadfadh. Go raibh maith agat as an suíochán.

Míle fáilte, a chomrádaí.

Stop sé agus d'éirigh mé amach as an gcarr. Sular dhún mé an doras chrom mé chun buíochas a ghabháil leis arís. Mhúch sé an raidió, dhún mé an doras agus d'imigh sé leis.

Suíochán V

Bríd

Ag tiomáint leoraí mór millteach a bhí Bríd. Tar éis dúinn bheith ag comhrá ar feadh tamaillín d'iarr sí m'ainm orm agus ansin d'inis a hainm féin domsa. Ghlaoigh muid ár n-ainmneacha baiste ar a chéile as sin gur lig sí amach mé. Cheapfá go raibh seanaithne againn ar a chéile. Ba léi féin an leoraí. Thóg sé tamall maith uirthi íoc as ach faoi dheireadh ba léi féin é. Ag obair do dhá chomhlacht a bhí sí ach bhí sé beartaithe aici féin agus ag a fear céile a gcomhlacht féin a bhunú. Bhí seisean sásta breathnú i ndiaidh thaobh an ghnó agus ise a dhéanfadh an taisteal, táirgí a iompar ar fud na tíre agus na mór-roinne. Thaitin sé sin léi, go dtí seo ar aon nós. Tiomáint, siobshiúlaí a thógáil, comhrá. B'in an chaoi ar chas sí lena fear.

D'iarr mé eolas uirthi faoin aimsir ar an mór-roinn. Ní raibh mé ann riamh. Labhair sí go cruinn air seo ar feadh tamaill mhaith. De réir mar a thuig mé uaithi ní raibh an aimsir thall chomh hathraitheach is a bhí sé anseo ach d'fhéadfadh sé a bheith an-fhuar, thar a bheith fuar, agus an-te, thar a bheith te.

Thug mé suntas do na caiséid a bhí carntha gach áit sa chábán. B'in an caitheamh aimsire a bhí aici. Ní ceol a bhí i gceist—rud nach raibh dúil aici ann ar chor ar bith—ach glórtha. Nuair a thosaigh sí ag tiomáint d'éisteadh sí le téipeanna le haisteoirí ag léiriú drámaí, úrscéalaithe ag léamh a n-úrscéalta, filí ag aithris filíochta. Ní de bhrí go raibh an oiread sin suime aici sa litríocht ach chun an t-am a chaitheamh. Ansin, tar éis di síob a thabhairt d'fhile a d'aithris a chuid filíochta féin, filíocht nach raibh foilsithe ar chor ar bith, cheannaigh sí téipthaifeadán ceart le micreafón chun síobshiúlaithe a thaifeadadh. Na daoine uile ar thug sí síob dóibh bhí scéal de shaghas éigin acu, nó dán, nó cur amach ar rud éigin. D'éistfeadh sí leis na caiséid seo nuair a bhí sí ag tiomáint ina haonar agus chuimhneodh sí ar an duine, nó ar na daoine, a bhí ag labhairt. Lá éigin bhí sí chun leabhar a scríobh faoi na daoine seo uile ar chas sí leo ar an mbóthar. Scéalta ó leabhair a léigh siad, ó chláir theilifíse nó ó scannáin, brionglóidí, scéalta faoi thaibhsí, faoi chúrsaí reatha, scéilíní grinn, rud ar bith. Thaispeáin sí an micreafón dom ar an díon os mo chionn. An raibh mé réidh?

Mhínigh mé nach raibh mé in ann, nach raibh aon scéal ná dán ar eolas agam, nach raibh mé in ann cuimhneamh ar aon rud agus fiú dá mbeadh nach raibh aon mhaith ionamsa ag insint scéil. Bhí cúpla amhrán agam, neart acu le bheith fírinneach ach ní ceol a bhí uaithi ach scéal.

Mura bhfuil tú sásta scéal de shaghas éigin a insint dom, a dúirt sí, is comhartha é sin gur neamhbhuíoch díom atá tú as an suíochán a thug mé duit agus ní bheidh an dara rogha agam ach stopadh agus iarraidh

ort dul amach as mo leoraí agus mura n-éiríonn tú
amach sách beo scoiltfidh mé do chloigeann leis an
mbata miotail atá thíos ag taobh an tsuíocháin agam.
Ag magadh a bhí sí ach ar deireadh d'inis mé scéal
chomh maith agus ab fhéidir liom.   Scéal a bhíodh
m'athair ag insint agus mé i mo ghasúr.   Féach *Mo
Scéalsa* thíos.

Agallamh Bhríd

Céard atá Bríd in ann a dhéanamh?   Pé rud is mian léi.
Post maith a fháil, mar shampla.

Cuireadh comhairle uirthi faoin gcaoi ab fhearr le
tabhairt faoi agallamh sa chúrsa traenála a rinne sí (in
éineacht le daoine eile a bhí dífhostaithe le os cionn
bliana). Éadaí, labhairt go soiléir, treo an agallaimh a
stiúradh chun a cuid buanna a léiriú, agus mar sin de.
Ach thar aon rud eile ba chóir bricfeasta maith a ithe le
nach gcloisfí aon bhroim uisciúil istigh sa bholg, fual a
scaoileadh le nach mbeadh meáchan míchompordach ar
an lamhnán, agus cac a dhéanamh le nach mbeadh aon
teannas ar mhatáin na bputóg.

Thiomáin Bríd suas ascaill na monarchan ar an
Honda 50 agus pháirceáil os comhair aghaidh ghloine
an fhoirgnimh. Dhírigh sí a cuid gruaige agus isteach go
dtí an seomra fáiltithe léi.   Ag an deasc shín sí an litir a
bhain sí as a póca don fháilteoir a bhí ag obair ar an
ríomhaire.

Dia duit, a dúirt sí.   Tá mé anseo le haghaidh an
agallaimh don phost ag deich chun a deich maidin
inniu.

Gan a súile a bhaint ó scáileán an ríomhaire dúirt an fáilteoir le Bríd suí agus cnagadh ar an doras taobh thiar den deasc ag deich nóiméad chun a deich.

Nuair a bhí sé díreach deich nóiméad chun a deich (ar an gclog balla os cionn na deisce) shiúil Bríd suas agus chnag ar an doras. Gabh isteach, a deir glór taobh istigh. Bhrúigh sí an doras isteach. Ach bhí bac éigin ar an taobh eile agus níorbh fhéidir léi é a oscailt a dóthain. Tríd an mbearna bheag chonaic sí go raibh cathaoir droim ar ais teanntaithe faoin murlán. Bhrúigh sí níos láidre.

Níl mé in ann an doras a oscailt, a scairt sí isteach. Ón taobh istigh—tost.

D'iontaigh sí ar an bhfáilteoir. Bhí sise ag imirt cluiche ar an ríomhaire. Ar an scáileán bhí gréasán tollán agus ollphéisteanna móra corcra ag iarraidh teacht suas le firín beag buí a raibh an fáilteoir á sheoladh anonn is anall leis an luchóg ar an mata beag faoina lámh dheas. Ag iarraidh éalú ó na hollphéisteanna a bhí an firín beag buí seo, agus, nuair a bhíodh an deis aige, iad a mharú le buillí de chlaíomh nó d'airm dhraíochta éagsúla. D'aithin Bríd an cluiche seo (d'éirigh go han-mhaith léi á imirt san ionad traenála).

In aice leis an doras chonaic Bríd ord mór. Rug sí air agus bhuail an doras arís agus arís go dtí go raibh an bhearna mór a dóthain le sleamhnú isteach. Dheasaigh sí a cuid éadaigh agus dhírigh sí a cuid gruaige.

Istigh bhí bord fada agus triúr fear ina suí taobh thiar de agus straois go dtí an dá chluas ar gach duine acu. Thosaigh siad ag bualadh bos. Sheas sí os comhair an bhoird, an litir i lámh amháin, an t-ord sa lámh eile, ghlan a scornach agus labhair amach go soiléir.

Tá mé anseo le haghaidh an agallaimh don phost mar fháilteoir, a dúirt Bríd.

Bríd Ní Mhaoláin? a d'fhiafraigh an chéad duine di agus é ag déanamh scrúdaithe ar a sciorta dubh, orlach os cionn na nglún.

As Baile na bPoll? a d'fhiafraigh an dara duine agus súil ghéar ag dul suas anuas an léine bhán le naoi gcinn de chnaipí bána, an deichiú ceann ceilte ag an muineál le ribín dubh.

Deich chun a deich? a d'fhiafraigh an tríú fear agus é ag tabhairt suntais don seaicéad dúghorm le bláth beag buí ar chlé in uachtar ar an mbóna leathan.

Sea, a dúirt Bríd.

Beir ar an gcathaoir, a Bhríd, a dúirt an chéad fhear.

Tóg anall í, a Bhríd, a dúirt an dara fear.

Suigh, a Bhríd, a dúirt an tríú fear.

Cá bhfuil an leithreas? a d'fhiafraigh Bríd.

Leithreas? Thall ansin, a dúirt an chéad fhear.

Leithreas? Ach tá an doras faoi ghlas, a dúirt an dara fear.

Leithreas? Agus tá an eochair ag an bhfáilteoir, a dúirt an tríú fear.

Ní theastaíonn eochair, a dúirt Bríd.

Le buillí troma den ord bhuail sí doras an leithris arís agus arís go dtí gur ghéill sé. Shuigh sí síos ar an mbabhla. Ach ní raibh sí in ann cac a dhéanamh. Ná fual. Chuimhnigh sí ar an mbricfeasta breá nach raibh sí in ann a ithe. Amach léi arís.

As béal a chéile labhair an triúr: go raibh maith agat, a Bhríd, beidh muid i dteagmháil leat.

Tar éis an doras a tharraingt amach ina diaidh agus an t-ord mór a leagan ar ais san áit a bhfuair sí é, bhreathnaigh Bríd thar ghualainn an fháilteora. Bhí an firín beag buí sáinnithe. Ní raibh arm ar bith fágtha aige. Trí rogha a bhí aige: léim thar an bpoll os a chomhair agus ligean don ollphéist ar an taobh eile é a shlogadh; léim síos sa pholl agus deireadh a chur leis féin; fanacht san áit a raibh sé agus bás a fháil leis an ocras. Sin nó thosódh an fáilteoir an cluiche as an nua.

Plimp! Bhreathnaigh Bríd amach tríd an ngloine. Bhí leoraí mór an-fhada agus an-ard tar éis an Honda 50 (ar lena deartháir é) a leagan agus tiomáint thairis. Le scread bhí sí rite amach chun breathnú suas ar an leoraí agus síos ar an Honda 50 ina luí faoin roth. Taibhsíodh éadan le smáil dhubha thuas san fhuinneog. D'oscail an doras agus léim buachaill beag anuas in aice léi. Bhí a chuid éadaigh smeartha le hola. Tar éis seile a chaitheamh ina dhá bhos thosaigh sé ag cuimilt a éadain lena lámha.

An bhfuil tú in ann leoraí a thiomáint? a d'fhiafraigh sé de Bhríd.

Níl a fhios agam, a dúirt sí.

Suas leat, a dúirt sé agus d'imigh sé isteach sa seomra fáiltithe.

Bhí Bríd ina suí taobh thiar den roth stiúrtha ag breathnú ar na cnaipí, ar na lasca, ar na troitheáin agus ar na cloig éagsúla. Ansin, tar éis tamaill, dhreap sí go cúramach síos ón leoraí, léim go talamh agus shiúil isteach sa seomra fáiltithe. Bhí an buachaill ag scairteadh isteach an bhearna sa doras taobh thiar den fháilteoir.

An bhfuil eochair an leoraí agat? a d'fhiafraigh sí de.

Ní theastaíonn eochair, a dúirt sé, an dá shreangán thíos faoin roth stiúrtha, buail ar a chéile iad cúpla uair.

Bhreathnaigh sí thar ghualainn an fháilteora arís. Bhí an firín beag buí tar éis léim thar pholl. Tháinig ollphéist suas go béal an phoill, stop agus ansin chúlaigh. Go scafánta léim an firín beag buí ar ais thar an bpoll agus thug buille don ollphéist agus léim thar an bpoll arís. Dá n-éireodh leis méid áirithe buillí a thabhairt di mharódh sé í. Ach bhí ollphéist eile ag déanamh a bealaigh suas an tollán taobh thiar de. Taobh thiar den roth stiúrtha arís bhuail Bríd an dá shreangán ar a chéile. In achar gearr bhí sí ag tiomáint go mall síos ascaill na monarchan agus a súile géaraithe ar an mbealach roimpi.

Tá Bríd in ann leoraí a thiomáint.

An Caipín

Caipín iascaire a thabharfaí air. An t-éadach, ní canbhás ach plaisteach de shaghas éigin, righin go leor. Dath dúghlas, níos mó den dubh. Maidir leis an déanamh bhí dhá phíosa i gceist. An barr, cruinn chun go suífeadh sé go socair ar mhullach an chinn, ansin sciorta sínte síos timpeall air sin, níos faide ar chúl. Taobh istigh, ar an mbarr amháin, líneáil bhánbhuí, d'éadach cosúil le cadás, lipéad bán ar chúl, ainm an déantóra faoi dhúch dearg ar thaobh amháin agus gan tada ar an taobh eile, áit a raibh sé ar intinn agam m'ainm a scríobh. D'fhéadfaí go leor eile a rá faoin gcaipín seo, a chuma atá i gceist agam, an chaoi a raibh an dá phíosa greamaithe le chéile, greamanna na líneála, toisí agus eile ach is mionrudaí iad sin, gan mórán tábhachta. Go bunúsach, cruth éifeachtach a bhí ann chun an bháisteach anuas a scaoileadh síos uait ar gach taobh. Agus bhí iall fhada dhubh ar gach aon taobh ar féidir iad a cheangal faoin smig.

Ag pointe amháin d'inis mé do Bhríd go raibh mo chaipín caillte agam, é fágtha sa charr a thug suíochán dom roimhe nó tite ar leataobh an bhóthair. D'ardaigh sí a lámh agus dhírigh í i dtreo na seilfe thíos fúm. Tá caipín istigh ansin áit éigin, dúirt sí. Ceann maith é. Bean agus fear, Francaigh, turasóirí ar thug mé síob dóibh díreach romhat, rinne duine acu dearmad air. Tóg leat é agus míle fáilte.

Agus mé ag gabháil buíochais léi chrom mé ar an gcaipín a scrúdú. Bhí sé díreach cosúil le mo cheannsa, rud a chuir mé in iúl di. Bhí mé cinnte de, dúirt mé, gurbh é mo cheannsa a bhí ann, gurbh amhlaidh gur ardaigh duine de na Francaigh leis nó léi ón mbóthar é. Sea, agus bhí mé cinnte go raibh draíocht de shaghas éigin ag baint leis an gcaipín seo mar ní hé an chéad uair é an lá sin a chaill mé é ach féach go bhfuair mé ar ais é i gcónaí.

Thart ar mhí ó shin a cheannaigh mé é. Bhí an dól faighte agam an lá roimhe, na hiasachtaí íoctha ar ais agus tar éis oíche mhór óil ní raibh ach nóta deich bpunt agus cúpla bonn fánach i mo phóca. I dteach cara liom faoin tuath a dhúisigh mé, áit a raibh cóisir an oíche roimhe sin, pé caoi ar éirigh liom taisteal ann. Thosaigh mé ag déanamh mo bhealaigh abhaile, ar an ordóg. Thug fear síob dom chomh fada le siopa, ceann de na siopaí tuaithe sin a dhéanann freastal ar riachtanais uile an cheantair, éadaí, crua-earraí, bia don duine agus don eallach. Shocraigh mé go ndéanfainn beagán siopadóireachta nó bheadh mo Mhama anuas orm. Líon isteach i gciseán roinnt rudaí le hithe agus chuaigh ag taiscéalaíocht i measc na n-uirlisí, na n-ábhar tógála, na stocaí olla agus na mbuataisí go dtí gur aimsigh mé an caipín. De bharr go raibh mo cheann féin imithe amú tar éis ragairne na hoíche scrúdaigh mé é. Ní raibh aon phraghas scríofa air ná ar an tseilf faoi agus shíl mé nach mbeadh air ach dhá phunt caoga nó trí phunt. Sé phunt a bhí air, a dúirt an cailín liom ag an gcuntar. Ródhaor, cheap sí féin, do chaipín dá leithéid. An raibh mé fós á iarraidh, d'fhiafraigh sí, agus dúirt mé go raibh. Dhá phunt déag agus ceathracha a trí pingin san iomlán. Léirigh an cailín an-tuiscint nuair a thaispeáin mé nach raibh mo dhóthain airgid agam, agus mhol sí dom an caipín a fhágáil d'am éigin eile, rud a d'fhágfadh go mbeadh luach toitíní agam. Ach ba iad an cháis agus na hispíní a thug mé ar ais. Bhí iarracht de náire orm de bharr go raibh an chosúlacht air go raibh an ceart aici má cheap sí gur amadán mé.

Dá bhrí sin chuir sé as go mór dom ar maidin nuair a cheap mé go raibh an caipín caillte agam. Deimhniú gurbh airgead amú é, ar a laghad, b'fhéidir gurbh amadán mé. Is iomaí caipín a chaill mé roimhe ach caipíní aicrileacha, a choinneodh te ach ní tirim mé, a cheannaínn sa siopa punt a bhí iontu. Ba chuma liom iad a chailliúint. Nach bhfuair mé cúpla ceann acu saor in aisce? Fear an tí tábhairne thug sé trí cinn dom maidin amháin nuair a chuir mé tuairisc ar cheann a chaill mé. Tá siad ann le mí, a dúirt sé, ní bhacann siad le teacht faoina gcoinne ar chor ar bith. Chaill mé iad sin ceann i ndiaidh a chéile agus cheannaigh mé ceann eile. Amanna phiocainn ceann suas ón mbóthar—tar éis é a níochán bhí sé chomh maith le ceann nua.

Ach anois agus an caipín seo ar ais i mo lámh agam
bhí mé lándeimhneach de, dúirt mé le Bríd, nach caipín
báistí a bhí ann ach comhartha. Comhartha a sheasann
don saol nua atá amach romham, a Bhríd, an saol a
d'fhéadfadh a bheith romham má éiríonn liom san
agallamh seo amárach, airgead, cathair mhór, cairde
nua, taisteal ar bhus nó ar thraein. Na seanchaipíní sin,
seasann siadsan don seansaol, maireachtáil ó lá go lá,
dífhostaíocht, nós cuma liom faoi mhaoin an tsaoil. An
caipín ag filleadh orm, is ionann é sin agus an chinniúint
ag rá liom gur sa treo ceart atá mé ag dul sa saol. Ag
magadh a bhí mé, le bheith fírinneach, ach dúirt Bríd
gurbh aisteach na bealaí a bhí ag an saol chun duine a
chur ar bhealach a leasa. Mar léiriú air sin d'inis sí dom
faoin gcaoi ar thosaigh sí ag tiomáint leoraithe. Féach
Agallamh Bhríd thuas.

Mo Scéalsa

Bhí an Rí seo ann agus bhí buachaill ceithre bliana déag ag
iarraidh a iníon a phósadh ach ní raibh sé sásta—an rí—mar
buachaill bocht a bhí ann cé go raibh sé sa tairngreacht go
bpósfadh sé—an buachaill ceithre bliana déag atá i gceist
agam—a iníon. Nuair a theip ar sheift éigin a cheap an Rí
chun deireadh a chur leis an mbuachaill—ba é an chaoi gur
chuir an Bhanríon fáilte mhór roimhe, roimh an
mbuachaill mar gur cheap sí—ní cuimhin liom cén fáth
anois—gurbh é rogha fir an Rí dá iníon é—nuair a theip air
seo ar aon nós d'ordaigh an Rí dó dul chuig teach an
Diabhail agus filleadh le trí dhlaoi óir ó chloigeann an
Diabhail—gruaig déanta as ór a bhí ag an Diabhal sa scéal

seo—agus ansin bheadh cead aige í—an iníon—a phósadh, rud a raibh sise agus a máthair—an Bhanríon—ag dúil go mór leis mar bhí sí tite i ngrá leis cheana féin, an iníon i ngrá leis an mbuachaill, atá mé ag rá.

An leanfaidh mé ar aghaidh leis seo, a Bhríd?

Shiúil sé ar an mbóthar fada go teach an Diabhail agus tháinig sé chuig baile a raibh tobar a raibh uisce thíos ann ach a mbíodh fíon ann agus na daoine ag fiafraí de cén fáth. Ansin tháinig sé chuig crann a mbíodh úlla órga ag fás air ach gan anois ach bileoga agus tar éis sin tháinig sé chuig abhainn mhór a raibh bád farantóireachta ann chun daoine a aistriú ó bhruach go bruach ach bhí an bádóir míshásta agus ag gearán go raibh sé tar éis bheith ag fanacht chomh fada sin—cúpla mí nó bliain b'fhéidir, ní bhaineann sé leis an scéal le fírinne ach tamall an-fhada, rófhada ar chuma ar bith—le bádóir eile a thagadh chun a sheal a dhéanamh.

Níl aon mhaith leis seo, a Bhríd, an bhfuil?

Faoi dheireadh tháinig sé go teach an Diabhail ach ní raibh Sé Féin istigh ach bhí a Mhamó ann agus nuair a d'inis an buachaill a scéal ó thús deireadh di shocraigh sí go gcabhródh sí leis mar gur mheas sí gur buachaill deas é, deas misniúil, is dóigh. Tá mé ag ceapadh gur thug sí greim le hithe dó, chomh maith. Nuair a tháinig an Diabhal isteach thit sé ina chodladh lena chloigeann ar ghlúin a Mhamó, ina suí a bhí sí, mar bhí sé tuirseach tar éis an dinnéar a ithe agus gur iarr sí air é a dhéanamh agus a méara ag muirniú a fhoilt óir. Bhí an buachaill i bhfolach, ar ndóigh, sular tháinig an Diabhal isteach.

An bhfuil praiseach ceart déanta agam de seo?

Ar an mbealach seo fuair Mamó na trí dhlaoi óir don bhuachaill chomh maith le fuascailt na bhfadhbanna

sin—an tobar, an crann agus an bádóir—mar lig sí uirthi
gur drochbhrionglóid a bhain geit chomh mór sin aisti
gur tharraing sí ar ghruaig an Diabhail agus de bharr go
raibh an-suim aige sna brionglóidí, go háirithe
drochbhrionglóidí, is cosúil, mhínigh sé iad di—gur frog
faoi chloch ag bun an tobair a bhí ag cur coisc ar an
bhfíon, luchóg faoin talamh ag ithe fréamhacha an
chrainn agus nach raibh le déanamh ag an mbádóir
chun éalú ach ar shroichint bhruach eile na habhann dó
an rópa lena gceanglaítear an bád a chur isteach i lámha
an phaisinéara, léim amach agus imeacht leis agus
bheadh ar an bpaisinéir sin a bheith ag aistriú daoine ó
bhruach go bruach as sin amach.

Tá an scéal bunoscionn agam, a Bhríd, gabh mo
leithscéal.

Ar aon nós as go brách leis abhaile go caisleán an Rí leis
na trí dhlaoi agus phós sé an iníon agus caithfidh sé go
raibh meas ag an Rí air anois tar éis an t-éacht a bhí déanta
aige agus d'éirigh siad ceanúil ar a chéile agus mhair siad
go sona sásta ina dhiaidh sin—ach ní hea, tá dearmad
déanta agam—rinne mé dearmad a rá gur mhínigh sé do
na daoine faoin bhfrog agus faoin luchóg agus le buíochas
bhronn siad go leor asal le cliabha lán le hairgead, le hór
agus le seoda agus rudaí mar sin agus gurbh é an Rí a
ghlac áit an bhádóra sin mar gur inis sé—an buachaill—
d'inis an buachaill don Rí go raibh cúpla asal eile ar an
mbruach thall den abhainn úd agus go dtabharfadh an
bádóir trasna é agus d'imigh an Rí leis, bhí sé chomh
santach sin agus nár fhill sé ó shin agus gach seans go
bhfuil sé fós sa mbád agus gan aon duine aige a d'inseodh
dó faoin mbealach éalaithe.

Sin é, a Bhríd.

Suíochán VI

Is minic drochthoradh ar bhréag a insíodh chun dea-thoradh a chur i gcrích. Fuair mé síob le duine a d'inis scéal a léirigh é seo, chomh maith le rudaí eile. Ba bheag nár leag sé mé nuair a tharraing sé isteach ar thaobh an bhóthair. Carr mór galánta ach é sean agus droch-chaoi air. Ar an suíochán in aice leis bhí maide siúil, fiacla bréige agus péire spéaclaí a raibh an dá lionsa scoilte orthu, rudaí a thóg sé as mo bhealach sular thug sé cuireadh dom suí isteach. Seanfhear faoi chulaith mhaith éadaigh agus bláth bán ar bhóna an tseaicéid. Níor thiománaí maith é. Bhíodh sé ag athrú luais rómhinic, bhain sé díoscán uafásach as na giaranna cúpla uair agus ní i líne dhíreach a bhí muid ag dul. Thuig mé tar éis tamaillín go raibh sé óltach. Ní hé go raibh dhá thaobh an bhóthair leis ach ba léir dom gurbh obair mhór dó fanacht idir an líne bhán i lár agus an líne bhuí ar leataobh. Bhíodh trácht taobh thiar dínn ag bípeáil sula dtéadh tharainn.

D'admhaigh sé go raibh braon istigh aige. Ag bainis a bhí sé an lá roimhe sin agus é ag ól agus ag caint leis na haíonna eile san óstán go dtí deireanach go maith san oíche. Ní bhfuair sé ach trí nó ceithre huaire an chloig codlata agus bhí air leigheas na póite a ól tar éis bricfeasta—murach sin ní bheadh sé in ann tiomáint abhaile ar chor ar bith. Thug sé síob dom chun go gcoinneoinn ina dhúiseacht é le comhrá, dúirt sé. Agus bhí imní air faoin timpeallán nua—de bharr go raibh na spéaclaí briste bheadh orm na comharthaí bóthair a léamh dó chun go n-aimseodh sé an casadh ceart.

Tar éis cúrsaí aimsire a phlé luaigh mé go raibh mé dífhostaithe. Thosaigh sé ag labhairt faoin obair a bhíodh ar siúl aige féin. Leis an gcomhlacht ríomhaireachta céanna a bhí sé le breis is scór bliain, é ina cheannaire ar an rannóg ar deireadh sular ghráinigh sé ar an obair agus d'éirigh as. B'fhuath leis ríomhairí anois, dúirt sé, b'fhearr leis bheith díomhaoin, maireachtáil ar a phinsean cé gur céim mhór síos é ó thaobh airgid de.

Nuair a d'inis mé dó gur ag dul le haghaidh agallaimh a bhí mé dúirt sé go n-inseodh sé a scéal agallaimh féin ó thús go deireadh agus gurbh fhéidir go mbainfinn leas as. Ach de bharr go raibh sé leathchaoch tar éis na spéaclaí a bhriseadh ar maidin, d'iarr sé orm insint dó nuair a d'fheicfinn an teach tábhairne ar thaobh na láimhe clé— mar, bíodh a fhios agam, gur túisce deoch ná scéal. Bhí mé idir dhá chomhairle faoi seo, ag smaoineamh gan rud ar bith a rá, ach ansin d'aimsigh sé féin é, teach beag tábhairne in aice le siopa ag crosbhóthar. Stop sé.

Ní fhanfadh muid i bhfad, dúirt sé, an raibh deifir orm? Dúirt mé nach raibh. I ndáiríre, ní róshásta a bhí mé agus é chun tuilleadh a ól. Bhreathnaigh mé ar an mbóthar amach romham. Arbh fhearr dom imeacht? B'fhearr, b'fhéidir. Ach de bharr go raibh suim agam ina scéal shocraigh mé dul leis. Chuir sé na fiacla bréige isteach—trí dhearmad d'fhág sé istigh sa leaba aréir iad

agus bhí a bhéal tinn ar maidin—agus rug ar an maide.
Amach as an gcarr linn.

Ní raibh duine ar bith istigh ach bean an tí ag bun an
chuntair agus í ag breathnú ar an teilifís. Caife a d'ól mé
féin, ainneoin an bhrú a chuir sé orm. Caife a d'ól sé féin,
le leathcheann fuisce tríd agus tar éis sin pionta—bhí orm
diúltú arís.

D'inis sé a scéal ansin, scéal faoi dhuine a chuir sé faoi
agallamh agus a d'fhostaigh sé. Go stadach a d'inis sé é,
idir babhtaí casachta agus leithscéalta faoi neamhbhuaine
a chuimhne, é ag imeacht ar strae chun a éadóchas faoin
duine agus a raibh i ndán dó a léiriú dom, an scrios ar an
saol ar gach taobh, saint imithe ó smacht, caidreamh idir
daoine briste as a chéile, an iomarca tráchta ar na bóithre,
truailliú agus go leor eile. Ach le leideanna agus le
ceisteanna threoraigh mé é chun go míneodh sé gach gné
den agallamh agus ar lean é go dtí ar deireadh go raibh
an scéal faighte agam uaidh ina iomláine. Féach thíos,
achoimre chomh cruinn beacht agus ab fhéidir liomsa a
dhéanamh den aimhréidh.

D'fhiafraigh sé díom ina dhiaidh céard é mo thuairim
faoi na bréaga. Ceist mhaith. Dúirt mé go raibh níos
mó i gceist ná bheith ag rá rudaí nach raibh fíor. In aon
chaidreamh idir daoine bhí nochtadh croí agus anama
ann, a bheag nó a mhór. Chonacthas domsa gurbh
fhusa le go leor ar m'aithne dul i muinín na mbréag, fiú
ar bheagán cúise dar liomsa, rud ar bith ach a gcuid laigí
a nochtadh, a náire faoina neamhfhoirfeacht a léiriú.
B'fhearr leo plámás, an bhréag bheag chomh maith leis
an mbréag mhór, déanamh suas le daoine, go háirithe
daoine mór le rá, daoine a raibh cáil na foirfeachta
orthu. Ar deireadh b'fhadhb mhuiníne é.

Dúirt mé gur nós liom, le blianta beaga anuas ar aon nós, an fhírinne a insint fiú dá mbeinn thíos leis. Bhí tugtha faoi deara agam go raibh daoine ann a raibh meas acu ar an bhfírinne agus meas acu ormsa dá réir. Rud maith a bhí ansin. Níorbh in le rá nach raibh gá le bréaga amanna, dúirt mé. Mar shampla, bhí orm cúpla bréag mhór a insint do mo thuismitheoirí, go háirithe do mo Mhama, cúrsaí óil, cailíní nó diabhlaíocht éigin a bhí ar siúl agam. Ní raibh mé ag iarraidh iad a ghortú. B'fhéidir go ngortódh sé níos mó iad dá mbeadh a fhios acu gur inis mé bréaga chomh mór sin dóibh. Ní bheadh a fhios agam faoi m'athair agus é básaithe le cúpla bliain. Fós níl sé de mhisneach agam an fhírinne a insint do mo Mhama. Agus, ar ndóigh, b'iomaí bréag a d'inis mé d'údaráis éagsúla chun nach mbuailfidís faoi chos mé, nach robálfaidís mé. Ach caidreamh le cineál meaisín a bhí ansin, ní le duine.

D'éist sé leis an gcaint seo go ciúin. Ar deireadh dúirt mé, maidir lena scéal féin, go raibh mé cinnte de gur ócáid í ar fheil an bhréag di. Bréag uasal a thug mé uirthi.

D'ordaigh sé pionta eile. Dhiúltaigh mé pionta arís, agus ansin caife eile. Dúirt mé gurbh fhearr dom imeacht. Bheinn breá sásta fanacht agus tuilleadh cainte a dhéanamh leis ach shíl mé go raibh an baol ann nach stopfadh sé ag ól fad is a bhí comhluadar aige. Rug mé ar a lámh agus chroith í, thug buíochas dó as an gcaife agus as an síob. Dúirt sé agus é ag mungailt na bhfocal nach mbeadh sé i bhfad agus go bpiocfadh sé suas i gceann tamaill mé dá mbeinn fós ar an mbóthar. Bhreathnaigh bean an tí go hamhrasach orm agus mé ar mo bhealach amach. Ní róbhuíoch díom a bhí sí, de réir cosúlachta, as an bpótaire seo a fhágáil aici.

Tar éis seasamh ar an mbóthar ar feadh tamaill chuimhnigh mé ar mo chaipín. Ní raibh sé agam. Shiúil mé ar ais chuig an gcarr agus b'in é ar an suíochán. Chinn mé gan dul isteach sa teach tábhairne arís ach an doras a oscailt gan chead—ní raibh glas curtha aige air. Ach níor thúisce an caipín sciobtha ón suíochán agam ná gur chuala mé glór taobh thiar díom. É féin a bhí ann, ina sheasamh i ndoras an tí tábhairne. B'fhéidir gur cheap mé go raibh sé féin dall, dúirt sé, ach ní raibh bean an tí, bail ó Dhia uirthi. Gadaí mé, scairt sé orm, tar éis mo chuid cainte uile. Rinne mé iarracht a mhíniú dó faoin gcaipín ach spréach sé. Mo chaipínse? An raibh mé cinnte gurbh é mo chaipínse é? Arbh é go raibh m'ainm scríofa air? Dúirt mé nach raibh ach dá mbeadh peann aige gur mhaith liom m'ainm a scríobh air. D'imigh sé ina ghealt ar fad ansin agus thug fogha fúm leis an maide ionas nach raibh de rogha agam ach rith síos an bóthar uaidh agus é ag tabhairt plámásaí agus deargbhréagadóir orm. Nuair a bhí fad curtha agam eadrainn stop mé agus bhreathnaigh air. Ag cur glais ar dhoirse an chairr a bhí sé. Chroith sé dorn orm sular shiúil sé isteach sa teach tábhairne arís. D'ardaigh mé mo dhá lámh i gcomhartha mearbhaill. Scairt sé orm, ag rá maidir le scéal an agallaimh a d'inis sé dom, gur cumadóireacht ar fad a bhí ann. Rud, ar ndóigh, nár chreid mé.

Scéal an Agallaimh

Bhí forás faoin gcomhlacht agus theastaigh córas ríomhaireachta níos cuimsithí ná an ceann a bhí ann cheana féin. Phléigh an bord bainisteoireachta an scéal le ceannaire na rannóige ríomhaireachta agus socraíodh gur theastaigh innealtóir ríomhaireachta chun tabhairt faoin obair seo. Fógraíodh post. Rinneadh scagadh ar na foirmeacha iarratais agus socraíodh ar ghearrliosta. Chuir ceannaire na rannóige ríomhaireachta agallamh ar na hiarrthóirí agus ar deireadh thug sé le fios go raibh an duine ceart aimsithe aige, tairiscint déanta dó ar an bpointe agus glactha aige dá réir. An lá ina dhiaidh sin thosódh sé.

Ach ba ghearr gur tháinig sé chun solais nach raibh na cáilíochtaí cuí ag an duine seo agus gur bheag a thaithí ar an gcineál sin oibre. Fuarthas amach, freisin, go raibh an fear dífhostaithe ar feadh bliana sula bhfuair sé an post leis an gcomhlacht. Agus nár mhair an t-agallamh ach cúig nóiméad. Rinneadh clamhsán oifigiúil. Cuireadh fios ar cheannaire na rannóige chun míniú a thabhairt don bhord bainisteoireachta.

Mhínigh ceannaire na rannóige ríomhaireachta gur bheag an tuiscint a bhí ag lucht an chlamhsáin ar an duine agus, dá bhrí sin, ar riachtanais an phoist. Cinnte, bhí cáilíocht agus taithí oibre tábhachtach. Ach bhí dhá bhua eile ag teastáil ar thábhachtaí i bhfad iad, buanna nár léirigh ach an fear a d'fhostaigh sé. Is iad na buanna sin acmhainn chun fadhbanna a réiteach agus fonn chun oibre.

Sna hagallaimh, cuireadh ceisteanna teicniúla i ndiaidh a chéile nó gur theip faoi dheireadh ar an iarrthóir freagra a thabhairt. D'admhaigh gach duine nach raibh an t-eolas sin acu, nár fhoghlaim siad é san ollscoil, nach raibh sé sna téacsleabhair, gur bhain an cheist le gné den ríomhaireacht nach raibh aon taithí acu uirthi, agus mar sin de. Fiafraíodh díobh dá ndéanfaí tairiscint dóibh cé chomh luath a bheidís in ann tosú. Bhí agallaimh eile le déanamh acu, nó bheadh moill ann de bharr athrú tí, nó bhí laethanta saoire curtha in áirithe cheana féin, agus eile.

An duine ar tugadh an post dó ar deireadh, cuireadh ceisteanna teicniúla air nó gur theip air freagra a thabhairt, pointe a shroich sé níos luaithe ná na hiarrthóirí eile, is fíor. Ach féach, cé gur admhaigh sé nach raibh an t-eolas aige dúirt sé go raibh tuairim aige go raibh baint ag an gceist le gné áirithe den ríomhaireacht a raibh beagán eolais aige uirthi, go ndéanfadh sé beagán fiosraithe faoi, go bhfaca sé leabhar i siopa arbh fhéidir go raibh an t-eolas le fáil i gcaibidil áirithe ann, go raibh cara leis ag obair i gcomhlacht i dtír eile a bhféadfadh sé glao gutháin a chur air, agus mar sin de. Is é sin le rá, níor ghéill sé don fhadhb, ní hionann is gach duine de na hiarrthóirí eile. Agus nuair a fiafraíodh de cé chomh luath a bheadh sé in ann tosú b'éard a dúirt sé—maidin amárach. Dearbhú é sin go raibh an dara bua aige, is é sin an fonn chun oibre, de bharr, is dóigh, gur dífhostaithe le bliain a bhí sé. Ghlac an bord bainisteoireachta leis an míniú.

Bhréagnaigh imeacht na haimsire lucht an chlamhsáin. D'éirigh thar cionn leis an bhfear. D'fhoghlaim sé go sciobtha agus d'oibrigh sé go díograiseach sa chaoi go ndearnadh dul chun cinn thar mar a bheadh aon duine ag súil leis sa chóras ríomhaireachta. Thug lucht an chlamhsáin féin moladh mór do cheannaire na rannóige as an tsúil ghéar fhadradharcach a bhí aige.

Tamall ina dhiaidh sin d'éirigh an ceannaire as a phost. Drochshláinte ba chúis leis, dúirt sé, agus nach raibh an tsuim chéanna aige san obair is a bhíodh. An lá a d'fhág sé, san óstán a raibh cúpla deoch á n-ól aige lena iarchomhoibrithe, labhair an fear a d'fhostaigh sé leis. Bhí scéal an chlamhsáin cloiste aige sin ó dhuine den bhord bainisteoireachta. Mhol sé an t-iarcheannaire as an tuiscint a bhí aige ar an duine.

Dúirt an ceannaire go raibh dul amú mór air. An moladh a thug sé dó, an tuiscint ar an duine a cheap sé a bhí aige, níorbh ann dóibh. D'admhaigh sé don fhear gur fhostaigh sé é agus é ag súil nach ndéanfadh sé mórán dul chun cinn, go mbeadh an bord bainisteoireachta ag clamhsán, meamraim á gcarnadh ar dheascanna, cruinnithe achrannacha agus an milleán á chur ó dhuine go duine, tranglam ceart maorlathais a chuirfeadh moill mhór ar an gcóras nua ríomhaireachta. Bréaga a d'inis sé don bhord.

Cén fáth? Mar gur chreid sé ag an am gur ar aimhleas an chomhlachta é an iomarca smachta a thabhairt don chóras nua ríomhaireachta. Go raibh níos mó i gceist leis an gcomhlacht ná obair, éifeacht agus brabach. Caidreamh idir daoine, obair as lámha a chéile, dílseacht, meas, cairdeas. Ach cén tuiscint a bheadh ag an ríomhaire air sin? Obair chomh héifeachtach agus ab fhéidir, beag beann ar an duine. Scriosfadh sé an comhlacht. Bheadh poist á gcailliúint, an iomarca oibrithe sealadacha, deighilt níos mó idir bainisteoirí agus oibrithe. Pé bac a bheadh sé in ann a chur ar an ríomhaire b'amhlaidh ab fhearr é don chomhlacht.

Ach thuig sé anois i ndeireadh na dála go raibh dul amú air, nach raibh aon mhaith bac a chur ar an ríomhaire, nach ar an ríomhaire ba cheart an milleán a chur, ach ar an duine.

Suíochán VII

D'fhiafraigh sí díom cá raibh mé ag dul. Bean eachtrannach a bhí inti mar ba léir óna blas cainte, murar léir cheana é ó uimhirphláta an chairr. Bhí rian den neirbhís sa cheist, cheap mé, amhras fúm san fhéachaint a chaith sí orm. D'inis mé di cá raibh mé ag dul. Thug mé buíochas di as an suíochán agus mar iarracht chun í a chur ar a compord liom thosaigh mé ag labhairt faoin aimsir.

D'fhiafraigh mé di cá raibh a triail féin. B'éard a dúirt sí nach raibh a fhios aici. Ach bhí sí sásta dul go dtí an áit a raibh mise ag dul. Ormsa a bhí an t-amhras anois. Dúirt mé nach raibh mé ag iarraidh í a chur as a bealach. Ní raibh aon bhealach áirithe aici, a dúirt sí, ach thabharfadh sí mé pé áit a raibh mé ag iarraidh dul. Mhínigh sí ansin gur ar saoire a bhí sí le seachtain anuas sa tír seo agus gur chuma léi cá raibh sí ag dul. Ba é a bhí i gceist aici i dtosach teacht gan choinne ar cuairt ar sheanchara léi. Bhídís ag scríobh chuig a chéile ach stop siad bliain ó shin. Ach faraor, ní raibh a cara ina cónaí níos mó ag an seanseoladh agus bhí teipthe uirthi a lorg a fháil. B'fhéidir go raibh sí imithe as an tír ar fad. Ó shin bhí sí ag taisteal thart go fánach, ag fanacht oíche in óstán nó teach lóistín agus an lá á chaitheamh aici ar an

mbóthar. Thaitin an tiomáint léi. Bhí cuid mhaith den
tír feicthe aici.

D'fhiafraigh mé di ar thaitin an tír léi. Thaitin, an
méid a bhí le feiceáil trí fhuinneoga an chairr. Thug sí
suntas don mhéid síobshiúlaithe a bhí ar na bóithre.
B'fhíorannamh an rud é duine ag taisteal ar an ordóg
ina tír féin. Ba é a tuiscint riamh anall gur chontúirteach
an rud é don tiománaí agus don síobshiúlaí. Ach ar
imeall beagnach gach baile a ndeachaigh sí tríd bhí siad
le feiceáil, scuaine acu amanna, beirt nó fiú triúr in
éineacht le chéile. Agus mná aonaracha, rud a chuir
iontas uirthi. Ba mhisniúil an rud é sin dóibh, cheap sí.
Bhí sí cinnte de nach ndéanfadh bean ar bith a leithéid
ina tír féin. Bhí ag méadú ar an gcathú uirthi stopadh
do dhuine éigin le cúpla lá anuas. Ach cheap sí nach
mbeadh sí ar a compord agus duine sa suíochán in aice
léi nach raibh aithne dá laghad aici air nó uirthi.
B'fhéidir go raibh baint aige sin leis an gcineál oibre a
bhí aici sa bhaile agus í ina haonar i gcónaí. Stop sí
domsa faoi dheireadh, dúirt sí agus í ag caitheamh
meangadh beag orm, mar go bhfuair an fhiosracht an
ceann is fearr ar an bhfaitíos uirthi. Bhí sí ag iarraidh
fáil amach cén sórt duine a bheadh ag síobshiúl agus é
gléasta i gculaith dheas éadaigh agus cóta mór fillte thar
a lámh, an chosúlacht orm gur fear gnó mé. Ba léir di
anois nach raibh aon dochar ionam, ar aon nós.

D'fhiafraigh sí an raibh sé furasta do dhuine síob a
fháil. Dúirt mé go raibh baint mhór ag an ádh leis an
scéal. D'fhéadfá a bheith ag fanacht ar thaobh an
bhóthair tamall maith amanna, cúpla uair an chloig fiú.
Bhí rialacha leagtha amach agam chun an seans is fearr a
thabhairt dom féin. Ba thábhachtach an rud é cuma

réasúnta néata a bheith ort. Níor mhór áit mhaith seasaimh a roghnú nach mbeadh luas rómhór ag an trácht, áit a bhfeicfí go soiléir thú agus a mbeadh spás ag an tiománaí le tarraingt isteach ann. Díreach i ndiaidh timpealláin an áit is fearr ar fad, déarfainn, ó mo chuid taithí féin. Agus gan mórán bagáiste a bheith agat. Féach nach raibh mála ar bith ar iompar agamsa. De bharr nach mbeinn ag fanacht ag mo cheann scríbe ach ar feadh oíche amháin ní raibh agam ach athrú fo-éadaí agus scuaibín fiacla agus iad thíos i bpóca mo chóta mhóir. Ach ar deireadh thiar thall ba dheacair an rud a mheas. Ádh, mar a bhí ráite agam. Cúpla uair fuair mé suíochán agus gach ceann de na rialacha sin briste agam.

D'fhiafraigh sí díom cén fáth i mo thuairim féin a dtabharfadh tiománaithe suíocháin do dhaoine. Flaithiúlacht, amanna, dúirt mé. Tá daoine ann nach bhfuil sé de chroí iontu dul tharat ar an mbóthar fiú má bhíonn luas fúthu nó más i ndrocháit a bhíonn tú i do sheasamh. Ní thuigfidís cén fáth a n-imeodh daoine eile tharat, nuair nach gcuirfeadh sé as a dhath dóibh stopadh. Daoine eile, thabharfaidís suíochán duit mar go bhfuil tuiscint acu ar do chás mar go mbíodh siad féin ag síobshiúl sula raibh carr acu. Thairis sin is daoine iad a bhfuil spéis acu sa chomhrá. Giorraíonn beirt bóthar, mar a déarfá. Mar aguisín air seo dúirt mé go raibh fir ann a thabharfadh síob do mhná agus do mhná amháin. B'fhéidir gurbh é an t-aon deis é a bheadh acu labhairt le bean. Nó ceapann siad go mbeadh seans acu uirthi. Nó bíonn éigniú ar intinn acu. Nó dúnmharú. B'annamh an rud é bean ag stopadh ar an mbóthar d'fhear ar an údar céanna, is dóigh.

D'fhiafraigh sí díom ansin cén fáth a raibh mé féin ag

síobshiúl seachas taisteal ar bhus. Mhínigh mé go raibh mé dífhostaithe agus nach raibh luach an bhus agam. Bhuel, le bheith fírinneach, bhí, ach b'fhearr liom an stró seo a chur orm féin agus an t-airgead sin a choinneáil le haghaidh rud éigin eile. Ach thaitin an síobshiúl liom, dúirt mé, ach amháin an seasamh i m'amadán ar thaobh an bhóthair. Inniu, mar shampla, bhí an oiread sin comhráite suimiúla déanta agam le tiománaithe. De bharr go raibh mé gléasta chomh maith sin, déarfainn gur thug daoine suíochán dom nach dtabharfadh de ghnáth. Í féin, mar a bhí ráite aici cheana. D'inis mé di an fáth a raibh mé gléasta mar seo, faoin agallamh a bhí le déanamh agam an lá dár gcionn agus an chaoi ar spreag an t-eolas sin scéalta ó na tiománaithe uile eile, ach amháin an fear nár labhair mórán. An raibh scéal aici féin?

Bliain ó shin fuair sí an post a bhí aici. Sheol sí a CV chuig go leor comhlachtaí. Lá amháin tháinig fear an phoist le cárta poist ón gcara léi a bhí sa tír seo agus freagra ó cheann de na comhlachtaí seo. *A Chara, Go raibh maith agat as d'iarratas ar phost sa chomhlacht seo. Níor mhiste casadh leat. Arbh fhéidir leat glaoch ar an uimhir thuasluaite chun agallamh a shocrú? Is mise etc.* Nuair a ghlaoigh sí ar an uimhir meaisín freagartha a bhí ann. Chuir sí síos an guthán agus léigh an cárta poist. Tar éis tamaill ghlaoigh sí arís. Fós meaisín freagartha. *Ní féidir teacht chuig an nguthán faoi láthair. Más maith leat teachtaireacht a fhágáil labhair nuair a chloiseann tú an ton.* Labhair sí, ag rá go bhfuair sí an litir agus gur mhaith léi agallamh a shocrú. D'fhág sí a huimhir ghutháin. Tar éis tamaill chuimhnigh sí go ndearna sí dearmad a hainm a lua.

An lá dár gcionn tháinig litir eile. *A Chara, míle buíochas as an nglao gutháin inné. Faraor, níorbh fhéidir glaoch ar ais ort chun dáta agus am a shocrú i gcomhair agallaimh. Ar mhiste leat teacht go dtí an oifig thuasluaite Dé hAoine, 10 Lúnasa, 16.30? Sa chás nach n-oireann an socrú seo duit glaoigh ar an uimhir thuasluaite chun dáta agus am ar do mhian féin a shocrú. Is mise le meas etc.* Ghlaoigh sí ar an uimhir. An meaisín freagartha a bhí ann arís. Tar éis a hainm agus a seoladh a lua dúirt sí go raibh an socrú sa litir oiriúnach go maith di agus go mbeadh sí i láthair ag an am cuí. Nuair a léigh sí an litir arís thug sí faoi deara nár ghá an glao a dhéanamh ar chor ar bith.

Chuaigh sí chuig an agallamh. D'aimsigh sí an oifig i bhfoirgneamh mór a raibh oifigí ag go leor comhlachtaí ann. Nuair a tháinig an t-am chas sí hanla an dorais. Bhí glas air. Chnag sí. Níor tháinig aon duine. D'fhan sí. Thug sí faoi deara go raibh ceamara os cionn an dorais dírithe anuas uirthi. Rinne sí iarracht an doras a oscailt arís, chnag sí agus d'fhan sí. Bhreathnaigh sí ar a huaireadóir. Bheadh sí mall. Ansin thug sí faoi deara gléas beag ar thaobh na láimhe clé den doras. Thíos faoi bhí fógra. *Cuairteoirí: labhair isteach sa mhicreafón thuas agus an cnaipe á bhrú agat. Abair d'ainm agus do ghnó.* Rinne sí amhlaidh agus rinne an doras torann a chuir in iúl di go raibh an glas bainte de. Chuaigh sí isteach.

Istigh bhí seomra le deasc a raibh fón, ríomhaire, dialann, cual páipéir agus rudaí eile a mbeifí ag súil leo in oifig ghnó. Chomh maith leis an gceann a raibh sí tar éis siúl tríd bhí doras ar gach ceann de na ballaí. Bhí ceamara ar an tsíleáil sa chúinne dírithe síos ar an seomra. D'fhan sí ina seasamh os comhair na deisce ar feadh tamaill agus ansin rinne casacht bheag. Ansin scairt sí amach. Níor tháinig duine ar bith. Shiúil sí i gciorcal chun cnag a bhualadh ar an trí dhoras, go dtí go raibh sí ar ais os comhair na deisce. Ansin thug sí faoi deara bileog pháipéir ar an deasc roimpi a raibh treoir i litreacha móra clóscríofa uirthi. *Seomra agallaimh: tríd an doras ar chlé agus ansin an chéad doras ar dheis.* Istigh sa seomra agallaimh bhí cathaoir, bord agus ceamara crochta ar thríchosach taobh thiar de. Ar an mbord bhí bileog pháipéir. *Cuir an trealamh ar siúl, suigh agus freagair na ceisteanna ar an taobh eile den bhileog seo.* Scrúdaigh sí an ceamara agus faoi dheireadh d'aimsigh sí cnaipe ar a thaobh a chuir ag obair é. Shuigh sí agus d'iontaigh an bhileog. Bhí trí cheist air. *Cén t-ainm atá ort?* Bhreathnaigh sí isteach sa cheamara agus d'inis a hainm. Léigh sí an dara ceist. *Cén seoladh atá agat?* D'inis sí a seoladh don cheamara. Ansin an tríú ceist. *Cén cháilíocht agus taithí oibre atá agat?* Rinne sí cur síos cuimsitheach go leor ar ar iarradh uirthi. Thíos faoi na trí cheist seo bhí treoir eile. *Ansin cuir as an trealamh.* Nuair a chas sí an cnaipe ar an gceamara thug sí faoi deara go raibh micreafón ar an taobh eile de agus cnaipe air sin chomh maith. Casta as a bhí sé. Bhreathnaigh sí suas ar an tsíleáil áit a raibh ceamara dírithe síos uirthi. D'fhan sí ansin idir dhá chomhairle ar feadh tamaillín. Ansin chas sí timpeall agus chonaic fógra ar an doras. *Téigh go dtí an seomra ríomhaire, an chéad doras ar dheis.* D'imigh sí.

Shuigh sí ag deasc a raibh ríomhaire agus printéir air. Bhí bileog pháipéir leagtha ar an eochairchlár. *Cuir air an ríomhaire, roghnaigh an ríomhchlár darb ainm FOSTÚ agus lean na treoracha.* Chuir sí air an ríomhaire, chuir an clár ar siúl agus tháinig sraith de cheisteanna ar an scáileán. Bhí trí rogha, *Tá, Níl* agus *?* mar fhreagraí orthu. D'fhreagair sí *Tá* do na ceisteanna seo, ceann i ndiaidh a chéile. I dtosach tháinig a hainm ar an scáileán agus thíos faoi, an cheist. *An bhfuil d'ainm thuas?* Ansin tháinig a seoladh air agus thíos faoi, an cheist. *An bhfuil do sheoladh thuas?* Lean na ceisteanna. *An bhfuil tú sásta glacadh leis an bpost seo? An bhfuil tú sásta tosú ar an Luan, 20 Lúnasa? An bhfuil 10.00 go 13.00 agus 14.00 go 16.30 sásúil mar uaireanta oibre? An bhfuil 6720 sásúil mar thuarastal míosúil? An bhfuil an printéir curtha air?* Sular thug sí freagra ar an gceist seo chuir sí an printéir air. Agus an cheist deiridh ag bun an scáileáin. *An bhfuil bileog de pháipéar oifigiúil an chomhlachta curtha isteach sa phrintéir?* Chuardaigh sí ar an deasc chun an páipéar seo a fháil. Ar deireadh d'aimsigh sí é i dtarraiceán ar thaobh na deisce, cual de bhileoga le hainm an chomhlachta ar bharr, seoladh, uimhir ghutháin agus cúpla sonra eile. Chuir sí bileog amháin isteach sa phrintéir. Nuair a roghnaigh sí *Tá* clóbhuaileadh litir sa phrintéir. Thuig sí ansin gur chóir an bhileog a chur isteach sa phrintéir bunoscionn agus droim ar ais mar bhí an chlóscríbhnóireacht ar an taobh mícheart. *A Chara, Is aoibhinn liom a rá gur éirigh thar cionn leat san agallamh agus go bhfuil an post faighte agat. Beifear ag súil leat maidin Dé Luain 20 Lúnasa ar 10.00. Is mise le mórmheas etc.*

Bhí ceisteanna nua ag fanacht le freagraí ar an scáileán. *An bhfuil clúdach litreach curtha isteach sa phrintéir?* Ansin a hainm agus thíos faoi, an cheist. *An bhfuil d'ainm thuas?* Ansin a seoladh agus thíos faoi sin, ceist eile. *An bhfuil do sheoladh thuas?* Chuardaigh sí sna tarraiceáin sa deasc agus fuair sí clúdach litreach. Rinne sí cinnte de gur chuir sí isteach sa phrintéir é bunoscionn agus droim ar ais ionas go gclóbhuailfí an t-ainm agus an seoladh ar an taobh ceart. Roghnaigh sí

Tá mar fhreagraí ar na ceisteanna seo, ach amháin an ceann deiridh ar roghnaigh sí *?* di, féachaint céard a tharlódh. Clóbhuaileadh an clúdach lena hainm ach gan a seoladh air. Ar an scáileán bhí treoir. *Fill an litir, cuir isteach í sa chlúdach, dún é, cuir isteach sa chiseán AMACH é agus cuir as an ríomhaire.* Rinne sí amhlaidh. Bhreathnaigh sí suas ar an tsíleáil, áit a raibh ceamara dírithe síos uirthi. D'fhan sí tamall. Ansin d'aimsigh sí fógra ar an doras. *Téigh go dtí an seomra cláraithe, an chéad doras ar dheis.* Sa seomra cláraithe bhí stól agus meaisín mór le lionsa ina lár le fógra thíos faoi. *Treoir: 1 Brúigh an cnaipe thuas agus suigh ar an stól. 2 Nuair a thagann an cárta amach sínigh é. 3 Ionsáigh an cárta sa pholl laistíos.* Bhrúigh sí an cnaipe ach nuair nár tharla aon rud scrúdaigh sí an meaisín ar feadh cúpla soicind. Tháinig splanc mhór bhánghorm. Tar éis tamaill shleamhnaigh cárta beag síos ar sheilfín faoin lionsa. Ar leath amháin de bhí grianghraf den chuirtín donn taobh thiar den stól. Ar an leath eile de, ar barr, bhí ainm an chomhlachta agus ar bun líne dhubh le *Síniú an oibrí* clóscríofa faoi. Ní raibh aon pheann aici agus ní raibh ceann ar bith le feiceáil sa seomra. Bhreathnaigh sí suas ar an gceamara a bhí crochta ar an tsíleáil, dírithe síos uirthi. D'fhan sí tamall agus ansin d'ionsáigh sí an cárta sa pholl faoin bhfógra. Slogadh isteach é ar feadh nóiméid agus ansin brúdh amach é le craiceann crua plaisteach ar an dá thaobh air. Ar chúl an chárta bhí líne thiubh dhubh agus scríbhinn bheag. *Ní mór an cárta aitheantais seo a bheith i do sheilbh i gcónaí agus á thaispeáint go soiléir ar do phearsa le linn duit a bheith san ionad oibre. Is leis an gcomhlacht i gcónaí an cárta seo, áfach, agus caithfear é a thabhairt ar lámh d'ionadaí an chomhlachta má iarrtar ort é.*

Bhreathnaigh sí thart féachaint an raibh aon saghas fáiscín ann lena bhféadfadh sí an cárta a cheangal dá pearsa. Ní raibh. D'aimsigh sí fógra ar an doras. *Fill ar an oifig, ar chlé, an doras ag bun an halla. Ní mór glaoch ar cheannoifig an chomhlachta chun thú féin a chur in aithne don rúnaí, Stefan, agus aon fhadhb a phlé leis. Is nós le hoibrithe uile an chomhlachta seo a n-ainmneacha baiste a ghlaoch ar a chéile.*

Ar ais san oifig ghlaoigh sí ar an gceannoifig a bhfuair sí a huimhir i leabhar beag taobh leis an nguthán. Meaisín freagartha a bhí ann. *Haló. Seo Stefan. Ní féidir liom teacht chuig an nguthán faoi láthair, ach más maith leat teachtaireacht a fhágáil abair leat nuair a chloiseann tú an bíp. Slán go fóill.* Dúirt sí gurbh oibrí nua í agus go raibh cúpla fadhb aici. De bharr go ndearna sí dearmad a hainm a lua ghlaoigh sí ar ais. Bhí an líne gafa. Bhreathnaigh sí ar an gceamara taobh thiar di agus d'fhan mar sin tamall. Ansin d'imigh sí amach.

Taobh amuigh thug sí faoi deara go raibh poll beag ar thaobh na láimhe deise den doras agus an fógra seo thíos faoi. *Oibrithe: Ionsáigh cárta aitheantais.* D'ionsáigh sí a cárta aitheantais agus rinne an doras an torann a chuir in iúl di cheana go raibh an glas bainte de. Chuaigh sí isteach san oifig arís agus ghlaoigh ar an gceannoifig ach bhí sé fós gafa. D'imigh sí abhaile.

Dhá lá ina dhiaidh sin tháinig an litir a bhí curtha sa chiseán AMACH aici. Bhí a seoladh lámhscríofa le peann dearg ar an gclúdach. Taobh thiar bhí greamaitheoir. *Litir oscailte ag Oifig an Phoist de bharr ainm/seoladh a bheith míchruinn.* Thíos faoi, lámhscríofa le peann dearg bhí an nóta seo a leanas. *Mo leithscéal! Ní raibh seoladh ar bith ar an litir!! Fuair mé istigh é–comhghairdeas as an bpost!!!*

Ag an bpointe seo bhí an teach lóistín aimsithe againn.
Ní raibh orm ach imeacht ón gcarr agus isteach doras an
tí in aice liom. Sular fhág mé an carr dúirt mé léi gur
chuir a scéal rud eile i gcuimhne dom. Bhí an deartháir
is óige liom ag obair mar gharda oíche i gclós leoraithe
in aice leis na duganna. Amanna nuair a bhíodh sé ag
iarraidh oíche shaor a bheith aige dhéanadh sé socrú
lena cheannaire go dtógfainnse a áit. Ní raibh i gceist
ach suí i seomra a raibh scáileán a thaispeánadh a raibh
le feiceáil ag ceamaraí a bhí lonnaithe in ionaid éagsúla
sa chlós agus taobh amuigh de. In ainm is a bheith ag
faire ar an scáileán seo i gcónaí a bhí mé agus glao a chur
ar na póilíní dá dtarlódh aon rud, druncaeirí ag iarraidh
glas an gheata a oscailt, gasúir ag dreapadh na mballaí
chun fuinneoga na leoraithe a bhriseadh le clocha, fir
dhorcha ag rith faoi na scáthanna. Bhí sé tugtha faoi
deara agam go raibh ceamara crochta ar an tsíleáil sa
seomra agus cheap mé, ag cuimhneamh ar *Big Brother* is
dóigh, go rabhthas ag faire ormsa ar scáileán i seomra
eile san fhoirgneamh, rud a chuireadh drogall orm dul
a chodladh, nuachtán a léamh nó cluiche aonarach
cártaí a imirt. Oíche amháin, le teann diabhlaíochta,
chun an oíche a chur isteach nó mar bhuille in aghaidh
an tsárú príobháideachais seo sheas mé ar an gcathaoir
chun strainceanna agus straoiseanna, cleasa teanga, súl
agus pluc a dhéanamh os comhair an cheamara seo.
Mhínigh mo dheartháir dom nuair a cheistigh mé é
faoin gceamara gurbh fhéidir a raibh á scannánú aige a
fheiceáil ach cnaipí taobh thiar den scáileán a chasadh
ionas go bhféadfainn faire orm féin agus mé ag
breathnú orm féin i mo shuí sa chathaoir. Agus, freisin,
go gcoinnítí taifeadadh ar a raibh le feiceáil ag gach
ceamara ar sheacht dtéip, ceann in aghaidh an lae, go dtí

go dtosaítí ar iad a athúsáid ag tús gach seachtaine. Ach fós, níl a fhios agam cén fáth, lean mé orm leis an amaidí sin, mura mbíodh fonn codlata orm, nuair a bhíodh an nuachtán léite ó thús go deireadh agam nó mé tuirseach de na cártaí, cé go raibh a fhios agam nach raibh duine ar bith ag faire orm agus gur caolseans go mbreathnódh duine ar bith ar an taifeadadh, sin mura rachainn amach oíche éigin agus a raibh de leoraithe sa chlós a chur trí thine le canna peitril agus le bosca cipíní.

   Ghlac mé buíochas léi as mé a thabhairt go ceann scríbe. Ghabh sí féin buíochas liomsa as an gcomhrá suimiúil a bhí eadrainn. Bhí súile donna aici, bean a bhí i gcónaí ag athrú ón gcúthaileacht go dtí an misneach, breathnú idir an dá shúil ort, do shúile féin a sheachaint. Dúirt sí go raibh sí ag smaoineamh ar an gcarr a fhágáil in ionad páirceála agus triail a bhaint as an síobshiúl í féin. Bhí a fhios agam go mbeadh sé níos sábháilte dá mbeadh duine in éineacht léi, nach ródheacair a bheadh sé ag bean agus ag fear le chéile suíochán a fháil. Ina dhiaidh bhí aiféala orm nár iarr mé uirthi casadh liom tar éis an agallaimh an lá dár gcionn. Déarfainn, fiú, go raibh sí ag súil go n-iarrfainn. Sular éirigh mé as an gcarr dúirt sí liom gan dearmad a dhéanamh ar mo chaipín a bhí tite síos ar an urlár fúm. Shocraigh mé go mbronnfainn uirthi é. Tabharfaidh sé díonadh maith duit agus tá mé ag ceapadh go bhfuil ádh ag baint leis freisin, a dúirt mé. Chnag mé ar dhoras an tí lóistín agus d'imigh sí léi.

Deireadh

D'éirigh go han-mhaith liom san agallamh. Maidir le mo bhliain díomhaointis, an imní is mó a bhí orm, dúirt mé gur chaith mé í ag taisteal san oirthear. Moladh mé as é seo a dhéanamh agus níor cuireadh mórán ceisteanna orm faoi. Ar deireadh tugadh leid dom go raibh an-seans agam an post a fháil. Ar a laghad thuig mé nach raibh dearmad déanta agam ar an iompar, ar an múineadh, ar an umhlaíocht a chaitear a léiriú chun obair do chomhlacht dá leithéid agus mura bhfaighinn an post seo go bhfaighinn ceann eile luath nó mall. Thug an t-agallamh misneach mór dom. Ba ghearr go mbeadh deireadh leis an mbochtanas, go mbeadh airgead rialta agam, airgead maith, ba ghearr go mbeadh m'árasán féin agam, agus, sea, b'fhéidir go gceannóinn carr.

Fuair mé an bus abhaile tar éis an agallaimh. Bhí go leor teacht agus imeacht ann, daoine éagsúla ina suí in aice liom. Ach níor labhair mé le haon duine acu agus níor labhair aon duine acu liomsa. Ag breathnú amach an fhuinneog a bhí mé, do mo cheistiú féin faoi chúrsaí. Bhí ag laghdú ar an misneach mór úd de réir a chéile. An raibh an post seo, nó post mar é, feiliúnach dom i ndáiríre? Nó an raibh rud eile ar fad i ndán dom?

Agus, i ndeireadh na dála, céard a bhí uaim féin, i ndáiríre? Thosaigh mé ag cuimhneamh siar ar na daoine ar chas mé leo an lá roimhe sin, ar na scéalta a d'inis siad dom. Bhí freagraí mo chuid ceisteanna ansin, bhí mé cinnte de, dá mbeinn in ann na comharthaí a léamh, na naisc a aimsiú, an fhírinne a nochtadh. Ach dá mhéad machnaimh a rinne mé air is ea is mó a chuaigh mo chuid smaointe in aimhréidh. Bhí an rud ar fad rómhór dom. B'éard a bhí uaim bheith sa bhaile, an rud ar fad a scríobh síos agus staidéar ceart a dhéanamh air.

Rug mé barróg ar mo Mhama sa doras. Cheapfá gur imithe le bliain a bhí tú! Cén chaoi a raibh sé? D'inis mé di faoin agallamh, a rá gur cheap mé go raibh an post agam. Bhí sí thar a bheith sásta. Cuirfidh mé glao ar Ghearóid chun an dea-scéal a insint dó. Bíonn imní air fút i gcónaí, an bhfuil a fhios agat? Ba é Gearóid an deartháir ba shine liom, an duine sa teaghlach a rinne dul chun cinn mór sa saol, údar mór bróid do mo Mhama. Dúirt mé léi fanacht go dtiocfadh scéal níos cinnte. Bhí cathú orm insint di faoin amhras a bhí orm faoi fhiúntas an phoist domsa. D'iarr sí orm an scéal ar fad a insint di. D'inis mé di faoin agallamh, faoin gcathair, faoin teach lóistín agus ar deireadh luaigh mé gur ar an mbus a d'fhill mé inniu cé gur ar an ordóg a thaistil mé inné. Ar an ordóg? Tá súil agam nár fliuchadh thú. Nár rith mé amach leis an gcaipín ach bhí tú imithe? Sea, d'fhág tú ansin é ar an mbord i do dhiaidh. Breathnaigh, tá sé ann i gcónaí, bhuel, bhí ar maidin.

Chuaigh mé ag cuardach an chaipín ansin, faoin mbord, faoi na cathaoireacha, ar fud an urláir, thuas ar na seilfeanna, i measc na gcótaí crochta amuigh sa halla, sa chistin, sa seomra suite, thuas i mo sheomra leapa féin. Ná bac leis, níl ann ach caipín. D'aithin mé an buaireamh i nglór mo Mhama, d'aithin mé ina súile é agus í ina seasamh ag bun an staighre ag breathnú aníos orm. Chinn mé ar gach rud a insint di. Rinne mé cur síos iomlán, ar an gcaipín, ar na daoine a thug suíochán dom, ar na scéalta agallaimh a d'inis siad dom agus ar na scéalta, na cuimhní, na tuairimí a spreag siad sin ionamsa. Bhí mé ag súil go mbeadh sí in ann meabhair a bhaint astu, ach ní raibh. Ach thug sé deis dom labhairt léi fúm féin, fúithi féin agus faoi m'athair, faoi mo dheirfiúr agus faoi mo bheirt deartháireacha, cúrsaí ar cheart dom iad a phlé léi i bhfad roimhe sin.

LITREACHA

Siúl

Chun litir a chur sa phost níl ar an bhfear ach doras tosaigh an tí a oscailt, coiscéim a thógáil thar an tairseach agus, tar éis an doras a dhúnadh ina dhiaidh, siúl. Ina lámh dheas tá an litir agus é ag leagan coise i ndiaidh a chéile ar an gcosán suiminte idir sceacha arda tiubha ar an dá thaobh. Níl mórán de ghile an lae anseo faoi scáth na gcrann ard giúise atá os comhair an tí, gan radharc ar bith le fáil ar an spéir go dtí go bhfuil deireadh an chosáin bainte amach aige. Ansin tá geata iarainn agus ní gá ach é a tharraingt chuige lena lámh chlé, níl sé trom, níl glas air agus dúnann sé go mall uaidh féin. Agus seo é an fear anois ina sheasamh ar imeall an bhóthair, an spéir amach roimhe agus os a chionn.

Ar chlé, tá a chloigeann casta le go mbreathnódh sé, tá an bóthar ag síneadh suas thar thaobh an chnoic, áit a bhfuil an coimín agus é faoi fhraoch agus faoi raithneach ghallda. Agus a chloigeann dírithe arís tá radharc aige ar na páirceanna os a chomhair amach agus ar dheis, síos le fána, dhá mhíle go dtí an sráidbhaile atá ceilte ag an gcoill, cé gur féidir leis spuaic an tséipéil a fheiceáil ag gobadh aníos ó na crainn chnó capaill atá ag fás timpeall air. Trasna na sráide ón séipéal tá an siopa, grósaeir agus adhlacóir, ina bhfuil cuntar ar leith ar chlé tugtha do ghnó an phoist, haiste nár mhóide go mbeadh mórán éilimh air inniu, Dé Luain, ionas nach mbeidh air fanacht rófhada chun stampa amháin a cheannach.

Tá sé tosaithe ag siúl go stuama síos an bóthar, gach aon chos i ndiaidh a chéile á síneadh amach roimhe. Ní móide go dtógfaidh an t-aistear thar chúig nóiméad fichead air, nuair is le fána atá sé ag dul. Má thagann carr, rud annamh ar an mbóthar seo, seans go bhfaighidh sé suíochán, gan le déanamh aige ach teagmháil súl leis an tiománaí, sin mura n-aithneofar é agus go stopfaidh an tiománaí ar a chonlán féin. Tá oifig an heaicní in aice leis an siopa agus ní chosnóidh sé ach trí euro air dearmad a dhéanamh ar an saothar a bhaineann le siúl ón sráidbhaile suas cnoc abhaile, aistear tuirsiúil a thógfadh suas le ceathracha nóiméad air.

Tá sé stoptha. Ar an mbóthar roimhe tá braon mór báistí tar éis titim. Agus a chloigeann ardaithe chun na spéire seo braon eile tite de phlimp i lár a bhaithise. Sula dtiteann aon bhraon eile tá sé casta ar ais chuig an ngeata atá brúite isteach aige agus é rite suas an cosán suiminte agus timpeall an tí chun dul isteach an doras cúil, doras a fhágtar oscailte beagnach i gcónaí.

Litir I

A Jacqueline,

Nuair a chonaic mé thú den chéad uair bhí tú ag siúl chugam le ceathrar nó cúigear a raibh aithne agam orthu. Stop mé agus bhí comhrá ann ar chúrsaí éagsúla ar feadh tamaill, caint nár ghlac tú mórán páirte inti ach gáire a dhéanamh anois is arís. Cuireadh in aithne muid. Ag an tráth sin de mo shaol cheap mé gur sna mná le gruaig fhada a bhí dúil agam, mná gan smideadh ach beagán béaldatha b'fhéidir, éadaí nach mbeadh rófhoirmiúil, *jeans*, geansaithe ildaite, gúnaí fada, fáinní cluaise le cleití nó le sliogáin nó rud éigin a bhainfeadh leis an tsamhlaíocht seachas ór nó airgead. Thug mé suntas duit tar éis gur rug mé ort— níos mó ná uair amháin—ag breathnú go géar orm. Labhair muid go díreach trasna an chomhluadair le chéile, rudaí fánacha, meangadh, gáire. Bhí féachaint ar leith i do shúile agus iad dírithe orm, an chosúlacht go raibh an-fhonn ort comhrá a dhéanamh liom, go raibh an-suim agat ina raibh le rá agam. Shíl mé ansin gur casadh ar a chéile muid cheana, go mbíodh, tráth éigin, aithne mhaith againn ar a chéile. D'fhiafraigh mé díot an raibh. Caolseans, a dúirt tú, ach go raibh brionglóid agat tamall ó shin ina raibh mise, nó fear an-chosúil liom, ní hamháin an chosúlacht chéanna ach na geáitsí céanna, an chaint chéanna, na súile céanna. Bhí an comhluadar ar fad ina dtost ag stánadh orainn faoin am seo.

Nuair a chas muid le chéile cúpla lá ina dhiaidh sin d'iarr mé ort dul chuig scannán liom. Bhí orm iarraidh faoi dhó sular thoiligh tú. Chuaigh muid. *Stranger Than Paradise* an scannán a bhí ann. Scéal faoin bhfear seo a raibh a chol ceathar tagtha anall as an Ungáir go Meiriceá chuige agus í ina cúis náire dó i dtosach, dúchas a raibh droim tugtha aige dó—cheapfá gur Meiriceánach é féin agus an chanúint a bhí aige.

Thaispeáin sé cuid den saol a bhí aige di. Ach sa deireadh, gan choinne, thuig sé nach raibh i saol mór Mheiriceá ach deargleadrán agus, a deir sé, i dtigh diabhail leis seo, tá mise ag dul abhaile. Rud éigin mar sin.

I mbialann ina dhiaidh sin phléigh muid an scannán agus muid ag ól fíona ón Ungáir, mar a tharla sé, agus ag ithe pizza, *American style*, céard eile? Ní raibh tú róthógtha leis an scannán. B'as Sasana duit, ceoltóir ar an óbó, ag seinm le ceolfhoireann ó am go chéile, obair thaifeadta i stiúideo den chuid ba mhó, fógraí teilifíse, popcheol agus mar sin de. Ar shaoire mhíosa anseo a bhí tú, ag smaoineamh ar fhanacht dá mbeadh obair ar fáil. Shíl tú go raibh na daoine níos oscailte, nach raibh an scoilt chéanna idir na haicmí ach gurbh fhéidir nach raibh ansin ach craiceann an scéil. Ag pointe amháin, ó tharla ár n-éadain a bheith beagnach buailte lena chéile, thug mé póg duit ar bharr do shróine. Lig tú dom é a dhéanamh arís.

An mhaidin dár gcionn d'oscail mé mo shúile agus bhí tú i do shuí ar cholbha na leapan ag baint na sramaí as na súile i solas na fuinneoige. Bhí blús uaine ort, breactha le béir bheaga dhubha ag rince lena chéile, muinchillí síos go dtí na huillinneacha, bóna leathan agus cúig chnaipe dhubha, an blús ar dhiúltaigh tú é a bhaint díot i leathdhorchadas na hoíche roimhe, cé gur bhain tú—de réir a chéile—gach rud eile díot. D'fhiafraigh mé an raibh aon bhrionglóid shuimiúil agat. Bhí, dúirt tú, an bhrionglóid úd ina raibh tusa. Agus bhreathnaigh tú go hamhrasach orm. Feicim fós do shúile orm. Nuair a dhúisigh mé arís bhí tú imithe.

Nuair a chuir mé do thuairisc dúradh liom go raibh

tú imithe ar ais go Sasana. Cén fáth ar imigh tú uaim?
Cén bhrionglóid a bhí agat?

Le grá,
Liam.

Comhrá leis an Athair

Tá fadhb agat leis an mbean.

Tá, agus leis an gcarr chomh maith.

An carr breá sin. An chomhairle ab fhearr a ghlac tú riamh an carr sin a cheannach. Céard atá ar an mbean?

Níl a fhios agam.

Inis dom faoin gcarr.

Casaim an eochair agus ní tharlaíonn tada. Ní mórán cainte a rinne an bhean—a rinne Síle liom le coicís anuas.

Ceann dána í sin. Pé fadhbanna a bhí agam lena máthair sáraíonn sí siúd gach a bhfaca mé riamh. Maith an rud é nach bhfuil inti ach iníon liom.

Bhíodh cineál de ghiorrú anála san inneall, ar éigean a thosaíodh sí ar maidin agus le seachtain anuas níl bogadh ar bith aisti.

An bhfuil a fhios agat céard é féin?

Céard é féin?

Ní dóigh liom go bhfaca mé riamh an oiread caisearbhán ag fás in aon ghairdín amháin.

Sea, na bileoga, tá siad an-bhlasta le sailéad ach beagán maonáis orthu.

Tá trí rud nár mhór a thuiscint faoi na mná.

Bean ar leith í Síle.

Bean ar leith í gach ceann acu ach má chuimhníonn tú ar na trí rud is beag trioblóid a bheidh agat leo.

Bhí trioblóid againn cheana, achrann faoi rud éigin suarach ach bheadh dearmad déanta an lá dár gcionn.

Cén uair dheiridh a raibh tú in airde uirthi?

I gcead duit, a Pheadair . . .

Uimhir a haon. Ní mór an bhean a choinneáil sásaithe sa leaba.

Trí seachtaine ó shin, mí b'fhéidir.

Níl sé seo ródheacair má thuigeann tú cá bhfuil baillín an phléisiúir orthu agus, ar ndóigh, is féidir thú féin a choinneáil sásaithe ag an am céanna.

Ní dóigh liom gur ansin atá an fhadhb.

Airgead, mar sin. An carr, mar shampla.

An carr? Airgead?

Uimhir a dó. Ní mór airgead a bheith ag an bhfear agus an chuma sin air. Tá droch-chaoi ar do charr le seachtain anuas. Droch-chomhartha. É sin atá ag cur as don bhean.

Ach níor thaitin an carr léi riamh. Tá rothar aici, sin nó tógann sí bus nó traein.

An carr anois, is cineál meafair í don bhean.

Meafar?

Siombalachas atá i gceist agam. Nach bhfeiceann tú é?

Siombalachas . . .

Ar bhreathnaigh tú faoin mboinéad?

Bhreathnaigh.

Bhreathnaigh tú. Agus?

Céard?

Na plocóidí?

Na plocóidí?

Cén chuma a bhí ar chlaibín an dáiliúcháin?

Bhí gach rud mar a bhí sé an chéad lá.

Ní raibh sé ag ligean tríd? Cén uair dheiridh a d'athraigh tú an ceannghaiscéad?

Le fírinne, a Pheadair, níl a fhios agam cá bhfuil na páirteanna seo. Ní thuigim inneall an chairr.

I gcead duit, ní thuigeann tú na mná ach oiread. Níor bhreathnaigh tú sa lámhleabhar?

I Spáinnis atá sé.

Teanga bhreá. Ar léigh tú *Don Quijote* riamh?

Aistriúchán.

Cac.

Tá ceann deas Béarla déanta ag Tobias Smollett.

Agus droch-cheann Gaeilge ag an Athair Peadar Ó Laoghaire.

Tá sé aistrithe go Gaeilge . . . ?

Céard faoin *alternador*?

What?

The alternator. An t-ailtéarnóir. *El alternador.* Is minic a bhíonn fabht ann.

Diabhal a fhios agam.

Diabhal a fhios. *El clítoris.* *The clitoris.* Cén Ghaeilge atá air sin?

Níl tuairim agam.

An carbradóir. *El carburador.* An dúisire. *El arranque.* Dá bhfanfainn sa Spáinn d'fhéadfadh mo gharáiste féin a bheith agam faoi seo.

Cén fáth nár fhan?

Máthair do mhná. Céard faoi bhláthanna?

Cé na bláthanna?

Uimhir a trí. Ní mór bláthanna a cheannach don bhean go rialta.

Bheadh sé chomh maith bláthanna a cheannach don charr. Ní haon óinseach í. Níl a fhios agam. Dúirt sí inné go bhfuil sí fós i ngrá liom.

An carr?

An bhean.

Bhí a fhios agam. Ní mór gáire faoin rud ar fad anois is arís.

Níl aon fhonn gáire orm inniu.

Tar uait agus breathnóidh mise ar an gcarr seo duit. Múinfidh mé ainmneacha na bpáirteanna duit, i nGaeilge, i mBéarla agus i Spáinnis chomh maith. Beidh a fhios agat faoin gcarr ansin.

Siúl

Níor chóir go mbeadh sé níos deacra dhá litir a chur sa phost ná ceann amháin. Dá mbeadh sé ina oíche ba dheacair don fhear siúl gan lampa síos dorchla na sceach, gan a bheith in ann a lámha a fheiceáil agus iad ag smúrthacht amach roimhe chun teagmháil a dhéanamh leis an ngeata agus ansin, é éalaithe amach ó scáth na gcrann, ina sheasamh ar imeall an bhóthair, d'fheicfeadh sé clapsholas na cathrach sa spéir amach roimhe, soilse na dtithe ar thaobh an bhóthair ar dheis, dúdhorchadas ar chlé.

Ach ina lá geal atá sé agus seo an fear ina sheasamh ar thaobh an bhóthair, dhá litir fáiscthe ina lámh dheas. Tá súil caite aige ar na páirceanna os a chomhair, spuaic an tséipéil aimsithe ar dheis, clingireacht bainte as na boinn airgid ina phóca lena lámh chlé, ach anois, agus a chloigeann crochta i gcruth éisteachta, breathnaíonn sé go géar ar ghualainn an chnoic ar chlé a bhfuil dord innill le cloisteáil taobh thiar di. Leoraí atá ann, leoraí atá anois ag teacht anuas faoi luas, ag tuairteáil ar sheandromchla éagothrom an bhóthair. Tá a lámh bainte den roth stiúrtha ag an tiománaí chun beannacht ghiorraisc a dhéanamh sula sciorrann an leoraí thar an bhfear, lasta ard leathan de bhurlaí órbhuí féir ceangailte le chéile le rópaí trasna agus timpeall, soipíní á séideadh ina sneachta ina dhiaidh.

Ceithre bhullán a bhí ag innilt go suanmhar sa pháirc os comhair an fhir, tá na cloigne ardaithe ag gach aon cheann acu, an tsíorchogaint stoptha, cluasa crochta amach, cuma airdeallach orthu agus na súile ag leanúint an leoraí síos feadh an bhóthair go dtí go n-imíonn sé as radharc i gcrainn na coille. Tar éis géim fhada íseal a ligean breathnaíonn an bullán is gaire don sconsa ar an bhfear sula leanann sé leis an innilt ar na paistí d'fhéar glas anseo is ansiúd idir an buachalán buí agus na feochadáin. Tá an fear fillte ar an teach. Inniu Dé Máirt agus beidh lá eile ann amárach.

Litir II

A Nóra,

Tá súil agam gur cuimhin leat mé. Roinnt seachtainí ó shin bhí mise i measc an tslua a rinne ionradh ar an teach tábhairne sa bhaile beag sin agatsa agus muid ar an mbealach ar ais abhaile tar éis freastal ar ócáid thíos faoin tír ag an deireadh seachtaine. Bail ó Dhia ar fhear an tí agus ar an gcúpla custaiméir a bhí ann, chuir siad fáilte mhór romhainn cé gur dream glórach go maith muid. Ba mhór an spreagadh don cheol nuair a tugadh piontaí saor in aisce don bhoscadóir agus don bheirt ar na feadóga. Murach sin drochsheans go gcasfadh an sárfhonnadóir a bhí in éindí linn an t-amhrán álainn sin.

Ansin a thosaigh muid ag caint le chéile. Bhí tusa agus do chara tugtha faoi deara agam in bhur suí ag an mbord in aice liom. Dúirt tú gur thaitin an t-amhrán go mór leat, rud a chuir iontas ort mar cheap tú nár thaitin an sean-nós leat ar chor ar bith. Bhí na hamhráin thar a bheith brónach, dúirt tú. Mhínigh mé duit go raibh dul amú ort, nach amhrán brónach a bhí á ghabháil ach An Bonnán Buí. Tá idir shúgradh agus dáiríre ann, dán faoi éan bocht a cailleadh leis an tart, scéal a thugann ócáid don fhile an t-ól a mholadh. Má tá aon trua i ndáiríre ann don éan, ní róléir domsa é—ní easpa pórtair ba chionsiocair báis dó. Leithscéal mór magúil don ragairne, déarfainn féin, amhrán a d'fheil go maith don deireadh seachtaine sin.

Má cheap tú go raibh an fonn brónach is de bharr easpa eolais ar an gcultúr éagsúil a bhaineann leis an sean-nós. Ní hé go bhfuil staidéar déanta agamsa air ach go bhfuil go leor cloiste agam. Taithí a mhúin dom é. Dá mhéad a chloiseann tú is ea is mó a thagann tú isteach, i ngan fhios duit féin fiú, ar an gcóras a bhaineann leis. Is éard atá mé ag rá go bhfuil cluas ar mo leiceann a chuireann in iúl dom go bhfuil mo dhóthain eolais agam air—is é sin le rá go bhfuil mé cinnte anois cé hiad na hamhráin agus na fonnadóirí a thaitníonn liom agus cé hiad siúd nach dtaitníonn.

Bhí mé i mo shaineolaí ar an sean-nós duitse an tráthnóna sin, ról ar ghlac mé go fonnmhar leis chun suí níos gaire duit agus comhrá a dhéanamh leat. Ach ba ghearr go raibh cliste ar fhoighne an tiománaí mionbhus. D'ordaigh sé dúinn gan aon phionta eile a ól agus imeacht linn. D'iarr mé ort teacht in éineacht linn. Bhí mé ar mo dhícheall do do mhealladh. Ar son píosa spraoi! Níl tada ar siúl agat amárach? Tar uait! Ag dul chuig teach tábhairne thiar a bhí muid agus ansin, gan amhras, chuig cóisir sa teach béal dorais, áit a mbeadh ceol agus ól go maidin. Cinnte, bheadh tuilleadh den sean-nós le cloisteáil má bhí dúil agat ann.

Bhí tú idir dhá chomhairle. Ach níor fhéad tú do

chara a thréigean—bhí drochscéal faighte aici an mhaidin sin.   Dallta a bhí sí, beagnach ina codladh in aice leat.   Rug mé ar do lámh faoin mbord agus d'iarr ort bealach éalaithe as an tsáinn a fháil agus teacht liom. Ba mhór an fonn a bhí ort, creidim thú, ach bhí a fhios agat nárbh fhéidir.   Bhí an bus ag bípeáil.   D'fháisc mé do lámh agus d'imigh.   Am éigin eile, dúirt tú, agus chaoch súil orm.   Feicim fós thú, bean álainn ina suí i dteach tábhairne beagnach folamh agus mé i mo sheasamh sa doras.

Ní bheidh aon am eile ann.   Tá mé pósta. D'fhéadfadh sé a bheith ar an gcéad uair a raibh mé le bean eile.   Cén fáth a ndearna mé é?   Níl a fhios agam. B'fhéidir gur cheap mé, cosúil leis an sean-nós, dá mhéad bean a dtabharfainn grá oíche, grá seachtaine dóibh gurbh é ba mhó a bheinn ag foghlaim faoin gcaoi chun mo ghrá a thabhairt d'aon bhean amháin.

Le gean,
Máirtín.

I.S.   Tá seanchaiséad fós ar fáil darb ainm *Croch Suas É Arís Eile* agus tá scoth na bhfonnadóirí air má tá suim agat i ndáiríre eolas a chur ar an sean-nós.

Comhrá leis an Máthair

Ní féidir dallamullóg a chur ormsa.   Inis dom.
Níl rud ar bith mícheart.
Is róléir domsa go bhfuil rud éigin amú anseo.   Cén fáth ar imigh sí chomh luath is a tháinig mise?

Tá an lá go deas. Thapaigh sí an deis chun dul ag rothaíocht. D'fhéadfadh sé a bheith ina bháisteach amárach.

Ná bí tusa ag déanamh leithscéalta di. Bhí achrann eadraibh.

Ní tada é.

D'imigh sí chun nach mbeadh uirthi insint dom céard atá uirthi.

Níl rud ar bith uirthi.

Céard a bhí ar siúl ag Peadar anseo inné?

Ag breathnú ar an gcarr a bhí muid. Tá rud éigin briste inti.

Tá a fhios agam go raibh níos mó ná sin i gceist. Rud éigin mór.

Céard a dúirt sé?

An carr, go raibh rud éigin briste inti.

Bhí. Tá.

Agus Síle?

Níl sí sásta aon chaint a dhéanamh liom.

Caint!

Ní mórán é, ar aon nós.

Go bhfóire Dia orainn! Mar sin a bhíodh sí scaití agus í óg. Í istigh ina seomra ag léamh agus na cuirtíní dúnta. An bhfuil a fhios agat cén leigheas a bhí air?

Inis dom.

Í a chur amach ag obair sa ghairdín. Ba ghearr go gcuirfeadh an ghrian ag caint arís í.

Tá grian ann inniu. Is minic a théann sí fiche míle ar an rothar. B'fhéidir go mbeidh caint aici arís nuair a fhillfidh sí.

Is é an teach seo atá ag cur as di. Tá sé ródhorcha. Cén fáth nach leagann tú na crainn sin?

Tá sé in aghaidh an dlí.

Níl sé.   Agus gearr siar na sceacha sin.   Nach bhfeiceann tú chomh gruama is atá sé anseo?

An raibh hata uirthi nuair a d'imigh sí?

Hata! Nach bhfeiceann tú go bhféadfadh gairdín deas a bheith agaibh anseo, rósanna a chur ag fás, tiúilipí. Linn bheag ina lár.

Tá gairdín mór ar chúl agus gan scáth ar bith air ó mhaidin go tráthnóna.

Gairdín!   Lán fiailí atá sé.

Caisearbháin atá iontu.

Luifearnach.

Tá lus cré ann chomh maith.   Go leor sabhaircíní san earrach.   Fiú tá bainne bó bleachtain sa chúinne ó thuaidh.   Síle a mhúin na hainmneacha dom.   Tá bainne bó bleachtain an-ghann.   Tá mé ag ceapadh go bhfuil sé in aghaidh an dlí iad a bhaint.

Níl sé.   Agus tá sé beo le feithidí.

Is maith léi iad sin chomh maith.   Tá na hainmneacha uile ar eolas aici.   Beireann sí orthu i gcrúsca, déanann staidéar orthu le gloine mhéadaithe agus scaoileann amach iad.   Tá neart leabhar aici fúthu.   Míolta agus mar sin.

Míolta . . .   Caisearbháin . . .

Bláthanna fiáine.   An dúlra—tá sí an-tógtha leis.   Le fírinne, a Mháire, is dóigh liom nach dtaitníonn rósanna léi.

Ní thaitníonn . . .

Sin mo thuairim.

B'fhéidir go bhfuil an ceart agat.   Rinne mise mo dhícheall di.   Is dóigh nár thaitin an gairdín sin agamsa léi riamh.   Obair amú a bhí agam aon spéis ann a spreagadh inti.

Rósanna agus tiúilipí agus a leithéidí, ab ea?

Faraor géar, níor thuig sí. Le fírinne níor thuig mé riamh céard a bhí uaithi . . .

Ceapaim nach bhfuil sí i ngrá liom níos mó.

Grá . . .

Sea. Grá.

Tá an-mheas agam ort. Tá an-mheas ag Peadar ort. Feiceann muid beirt an dea-thionchar a bhí agat uirthi.

Sin grá.

Tháinig sí faoi bhláth nuair a chas sí leat. Ní raibh mise i mo mháthair mhaith di riamh.

Déarfainn go raibh tú chomh maith le máthair ar bith. Bhí sé chomh deacair sin grá a thabhairt di. Ó tháinig sí ina déagóir d'imigh sí chun ceannairce ar fad.

Nach in nádúr an déagóra?

Ní hé. Theip orm . . .

A Mháire—

Theip glan orm. Gabh mo leithscéal as na deora seo. Ní fhéadfainn . . .

Bainfidh tú deora asamsa mura stopann tú.

Bhrisfeadh sé mo chroí dá gceapfainn nach bhfuil ag éirí le bhur bpósadh. Deir tú nach bhfuil sí i ngrá leat níos mó.

Dúirt, ach—dúirt mé é ag súil go stopfadh sé an tocht a bhí ag teacht ort. Go stopfadh sé thú ag cuimhneamh ort féin. Theip orm.

Theip ort.

B'fhéidir go bhfuil a grá dom ag maolú. Murar mhiste leat mé á fhiafraí, an bhfuil grá agat do d'fhear céile, do Pheadar?

Tá. Níor mhaolaigh sé riamh.

Ceannaíonn sé bláthanna duit?

Ó am go chéile.

Agus tá airgead aige.

Tá ár ndóthain againn. Cén fáth?

Cén fáth? Níl a fhios agam. Mar go ndúirt mo Mhama liom agus míshástacht an déagóra orm dá mb'fhadhb airgid an t-aon fhadhb a bheadh agam go mbeinn ag déanamh go maith.

Bean chiallmhar.

Bean a raibh go leor fadhbanna aici.

Tusa an t-aon pháiste, nach ea?

Sea.

Céard faoi d'athair?

Druncaeir. An fhadhb ba mhó a bhí ag mo mháthair.

Drochathair.

Níl a fhios agam. Sna laethanta saoire chaitheadh sé bleaist gasúr isteach sa charr, mise agus mo chol ceathracha, imeacht leis síos faoin tír ar feadh cúpla lá, stopadh ag gach teach tábhairne ar an mbealach.

Ag ól agus é ag tiomáint?

Ar éigean a bheadh sé in ann siúl ach cuir taobh thiar den roth stiúrtha é agus ní bheadh néal air. Aithne ag daoine air gach áit. Dea-chainteoir. B'aoibhinn na laethanta iad dúinne, gasúir. Bhí cairde agam ar fud na tíre.

Do mháthair bhocht.

Breá sásta a bhíodh sí. B'fhaoiseamh é do níos mó ná bean amháin na gasúir a bheith imithe ar feadh cúpla lá. Dá mbeadh a fhios acu—ba mhinic a chodail muid uile sa charr. D'fhéadfainn scéalta a insint duit, a Mháire.

Ba bhreá liom iad a chloisteáil.

Ar mhaith leat dul amach go dtí an gairdín cúil. Suífidh muid faoin ngrian.

Déanfaidh tú tae, b'fhéidir.

Ná bac leis an tae. Tá fíon agam.

Fíon?

Fíon caisearbháin. Is é an chéad uair a rinne mé é.
Níl sé ródhona.

An ólann tú mórán?

Tá an-dúil agam san fhíon.

Siúl

Tá sé chomh furasta trí litir a iompar chuig Oifig an
Phoist is atá dhá litir nó fiú an t-aon cheann amháin.
Amach roimh an bhfear arís tá an cosán suiminte, a
dhroim leis an doras agus gan ach ceithre choiscéim
déag le tógáil sula leagfaidh sé a lámh chlé ar an ngeata
chun seasamh amach faoin ngrian. Ach sula mbíonn
deis aige greim a fháil ar an iarann feiceann sé taibhse
de scáth ag teacht idir é agus an solas ag deireadh
thollán na sceach.
Fear an phoist atá ann agus é ag síneadh litreacha
thar an ngeata. Gan as a bhéal ach scéal mór an lae,
gur briseadh isteach sa siopa aréir agus cé nár éirigh
leis na gadaithe an taisceadán in Oifig an Phoist a
oscailt agus glas daingean ama air gur sciob siad leo a
raibh de thoitíní agus d'fhíon sa siopa agus go ndearna
siad cac ar an gcuntar agus fual isteach sa bhosca poist
in aice leis an doras. Scabhaitéirí brocacha ón gcathair,
drochsheans go mbéarfar orthu cé go bhfuil na gardaí
ag póirseáil thart ar an mbaile ag lorg eolais ó mhaidin,
ach, ar ndóigh, Oifig an Phoist i mbun gnó mar is
gnách, lá, Dé Céadaoin, cosúil le lá ar bith eile.
Tá beirthe ag an bhfear ar na litreacha ina lámh chlé
agus, tar éis a thrí litir féin a chur faoina ascaill chlé,

breathnaíonn orthu ceann i ndiaidh a chéile le linn dó a bheith ag siúl ar ais ar an gcosán suiminte agus timpeall go cúl an tí, áit a bhfuil an bosca bruscair. Tá an claibín bainte de, an post caite síos ann, é ag dul isteach an doras agus a thrí litir féin ar ais i ngreim aige ina lámh dheas.

An chéad litir ba ó chomhlacht radharceolaíochta a bhí sí, inar cuireadh i gcuimhne dó go raibh sé mhí caite ó bhí an scrúdú deireanach súl aige. Míníodh an tábhacht a bhaineann le scrúdú rialta súl agus tugadh cuireadh dó glao gutháin a chur ar an siopa spéaclaí sa chathair chun coinne a shocrú ar a chaoithiúlacht. Mar aguisín, comhairlíodh dó neamhaird a dhéanamh den litir má bhí a leithéid de choinne socraithe aige cheana féin.

An dara litir ba ón gcomhlacht céanna a bhí sí agus í díreach mar a chéile leis an gcéad cheann.

An tríú agus an ceathrú litir ba iad a macasamhla de litreacha dá bhean chéile iad.

Ansin bhí cárta poist ón leabharlann a chuir in iúl dó go raibh a chuid leabhar mall.

Agus, ar deireadh, leabhrán ildaite ó shiopa bréagán, áit ar chuir sé a ainm agus a sheoladh le foirm i gcomhair crannchuir a raibh teidí mór millteach le buachan ann, panda ramhar le ribín corcra ar a mhuineál agus súile a scanraigh mac le deirfiúr a chéile a bhí ina bhaclainn aige ag an am, cúpla bliain ó shin.

Litir III

A Dheirdre,

Chuir mo chara comhairle orm faoin mbealach ab éifeachtaí le bean a mhealladh agus mé i mbun comhrá

léi. Teagmháil a dhéanamh léi, m'uillinn a chur lena
huillinn féin, guaillí, glúine, ceathrúna, mo lámh a
leagan ar pé ball colainne a bheadh cóngarach dom.
Uair nó dhó i dtosach, ar feadh meandairín go
bhfeicfinn ar thaitin sé léi, nó ar a laghad nár chuir sé
as di, agus ansin, de réir a chéile, fad a chur leis an
teagmháil, é a dhéanamh níos minice go dtí go mbeadh
mo lámh timpeall uirthi sa deireadh agus mé ag léiriú
go neamhbhalbh go raibh dúil agam inti.
   An oíche sa teach tábhairne nuair a d'aimsigh muid
tusa agus do chara bhí seans agam na moltaí sin a chur
i ngníomh. Mo chara a chuir tús leis an gcaint. Gan
mórán achair bhí sé ina shuí in aice le do chompánach
agus é ag caint agus ag gáire léi agus fágadh mise agus
tusa chun dul i mbun ár gcomhrá féin. Tusa a
tharraing an fhilíocht isteach mar ábhar comhrá agus
bhí mé ag iarraidh an deis a thapú, mar a mhol mo
chara dom, chun a insint duit go scríobhainn filíocht
mé féin. Bhí an-dúil agat i mBaudelaire, dúirt tú, go
háirithe na dánta próis. Thosaigh tú ag insint dom faoi
cheann acu, Le Joujou du pauvre, ach ní raibh mé
ag éisteacht go róghéar i dtosach agus tú ag dul
beagán i bhfad scéil leis, dar liom. Ag caitheamh
sracfhéachaintí ar mo chara a bhí mé agus é ag ligean
air go raibh sé ag léamh na línte ar bhos do chara, ag
cogarnaíl ina cluas, ag cur cigilte ina taobh. Bhí a fhios
agam nach mbeadh sé de mhisneach agamsa fiú suí
níos gaire duit gan trácht ar a leithéid de theanntás a
dhéanamh leat. Lean mé ag éisteacht le do chuntas ar
an dán próis arís. Scéal faoin taitneamh is féidir a
bhaint as bréagáin bheaga shaora a bhronnadh le
carthanacht ar na gasúir shráide—é sin i gcomparáid le

taitneamh eile a bhí go hiomlán soineanta, beirt ghasúr a chonaic an file, buachaill saibhir a raibh a bhréagán d'ardchostas caite ar leataobh aige le méid a shuime i mbréagán an ghasúir eile, buachaill bocht a raibh francach beo i gcliabhán aige agus é á chroitheadh agus á shaighdeadh. Ní le deireadh mar sin a bhí mé ag súil. Bhreathnaigh muid ar a chéile. Cloisim fós an tost sin a mhair soicind sular phléasc muid beirt amach ag gáire. Thuig mé go raibh an acmhainn ghrinn chéanna againn ar aon nós. Bhí muid níos compordaí le chéile ina dhiaidh sin, a bhuíochas sin le Charles Baudelaire, cé gur ghabh mé leithscéal leat nuair a bhuail ár nglúine le chéile. Nuair a chuaigh sibhse amach le chéile chuig leithreas na mban dúirt mo chara liom go raibh mé ag déanamh thar cionn leat, rud nár léir domsa. Mhol sé go dtabharfadh muid cuireadh daoibh dul chuig cóisir a bhí ar siúl an oíche sin i dteach cara linn, cuireadh ar ghlac sibh leis gan ach beagán braiteoireachta.

Rinne muid damhsa le chéile ag an gcóisir, ceol sciobtha agus ceol mall. Bhí mo lámha ort. Nuair a phóg mé thú ag deireadh na hoíche bhí sé cosúil leis an gcéad phóg a fuair mé riamh—is é sin le rá ciotach, mo liopaí ina liobair, mo theanga sa bhealach i gcónaí, na fiacla ag bualadh in aghaidh a chéile.

Cuirim an oíche sin i gcomparáid le hoíche eile cúpla mí ina dhiaidh sin agus muid inár gcónaí in aon árasán le chéile. D'iarr tú orm, le teann diabhlaíochta, do bhrístín a chur orm nuair a d'fhill mé ar an seomra leapa, lomnocht mar a d'imigh mé, tar éis a bheith ag an leithreas. Rinne mé amhlaidh agus léim ort sa

leaba, gan ach an bhraillín eadrainn. Bhí iontas orm,
mar a dúirt mé leat agus mé do do phógadh, ag diúl ar
chraiceann do mhuiníl, ar do bhrollach, ar do chíocha,
iontas orm chomh deas agus a mhothaigh sé brístín
mná a bheith orm. Na brístíní fir a chaitheadh mise,
b'as éadach garbh a bhídís déanta i gcónaí, brístíní
chun an teas a choinneáil ionat, chun na baill fhearga
a neadú go compordach, rud nár thuig mé go dtí gur
chuir mé do bhrístín orm. An t-éadach bog síodúil a
bhí ann agus é ag slíocadh chraiceann mo thóna, an
míneadas a chuir mo bhod ag fás amach as barr an
bhrístín go sciobtha agus mé do mo bhrú idir do dhá
chos scartha faoin mbráillín. Chuir an chaint seo fiáin
ar fad thú, thosaigh muid ag slogadh teangacha a
chéile, tú ag muirniú mo thóna go dtí ar deireadh
nuair a chaith muid an bhráillín uainn, do bhrístín an
t-aon éadach eadrainn, nuair a bhuail muid faoi
dheireadh craiceann ar chraiceann bhí sé uile thart tar
éis cúpla soicind agus, ní hionann is uaireanta eile, an
bheirt againn sásaithe, báite in allas, i sú agus i síol.
Dhéanadh muid an rud céanna ó am go chéile ina
dhiaidh sin. Uair amháin d'iarr tú orm do
chíochbheart a chur orm—dhiúltaigh mé mar cheap
mé go mbeadh sé sin ag dul rófhada.

Tá mé ag scríobh chugat anois chun mo bhuíochas a
ghabháil leat as gné thábhachtach den ghrá a
thaispeáint dom, cé nach le carthanacht a rinne tú é.
Bhí sé de phribhléid agam ceacht a fhoghlaim uaitse
ag aois óg nuair a bhí mé ar mo dhícheall ag iarraidh
a bheith i m'fhear i measc na bhfear. Tá aiféala orm
anois gur scar mé leat, gur ar do chairde polaitiúla a
chuir mé an milleán, ar an mbrainse speisialta a thug

cuairt ar an árasán, nuair a thosaigh tú ag dul rófhada i dtreo nár thaitin liom, cé gur léir dom anois an pholaitíocht chéanna in Le Joujou du pauvre nár aithin mé ar an gcéad lá.

Grá,
Seán.

Comhrá leis an Deartháir

Ag iarraidh míle caisearbhán atá mé.
A Bhriain, níor chuala mé ag teacht thú. Cén chaoi a bhfuil tú?
Réasúnta. Ag obair atá tú.
Sea.
Ní hea.
Ní hea?
Ag brionglóideach a bhí tú.
Míle caisearbhán?
Má thriomaíonn tú iad, púdar a dhéanamh astu agus é uile a ithe tá sé chomh maith le *ecstasy*.
Caisearbháin?
Cara liom atá ina chónaí san Fhionlainn a d'inis dom. Fíorghanntanas drugaí ansin. Ach teastaíonn go leor leor acu, mar an t-ábhar meisciúil, níl ach fíorbheagán i ngach bláth.
Druga?
Sea. An gcreidfeá é?
Níl a fhios agam.
Ag magadh atá mé.
Magadh? Faoin nganntanas drugaí san Fhionlainn?

Míle euro atá uaim.

Míle euro?

Iasacht, ar ndóigh. Íocfaidh mé dhá mhíle ar ais leat i gceann míosa.

Céard atá i gceist agat?

Fiontar gnó.

Ní dóigh liom go dtuigeann tú cúrsaí gnó.

Leath ag magadh a bhí mé. Tá baint aige le drugaí.

Seachain na drugaí. Tá siad contúirteach.

Níl.

Tá.

Níl. Sin fimíneacht na ndaoine fásta. Tá siad níos sábháilte ná an t-ól.

Agus in aghaidh an dlí.

Ar úsáid tú drugaí riamh?

Níor úsáid.

Níor úsáid?

Bhuel, d'úsáid.

D'úsáid! Cén druga?

Chaithinn raithneach ag an ollscoil.

Raithneach! Agus an raibh sé contúirteach?

Theip orm sna scrúduithe.

Cén dochar? Nach raibh na hathscrúduithe ann?

Ní dhearna mé iad.

Cén dochar? Nach bhfuil tú níos fearr as anois? Neart oibre agus ní chaithfidh tú an teach a fhágáil. An dream eile ar éirigh leo, cá bhfuil siad anois? Ar an dól nó i gcathair ghránna áit éigin. Ar thaitin sé leat ar aon nós?

An raithneach, thaitin ag an am ach ní bheadh aon suim agam ann anois.

Céard é do rogha druga na laethanta seo mar sin? Pórtar, branda, fuisce?

Ólaim gloine fhíona leis an dinnéar.

A mhaighdean bheannaithe! Gloine amháin?

B'fhéidir péire.

Agus céard a cheapann Síle faoi seo?

Is breá léi fíon.

Agus pórtar agus branda agus fuisce. Cá bhfuil sí?

Ina seomra.

Ina luí?

Sea.

Mar tá sí tuirseach.

Sea.

Ní hea.

Ní hea?

Ní hea, mar nach bhfuil sí sásta labhairt leat. Ag achrann atá sibh le cúpla lá anuas.

Cén chaoi a bhfuil a fhios agat?

Cúléisteacht le Maim agus le Daid aréir.

Míle euro le haghaidh céard go díreach?

Má deirim leat céard atá mícheart léi an dtabharfaidh tú dom é?

Drugaí?

Is í mo dheirfiúr í. Tá a fhios agam rudaí fúithi nach bhfuil a fhios agatsa.

Contúirteach agus in aghaidh an dlí.

Cocaine.

Thar a bheith contúirteach. Thar a bheith in aghaidh an dlí.

Ar chaith tú *cocaine* riamh?

Níor chaith.

Níor chaith?

Uair amháin.

A dhiabhail! Céard a cheap tú?

Choinnigh sé i mo dhúiseacht mé ach thairis sin níor mhothaigh mé tada.

An bhfuil a fhios agat cén fáth?

Mar nach bhfuil sa *cocaine* ach íomhá. Ní raibh mé sách neamhspleách ag an am chun a admháil gur áibhéalta ar fad iad na scéalta faoi.

Mícheart ar fad. Níor cheannaigh tú do dhóthain. Roinn cúigear againn gram eadrainn. Céad euro. Dearg-ghadaíocht. Inis dom faoi Shíle.

Éist leis seo. Ceannaíonn díoltóir unsa. Thart ar mhíle euro. Tar éis a chuidín féin a bhaint as déanann sé dhá unsa as sin. É a mheascadh le plúr nó le púdar bán de shaghas éigin. Díolann sé é le ceathrar. Baineann gach aon duine acu sin a chuidín féin as, meascann faoi dhó é agus díolann le ceathrar eile é. Mar sin de síos go dtí an duine a cheannaíonn gram. An duine a cheannaíonn unsa tá *cocaine* i bhfad níos láidre aige. An bhfuil a fhios agat cé mhéad gram atá san unsa?

Fiche is a hocht ponc a trí cúig.

Samhlaigh *cocaine* fiche is a hocht ponc a trí cúig oiread níos láidre ná mar a bhí agat. Agus brabach mór le déanamh as. Míle euro.

Ag magadh atá tú?

Sea.

Sea?

Sea. Tá rud éigin fútsa. Is maith liom a bheith ag spochadh asat.

Le do thoil, a Bhriain, ná déan é. Cén fáth ar tháinig tú?

Chaith tú *cocaine*! Cé a chreidfeadh é agus cuma chomh soineanta ort. Inis dom, an ndearna tú poitín riamh?

Ní dhearna agus níor bhlais fiú.

Níor bhlais tú de riamh i do shaol? Fiú uair amháin?

Pian sa tóin thú, a Bhriain.

Tháinig mé chun labhairt le Síle.

B'fhéidir nach mbeadh sí sásta labhairt leat.

Ach nach raibh mé ag caint léi cheana féin? Tháinig mé deich nóiméad ó shin. Níor chuala tú mé. Isteach an doras cúil. Suas staighre liom agus rinne muid dreas comhrá.

Céard a dúirt sí?

Deartháir dílis mé. Níl cead agam a rá leat. Tá brón orm as a bheith ag spochadh asat. Ní dhéanfainn é murach go bhfuil mé ceanúil ort.

Maithim duit é.

An dtabharfá síob síos go dtí an sráidbhaile dom?

Seans dá laghad, a chladhaire.

De bharr gur plámásaí gan náire mé?

De bharr go bhfuil an cadhnra ídithe agus ceannghaiscéad nua ag teastáil.

Siúl

Ní féidir a shéanadh go bhfuil deacracht, dá laghad í, ag baint le ceithre litir a iompar sa lámh. Más idir an ordóg agus na méara a choinnítear greim orthu bíonn an baol ann go sleamhnóidh ceann den phéire sa lár amach, b'fhéidir i ngan fhios don iompróir. B'fhearr i bhfad iad a choinneáil in aghaidh na boise, na méara lúbtha fúthu agus an ordóg díomhaoin mar atá déanta ag an bhfear agus é ina sheasamh i halla an tí ag breathnú amach an doras i dtreo an gheata ag ceann an chosáin. Tá sé tosaithe ag siúl. Ar éigean atá dath liath na suiminte le feiceáil agus é brata le bileoga seargtha na gcrann giúise, mata de shnáthaidí donnbhuí breactha leis an gcorrphaiste beag d'fhéar glas atá fásta aníos trí scoilt sa chosán agus, anseo is ansiúd, bláth dearg a thit ó na sceacha fiúise ar an dá thaobh.

Tá sé stoptha ag siúl. Os a chomhair tá nead damháin alla sínte trasna ó thaobh go taobh. Ní nead atá ann le bheith cruinn ach snáithín amháin ar beagnach míorúilt é rud chomh tanaí éadrom neamhdhaite leis a aimsiú. Ach an é obair an damháin alla ar chor ar bith é? Más ea, cén chaoi ar éirigh leis é a chur go cothrománach trasna an aeir ó thaobh amháin go taobh eile?

Tá súile an fhir géaraithe agus iad ag leanúint an

tsnáithín ó thaobh na láimhe clé go taobh na láimhe deise agus ansin ar ais arís. Le séideadh éadrom anála tá sé curtha ag luascadh go fíormhall aige anois, siar is aniar roimhe, a shúile fós géaraithe air. Ansin, tar éis breathnú suas ar an ngeata tamaillín, tá sé iontaithe timpeall chun siúl ar ais chuig an doras a d'fhág sé oscailte nóiméad roimhe sin agus atá dúnta ina dhiaidh anois. Inniu Déardaoin.

Litir IV

A Laoise,

Pósadh Arnolfini an t-ainm a thugtar ar an bpictiúr a tharraing le chéile mise agus tusa. Seomra leapa ina bhfuil lánúin ina seasamh os do chomhair, an bhean faoi ghúna fada uaine agus scaif bhán lása ar a cloigeann, clóca trom d'fhionnadh donn ar an bhfear, hata mór fairsing, a lámh dheas crochta i gcruth beannachta agus a lámh eile ag ardú lámh dheas na mná chun a fhógairt duit gurb í a rogha mná í thar mhná uile an tsaoil. Tá a mbróga bainte díobh, caite, d'fhéadfá a rá, go neamhairdeallach ar an urlár, a cuid sise ar chúl in aice le tolg de chineál éigin, a chuid seisean chun tosaigh ar chlé. Tá madra beag ina sheasamh eatarthu, torthaí faoi sholas na fuinneoige, coinneal amháin i gcoinnleoir mór ar crochadh ón tsíleáil, scáthán, scuaibín, rud cosúil le muince. Tá an bhean ag iompar clainne, a téarma beagnach istigh, déarfá.

Chomh maith leis an gcuma bhreá dhraíochtúil atá ar an bpictiúr, thaitin sé go mór liom mar gur léirigh an t-ealaíontóir, Jan Van Eyck, caidreamh beannaithe grá na beirte seo i dtearmann príobháideach a seomra leapa féin, pósadh a bheadh ina chúis náire don eaglais agus ina dhíol magaidh don saol mór fimíneach agus í leagtha suas aige cheana féin.

Bhí dul amú mór orm, mar a chuir tú in iúl dom. Ag breathnú ar an bpictiúr le dearcadh na haoise seo a bhí mé. Bhí mé aineolach ar nósanna na bliana 1434 maidir le searmanas an phósta—ba bheag an bhaint a bhíodh ag an eaglais leis. Bhí mé aineolach ar sheasamh na beirte seo sa phobal—beirt Iodálach rachmasacha ag cur fúthu i gcathair Bruges a choimisúnaigh agus a d'íoc go maith as an saothar. Bhí mé aineolach ar mheon an ealaíontóra—cúirteoir saibhir a bhí ann agus é ag freastal ar na maithe agus ar na móruaisle agus a raibh aon dímheas ar an saol mór, ar an gcúirt nó ar an eaglais, as an gceist ar fad dó. Agus maidir leis an mbean a bheith ag iompar, ar mo shúile a bhí sé sin.

Bhíodh sé de nós agam ag am lóin cuairt a thabhairt ar an nGailearaí Náisiúnta agus mé ag obair i lár chathair Londan. Bhí an pictiúr seo ar na cinn ab ansa liom, agus, mar a thug mé faoi deara, ab ansa leatsa. Ba mhinic a chonaic mé thú i do staic os a chomhair. D'imeoinn chuig pictiúr eile agus bhíteá fós ann ar fhilleadh dom. D'aithin mé thú. Ag obair in oifig ghníomhaire taistil os comhair an fhoirgnimh a raibh mise ag obair ann a bhí tú. Faoi dheireadh labhair muid. B'Éireannach thú. Théadh muid le haghaidh caife le chéile i mbialann an ghailearaí. D'iarr mé amach thú oíche amháin.

Mhínigh tú dom sular chuir muid aithne mhaith ar a chéile go raibh tú ag iompar clainne. Bhí sé mhí fós le dul agat. An fear, bhí sé bailithe leis, drochsheans go nglacfadh sé aon fhreagracht as an ngin nó as an bpáiste nuair a shaolófaí é nó í. Théadh muid amach uair nó dhó sa tseachtain, chuig scannáin, chuig drámaí, chuig bialanna. Cé gur luigh muid i do leaba le chéile oíche amháin níor tharla tada. De réir a chéile bhí do bholg ag dul i méid. D'fhanainn leat ó am go chéile ina dhiaidh sin, ar an tolg. B'iontach an méid leabhar ealaíne a bhí agat. Bhí suim ar leith agat i bpéintéireacht na hÍsiltíre sa chúigiú agus sa séú haois déag agus éagsúlacht leabhar agat dá réir, bailiúcháin ghrianghraf, stair an réigiúin, cuntais ar gach gné de na pictiúir. Chuir mé mé féin ar an eolas faoi Van Eyck, chomh maith le Robert Campin, Van der Weyden, Van der Goes agus go leor eile. Léigh mé Panofsky ó thús go deireadh, Friedländer, de Tolnay agus araile. Thuig mé an siombalachas a bhain leis na mionrudaí uile in *Pósadh Arnolfini*, an madra, na torthaí, an choinneal, na dealbha beaga ar an troscán. D'éirigh ár gcuairteanna chuig an nGailearaí Náisiúnta thar a bheith suimiúil. Is dócha gur cheap daoine gur mise an t-athair. Ba chuma sa sioc liom céard a cheap siad.

Gan ach mí fágtha d'fhág tú teachtaireacht ar an meaisín freagartha. Níor fhéad tú teacht chuig dinnéar an oíche sin mar go raibh ort imeacht as an tír go práinneach. Cuireadh scéala chugat go raibh an fear, an t-athair, go dona tinn le tamall maith anuas, i mbaol an bháis ina bhaile féin, sa Bheilg.

Níor chuala mé aon scéal uait go dtí dhá mhí ina dhiaidh sin nuair a ghlaoigh tú orm. An fear—fuair sé bás. Rugadh an páiste, buachaill beag. Thug tú cuireadh dom teacht ar cuairt.

Thóg mé cúpla lá saoire. I Gent, áit a raibh tú ag fanacht le máthair an fhir, bhí iontas orm aghaidheanna phictiúir na hÍsiltíre a fheiceáil timpeall orm, sa stáisiún traenach, tiománaí tacsaí, cailín i siopa tobac, daoine ag siúl ar an tsráid. Ar ndóigh, bhí a fhios agam gurbh é an t-aon réigiún amháin é, ó thaobh na healaíne de ar aon nós, tuaisceart na Beilge agus an Ísiltír sa chúigiú haois déag.

Phós tú é san ospidéal coicís tar éis duit teacht—chonaic mé an grianghraf mór méadaithe crochta os cionn an mhatail sa seomra suite, é sa leaba, móruasal óg de chuid Van der Goes, cuma shollúnta air, báite i machnamh domhain, murarbh é an bás a bhí air, a lámh bhán thanaí i ngreim agat agus tú i do sheasamh in aice leis, do lámh eile ar do bholg mór ag crochadh suas éadach fada do ghúna, a mháthair ar an taobh eile den leaba lán le mothúcháin na hócáide, na finnéithe ar cúl, an sagart.

Sular fhill mé abhaile thug mé cuairt ar ardeaglais Naomh Bavon chun an *retable* le Van Eyck a fheiceáil, sé phainéal ar an taobh amuigh, dhá cheann déag taobh istigh, an saothar ealaíne ab fhearr a chonaic mé riamh. Bhí sé i gceist agam insint duit faoi, glao a chur ort, litir a scríobh chugat.

Ba nuair a bhain mé amach tearmann m'árasáin féin a chrom mé mo chloigeann, a chaoin mé deora goirte, idir náire agus fhearg orm as a bheith i m'amadán chomh haineolach sin.

Grá,
Pádraig.

Comhrá leis an Deirfiúr

Cá bhfuil Síle? Mura bhfuil sí anseo pléascfaidh mé. A Shíle, tá bean eile ag an mbastard sin d'fhear céile agam. Striapach. A Chríost, ní féidir liom guaim a choinneáil orm féin níos mó. An fear sin a raibh sé de mhí-ádh orm é a phósadh. Deich mbliana. Deich mbliana curtha amú agam. Agus na gasúir. Dia á réiteach, céard a dhéanfaidh mé? A Shíle, a Shíle. Cá bhfuil Síle?

Imithe amach. Céard atá ort?

D'oscail mé an t-úrscéal mallaithe sin a bhí sé ag léamh aréir agus céard a thit amach? Cárta breithlae. Grá XXX Dympna. Dympna! An rúnaí atá aige. Ní ligfidh mé isteach an doras arís é. Athróidh mé an glas. Ceanglóidh mé na geataí le chéile le slabhra. Deich mbliana! Fágfaidh mé é ar fad. Imeoidh mé liom agus fágfaidh mé na gasúir faoina chúram. Céard a dhéanfaidh sé ansin? Ní bheidh tuairim faoin spéir aige cén chaoi a dtugann tú aire do ghasúir. Gan Liam ach dhá bhliain d'aois. Ba bhreá liom an chuma chráite a fheiceáil ar a aghaidh tar éis lá iomlán a chaitheamh leis sin. Agus é ag iarraidh Máirín agus Marcella a choinneáil óna chéile a mharú. Bastard. Deich mbliana! Dympna! Cén chaoi nár aithin mé go raibh cúrsaí imithe chun donachta le blianta anuas? Ba léir é do gach dall ach don dall mór seo. B'fhearr leis a chuid ama a chaitheamh ag an obair seachas a bheith sa bhaile lena bhean agus leis na gasúir. Teacht abhaile gach tráthnóna ag a seacht nó ag a hocht ag rá go raibh tuirse mhór air. Agus dul isteach chuig an obair Dé Sathairn chomh maith. Agus mar bharr ar an donas uair sa mhí deireadh seachtaine oibre i Sasana. Obair! An striapach sin Dympna. Agus an drogall a bhí orm aon ghearán a dhéanamh leis tar éis na leithscéalta móra a bhí aige an chéad uair a labhair mé faoi. A ghéire is a theastaíonn sé ón obair agus nach bhfuil teach breá cúig sheomra leapa againn, do charr féin, do chuntas bainc féin, agus nach dána an mhaise duit clamhsán a dhéanamh agus é ar a mhíle dícheall chun só agus suaimhneas a thabhairt dúinn, saol saor ó imní airgid, oideachas maith do na gasúir, bunchloch don todhchaí. An bréagadóir! An deargbhréagadóir! Is é glan na fírinne é gur fuath leis mé, gur fuath leis na gasúir, gur fearr leis fanacht amach uainn. An teach breá cúig sheomra leapa mo thóin! Ní raibh sé de mhisneach agam a rá leis gurbh fhearr liom cónaí i bprochóg ach suim a bheith aige ionam mar bhean, freagracht a ghlacadh as na gasúir ó am go chéile. É ag labhairt faoi nádúr na bhfear agus nádúr na mban. Dympna! M'anam ach casfaidh mise a chuid cainte ar ais air, an bastard. Sin buidéal fíona, ab ea?

Ól gloine as. Déanfaidh sé maitheas duit.

A Chríost! An gceapann tú gur bean dhathúil mé? Breathnaigh orm. Beidh mé tríocha is a dó i gceann trí seachtaine agus airím go bhfuil mo shaol caite. Cúigear gasúr. An reithe sin. Tuirse mhór, mo thóin! Ragús agus ansin codladh gan oiread is focal a rá liom. Ach ní leagfaidh aon fhear suas arís mé. Tar éis Liamín a thabhairt ar an saol dúirt mé leis an dochtúir snaidhm a chur sna píopaí mallaithe sin. D'iarr mé air féin *vasectomy* a fháil tar éis Iarfhlaith ach cheap sé gur díchiall é a bhain leis na mná tar éis breithe. Agus an raibh sé féin sásta a bheith i láthair ag na breitheanna? Ní raibh sé muis, ní raibh tar éis an chéad uair nuair a rug mé Máirtín. Naoi mbliana ó shin. Deich mbliana pósta! A Chríost, bhí sé de neamhthuiscint aige a rá liom gur chuir an bhreith múisc air, múisc a dúirt sé, an scréachaíl uile agus faoi dheireadh an rud corcra

ramallach sin fáiscthe amach asam, Máirtín a bhí i gceist
aige, agus na banaltraí ag déanamh comhghairdis leis, ag
rá gur álainn an leanbh é, babóigín dheas shláintiúil
agus níl a fhios agam céard eile. Le bheith fírinneach
níorbh é sin an rud a raibh mise ag súil leis ach an oiread
ach bhí mé chomh sásta go raibh an phian sin, mo
ghabhal á stróiceadh beo, á scoilteadh ina dhá leath, ba
chuma liom ach é sin a bheith thart. Agus is maith an
rud nach raibh sé ag na breitheanna eile nó bheadh níos
mó ná múisc air agus mé ag cur mo mhíle mallacht air
as an gcéasadh a d'fhulaing mé chun pléisiúr a thabhairt
dó sin, an bastard, an conús sin. A Chríost, ach thug mé
gach drochainm air, bhagair mé trí na deora go
ndéanfainn coillteán de leis an rásúr san oíche, an
collach. Dúirt duine de na banaltraí liom tar éis
Marcella gurb iomaí bean a chuireann mallacht ar a fear
agus í i mbun breithe, fiú agus an fear i láthair, ach gur
sháraigh mise ar chuala sí riamh de mhaslaí. Agus an
bhfuil a fhios agat céard é féin? Tá mé bródúil as. Tá
an fíon seo uafásach, ba cheart é a thabhairt ar ais chuig
an siopa. An bhfuil braon níos láidre ann?

Níl. Agus ní ón siopa é.

Cladhaire gan náire é. Agus ceapann sé go bhfuil sé
in ann mé a cheansú le rósanna, an t-amadán. Níl
tuiscint dá laghad aige orm. Uair sa mhí tagann siad
agus gan le déanamh aige ach glao a chur ar an siopa,
uimhir a chárta creidmheasa a thabhairt dóibh. Nó an í
an striapach Dympna a dhéanann é agus í ag gáire fúm?
Agus mé tar éis blianta a chaitheamh ag ligean orm féin
go raibh mé buíoch de cé gurb iomaí uair a bhí fonn
orm iad a chaitheamh sa bhruscar ach go bhfuil meas
agam ar rósanna. Cén ríméad a chuirfeadh sé orm dá

mbeadh sé sásta stró éigin a chur air féin, siúl sna páirceanna agus bláthanna fiáine a bhaint lena lámha féin fiú dá mba chaisearbháin féin iad. Dhéanfása a leithéid sin do Shíle, nach ndéanfá?

Dhéanfainn ach b'fhearr léi bláthanna a fhágáil sa talamh.

Duine thú a bhfuil samhlaíocht aige. Tá níos mó ar d'aire agat ná airgead agus obair. An teach seo, tá sé go hálainn. Bíonn pearsantacht ag seantithe. Is breá liom teacht ar cuairt anseo. Na gasúir chomh maith, bíonn siad i gcónaí ag iarraidh teacht. Déarfainn gur teach a dheich n-oiread níos compordaí é seo ainneoin nach bhfuil teas lárnach ann, nach bhfuil na háiseanna is nua-aimseartha ann, nach bhfuil cnaipe chun gach uile dhiabhal rud a dhéanamh duit. Agus an spraoi a bhaineann na gasúir as an ngairdín ar chúl.

Tá a fhios agat gur breá linn na gasúir. Tá fáilte rompu am ar bith. Ach murar miste leat mé á rá, a Isabel, b'fhéidir go bhfuil dul amú ort faoin gcárta sin. Is éard atá mé a rá go bhféadfadh an phóg sin, an X sin, a bheith ina phóg chairdiúil seachas ina phóg ghrá.

Seafóid. Nach ar Shíle atá an t-ádh fear mar thú a bheith aici? Agus tá tú chomh maith leis na gasúir cé nach iad do chuid gasúr féin iad. Is léir go bhfuil suim agat iontu. Máirtín anois, tá sé an-cheanúil ort. Déarfainn go bhfuil níos mó aithne agat ar mo chuid gasúr ná atá ag a n-athair féin. An bastard! Deich mbliana! Cúigear gasúr! Dympna! An bhfuil Síle ag súil fós?

Ar an bpiolla atá sí.

Agus mise ag ceapadh gur seasc a bhí sí. Faraor nach ndeachaigh mise ar an bpiolla. Botúin agus dearmaid, sin mo shaol. Na diabhlaí coiscíní sin, ní féidir brath orthu. Sea, tá saoirse ag Síle go fóill ach fan go mbeidh an chéad pháiste aici. Bainfidh sé sin an macnas di. Má cheapann sí gur deas é an síol ag dul isteach inti scéal eile an toradh ag teacht amach aisti. Faraor, sílim gur imigh an grá as an bpósadh domsa tar éis an chéad pháiste. A Chríost! Nach mise an óinseach gur thóg sé chomh fada seo é a aithint. Deich mbliana! Agus céard atá agam? Dympna! Déarfaidh mé suas lena bhéal é. Níl grá agam dó, níl meas agam air, imíodh sé le Dympna, is cuma liom. Gheobhaidh mé fear dom féin, fear maith ar fiú grá a thabhairt dó. A Chríost! Deich mbliana! Cá bhfuil Síle imithe?

Le fírinne níl a fhios agam.

Tá brón orm an racht seo a chur díom anseo. Thuigfeadh Síle. Bail ó Dhia ort, is éisteoir maith thú. Caithfidh mé imeacht agus na gasúir a bhailiú ó Mhaim. Abair le Síle glao a chur orm. Slán. Tá brón orm arís as na drochrudaí a dúirt mé. Tá súil agam go dtuigeann tú.

Tuigim.

Siúl

Cúig litir a chur sa phost, tá sé beagnach dodhéanta. Misneach a theastaíonn chun na baic a shárú. I dtosach tá an doras, ansin pasáiste na sceach, dhá mhíle de bhóthar, fanacht i scuaine fhada na hAoine le lucht dóil, seanphinsinéirí, mná le leabhair liúntas leanaí agus faoi dheireadh cúig stampa a cheannach agus b'fhéidir nach mbeadh ansin ach tús na trioblóide.

Níl ach cúpla coiscéim le fána tógtha ag an bhfear nuair atá an cloigeann iontaithe aige féachaint céard é an torann díoscánach taobh thiar de.   Fear ar sheanrothar meirgeach atá ann, é ag teacht anuas go mall ina dhiaidh, fear nach bhfeiceann sé a éadan go dtí go mbíonn sé imithe thairis mar gur ina shuí droim ar ais ar an diallait atá sé, na lámha sínte taobh thiar de i ngreim ar chluasa an rothair, ag fáscadh ar an gcoscán clé lena lámh dheas. BB atá ann.   Déanann BB gach rud, gach rud is féidir leis, droim ar ais.   An seaicéad, an léine, an bríste, caitheann sé droim ar ais iad, agus an caipín beag píce.

Tar éis a bheannacht a chur ar an bhfear ar thaobh an bhóthair agus moladh, droim ar ais, a thabhairt do Dhia na Glóire as an lá breá gréine a bhronn sé orthu, éisteann BB leis an bhfear ag fiafraí de an ag dul síos chuig an sráidbhaile atá sé, agus nuair is léir gurb ea, an miste leis cúpla litir a chur sa phost dó. Agus is ag BB atá na cúig litir anois, chomh maith le hairgead le haghaidh cúig stampa agus luach pionta sa teach tábhairne ina dhiaidh. Agus seo é ag rothaíocht leis arís, na litreacha ag gobadh amach as póca a sheaicéid agus é ag breathnú go ríméadach ar an bhfear le linn dó a bheith ag imeacht le fána uaidh go dtí go bhfuil droim tugtha ag an bhfear dó agus é ag filleadh ar an teach.

Litir V

A Mháirín,

Nuair a chas mé leat den chéad uair bhí d'fhear céile i mbun díospóireachta leis an gcomhluadar faoi ghné éigin de *Tóraíocht Dhiarmada agus Ghráinne*. Ní mórán páirte a ghlac mé sa chaint mar nach raibh mo dhóthain eolais agam ar an seanscéal cáiliúil Fiannaíochta seo. Ach thug mé suntas do thrí rud. Sa chéad áit, bhí nós beag ag d'fhear agus é i mbun machnaimh, ag éisteacht go géar nó ar tí freagra a thabhairt ar cheist. Áit a mbéarfadh duine eile greim smige air féin le hordóg agus le corrmhéar, nó an chorrmhéar a chur ag tochas i mullach a chinn, bhí sé de nós ag d'fhear barr a ordóige a chur lena bhéal sula dtabharfadh sé a thuairim, nós a chuir Fionn Mac Cumhaill—a raibh Gráinne geallta leis sular éalaigh sí le Diarmaid—i gcuimhne dom. Sa dara háit, go raibh an chuma air go raibh sé a dhá oiread níos sine ná thusa, agus sa tríú háit gurbh é Diarmaid m'ainmse.

Chas mé leat agus tú i d'aonar an tseachtain dár gcionn agus mé ag siúl sa tsráid. Mhínigh tú dom go dtugann tú cuairt ar an mbaile mór gach Aoine, smúrthacht sna siopaí leabhar, beagán siopadóireachta a dhéanamh, fánaíocht thart. Ba chomhtharlúint é an casadh ar a chéile seo a thug orm a admháil dom féin cé chomh minic a bhí tú ar m'intinn ó chéadchonaic mé thú an tseachtain roimhe. Shocraigh muid dul le haghaidh cupán tae. Roghnaigh muid cúinne deas ciúin sa bhialann, shuigh mé isteach le do thaobh agus rinne muid dreas cainte. Dhírigh mé d'aird ar na soithí de dheilf thanaí éadrom, an taephota lena dhearadh Síneach, an crúiscín beag ornáideach, an cruth álainn ealaíonta ar na cupáin lena liopaí cuartha amach beagán. I measc rudaí eile, dúirt tú go raibh smearaithne agat ar chuid de mo chairde agus gur minic a chonaic tú cheana mé.

An tríú huair a casadh le chéile muid, ar an Aoine dár gcionn, thug mé trí phóg duit. Bhí tú tar éis do chupán a leagan síos, ní san fhochupán ach ar chlár an bhoird in aice leis. Leag mé mo chupán féin lena thaobh, an dá liopa buailte lena chéile. Sula raibh macalla na clinge bodhaire maolaithe bhí póg bheag sciobtha leagtha agam ar do leiceann. Nuair a thug tú aghaidh orm thug mé an dara póg duit, díreach ar do bheola. An tríú póg thug mé duit í nuair a shín tú do lámh chugam, póg mhór fhada fhliuch theangach, ár gcloigne ag casadh agus ag brú in aghaidh a chéile, an bord á chrith agus d'uillinn dheas agus m'uillinn chlé ag baint taca as clár an bhoird chun fáscadh isteach ar a chéile, an dá chupán ag cloigíneacht in aghaidh a chéile thíos fúinn, do lámh chlé i ngreim ar bhúcla mo chreasa, cúl na méar ina luí sa teas faoi m'imleacán, barr do mhéire fada báite i ngruaig uachtarach mo ghabhail agus mo lámh dheas sáite suas taobh istigh de do léine, ag muirniú chraiceann mín do ghualainne, barr na méar ag sleamhnú síos faoi strapa do chíochbhirt, ag teacht aniar chun m'ordóg a neadú i ngruaig d'ascaille.

Stopaigí sin, a deir glór feargach, mór an náire sibh. Duine de na freastalaithe a bhí ann, fear meánaosta ina sheasamh go húdarásach ar an taobh eile den bhord, cúpla custaiméir taobh thiar de ag sciotaíl go ciúin. Bhí sé ar nós go raibh mé tar éis dúshlán Fhinn a thabhairt agus Gráinne a phógadh trí huaire os a chomhair amach i nDoire Dá Bhaoth.

Theip orm teacht ort an Aoine dár gcionn. Shiúil mé na sráideanna, chuardaigh mé sna siopaí leabhar agus ar deireadh d'ól mé cupán aonarach tae. Agus mé i leithreas na bialainne chonaic mé fear cromtha os cionn cheann de na dabhcha chun boslach uisce a fháil ón sconna, uisce a lig sé trína bhosa síos trí huaire sular chas sé chun a chrúba a chuimilt le chéile faoin triomadóir uathoibríoch. Chuimhnigh mé ar Dhiarmaid a fuair bás d'uireasa fíoruisce ón tobar, uisce a lig Fionn trína bhosa síos trí huaire.

Ó shin tá mé ag léamh agus ag athléamh *Tóraíocht Dhiarmada agus Ghráinne* chun a dhéanamh amach an mealltóir gan náire thú nó bean mhisniúil i sáinn agus céard is féidir liom a dhéanamh chun go n-éalóidh tú liom.

Grá,
Diarmaid.

Comhrá le Síle

A Shíle?

. . .

An osclóidh tú an doras?

. . .

Caithfidh muid labhairt le chéile.

. . .

Sheol mé litir chugat inniu.

. . . Cén fáth . . . ?

Cúig litir. Gheobhaidh tú iad Dé Luain. An léifidh tú iad?

. . .

Litreacha grá iad, a Shíle.

Ná cuir leis an ualach atá ar mo chroí cheana féin.

Ní litreacha mar sin iad. Cineál scéalta iad. Cosúil le litreacha chuig mná eile ar fad.

Mná eile?

B'fhéidir go raibh mé ag iarraidh éad a chur ort.

. . .

Chun achrann a tharraingt eadrainn.

. . .

Seachas an tost seo.

. . .

Tá an scannán is fearr leat i gceann acu.

. . .

Stranger Than Paradise.

. . . Jim Jarmusch.

Agus Le Joujou du pauvre i gceann eile.

. . . Baudelaire.

An Bonnán Buí.

. . . Cathal Buí Mac Giolla Ghunna.

Pósadh Arnolfini.

. . . Van Eyck.

Tóraíocht Dhiarmada agus Ghráinne. Cuimhní, tagairtí príobháideacha nach dtuigfeadh aon duine ach tú féin.

Agus tú féin.

Cheap mé go mbeadh sé níos fusa an rud seo eadrainn

a thuiscint dá samhlóinn gur bean eile ar fad thú, fear eile ar fad mise, caidreamh eile ar fad eadrainn.

Bealach aisteach.

Is é an t-aon bhealach atá fágtha agam chun cur in iúl duit chomh mór is atá mo ghrá duit.

. . .

Go bhfuil mé croíbhriste. . . . An t-aon bhealach atá agam cúrsaí a phlé gan na mothúcháin a bheith ina mbac orm, gan tocht a theacht orm, gan deora a shileadh.

Stop ag caint.

. . .

Tá mé ag imeacht áit éigin don deireadh seachtaine. Mise agus Isabel. Dé Luain beidh mé ar ais.

Beidh na litreacha ag fanacht leat . . .

. . . Níl mé tuirseach díot . . .

. . .

. . . Is éard atá orm . . .

. . . Céard?

. . . Ní féidir liom é a mhíniú duit. Ní fós.

. . .

. . . Níl a fhios agam. Beidh muid ag caint Dé Luain.

Tar éis na litreacha a léamh.

Tá mé ag súil leo.

SCÉALTA

An Comórtas

Lá Bealtaine a bhí ann agus an fhéile mhór ealaíon ar tí tosú. Timpeall orm bhí na filí ag aithris a gcuid filíochta, na ceoltóirí ag seinm a gcuid ceoil, na scéalaithe ag insint a gcuid scéalta, iad uile ag cleachtadh a bpíosaí féin, dóibh féin, sula seasfaidís ina n-aonar ar an ardán chun a gceirdeanna féin a chur faoi bhráid an phobail.

Bhí draíocht ag baint leis an ngleo seo domsa, meascán mearaí de ghuthanna, d'uirlisí, de ghlórtha, de rithimí ag dul trasna ar a chéile, an focal borb in aice leis an bhfocal séimh, gliondar ag briseadh isteach ar an gcaoineadh, clampar iontach. D'éist mé leis tamaillín eile sular chuimhnigh mé orm féin, dhún mo shúile agus lean le mo chleachtadh féin.

Den chéad uair bhí cead agamsa agus ag mo chomhaoiseanna a raibh foghlamtha againn a thaispeáint go poiblí, páirt a ghlacadh in imeachtaí an lae sin—filíocht, ceol, scéalaíocht ó mhaidin go tráthnóna agus ansin, mar sméar mhullaigh, an ghloine bheag leathlíonta sin a ól in éineacht le gach duine eile mar chomhartha go raibh muid tagtha in inmhe. Ba mhinic a chuala muid ár ndeartháireacha agus deirfiúracha níos sine ag labhairt fúithi, an deoch sin nach gceadaítear í a ól ach an t-aon uair amháin sa

bhliain, í a chaitheamh siar d'aon iarraidh, an teas ag rith
ón scornach síos píobán go dtí an bolg, an éadroime
aoibhinn sa chloigeann ar an mbealach abhaile faoi
thitim na hoíche.

D'ísligh an gleo, go mall i dtosach, deireadh curtha leis
an gcleachtadh ag duine anseo, duine ansin, é seo tugtha
faoi deara ag daoine eile, cloigne ardaithe, súile oscailte,
breathnú timpeall, ansin, go tobann, tost. Bhí gach súil
ar an ardán. Ba ghearr go mbeadh an fhéile ag tosú.

Ach i dtosach bhí orainn éisteacht le hóráid an
tSeanóra. Ní hin le rá nach raibh meas againn ar an
óráid bhliantúil seo. Ná meas againn ar an Seanóir.
Thuigeadh muid go maith é nuair a labhraíodh sé faoin
mbród a chuireadh sé air an óige a fheiceáil ag foghlaim
ón sean díreach mar a d'fhoghlaim sé féin agus é óg,
blianta fada roimhe sin. An gliondar a chuireadh sé ar a
chroí nuair a chloiseadh sé cuid den fhilíocht chéanna ag
óige an lae inniu is a chuala sé le linn a óige féin, cuid den
cheol céanna, den scéalaíocht chéanna. Thuigeadh muid
é nuair a deireadh sé gur chuma go raibh cuid de na
seanrudaí ligthe i ndearmad ach cumadóireacht as an
nua a bheith ar siúl i gcónaí, glúine nua ag teacht chun
cinn a chuirfeadh a gcruth féin ar ealaín na tíre seo,
dánta, ceolta, scéalta a mhairfeadh inár dtraidisiún ársa.
Bhí meas againn ar an Seanóir. Nach iad na seandaoine
iompróirí na staire, aistreoirí an chultúir ó ghlúin go
glúin, cosantóirí an traidisiúin ón neamhealaín atá dár
n-ionsaí ó theorainneacha na tíre isteach?

Thuigeadh muid. Ach má bhí oiread na fríde den
leadrán ag baint leis an lá sin, d'aontódh an t-aos óg leis
gurbh é óráid an tSeanóra é.

Sheas an Seanóir suas i lár an ardáin agus bhris an

ciúnas lena ghlór creathach. Bhur gcéad fáilte an lá breá
Bealtaine seo, a dúirt sé. D'fhreagair an slua, idir óg
agus sean, le pléasc de bhualadh bos. Thosaigh sé ar an
óráid. Lean sé ar aghaidh ag plé na dtéamaí a phléitear
gach bliain. Meas ar na seandaoine, stair, cultúr,
traidisiún, bród as an óige agus araile, na rudaí atá ráite
agam thuas. Ach ar deireadh labhair sé ar ábhar nach
raibh aon duine ag súil leis. Dúirt sé go raibh caint
rúnda ag dul thart le blianta beaga anuas. Gur cheap
daoine áirithe, cé nach raibh siad sásta é a rá go
neamhbhalbh, go raibh traidisiún saibhir taobh amuigh
den tír seo a bhí ceilte orainn. Dúirt sé nach raibh aon
mhaith a shéanadh go raibh na ráflaí seo ag tosú ag dul
i bhfeidhm ar an aos óg agus go raibh sé in am aghaidh
a thabhairt ar na tuairimí seo.

Fad is a bhí an Seanóir iontaithe ar leataobh chun
casacht a dhéanamh agus a scornach a ghlanadh
bhreathnaigh mise timpeall orm. Rinne mé teagmháil
súl le go leor a thuig focail an tSeanóra. Bhí an chaint
rúnda cloiste agam, scéalta faoin Tír ó Dheas, na daoine
agus a gcuid nósanna, na dánta iontacha a bhí ann,
ceolta, scéalta a sháródh gach ar chuala muid riamh.
Ach níor chuala aon duine againne dán, ceol nó scéal ón
taobh amuigh riamh. Ní raibh cead againn taisteal
taobh amuigh dár dtír féin agus ní raibh cead ag aon
choimhthíoch teacht ar cuairt anseo. Cé go raibh cead
ag na seandaoine taisteal taobh amuigh níor mhinic a
dhéanadh siad é, agus ní raibh ach drochthuairisc acu ar
an áit.

Thosaigh an Seanóir ag caint arís faoin gcosc a bhí
orainn taisteal thar na sléibhte go dtí an Tír ó Dheas. Ar
mhaithe linn féin a bhí an cosc sin. Chun ár gcultúr a

chaomhnú ón meath a bhí ar siúl ó dheas, chun muid a chosaint ar an truailliú. Thuig na seandaoine é sin. Ach bhí siad ann, go háirithe i measc na n-óg, a bhí amhrasach. Cheap siad gur ar mhaithe le cúngaigeantacht na seanóirí a bhí an cosc sin. Gan fiacail a chur ann, go raibh faitíos ar na seanóirí go dtuigfeadh daoine go raibh an fhilíocht, an ceol, an scéalaíocht ab fhearr le fáil sa Tír ó Dheas.

Rinne an Seanóir casacht arís.

Dúirt sé ansin nach raibh sna tuairimí seo ach mioscais. Nach raibh ach drochealaín á cleachtadh sa Tír ó Dheas agus go raibh sé furasta go leor é sin a chruthú.

Ansin dúirt sé cé gur nós linn sa tír seo gan daoine a chur i gcomórtas le chéile go raibh sé i gceist an nós a bhriseadh anois. De bharr a raibh ráite aige bhí sé beartaithe triúr ón aos óg a chur ar thóraíocht, go bhfillfidís leis an dán ab fhearr ón Tír ó Dheas, an ceol ab fhearr agus an scéal ab fhearr. Ansin, agus iad fillte, go gcuirfí i gcomórtas iad leis an dán ab fhearr, an ceol ab fhearr agus an scéal ab fhearr sa tír seo. Go bhfeicfeadh gach duine ansin cé acu ab fhearr. Agus, dá mba ghá, go scoirfí den chosc.

Ag deireadh an lae sheas an Seanóir ar an ardán arís, tháinig tost, ghabh sé buíochas le gach duine i ndiaidh a chéile a bhí páirteach in eagrú na féile, agus ansin d'fhógair sé ainmneacha an triúir a bheadh ag dul ar an tóraíocht. An file, an ceoltóir, agus mise, an scéalaí.

I measc na sluaite meidhreacha chuardaigh mé an bheirt eile nó gur chas muid le chéile ag an mbord a rabhthas ag dáileadh na dí ann. D'ardaigh muid na gloiní, ár n-éadain lasta suas le spiorad na féile, súile ag gáire ó dhuine go duine. Ansin chaith muid siar na cloigne,

dhoirt an deoch síos scornach ó phíobán go bolg agus
shiúil abhaile i lámha a chéile faoi thitim na hoíche.

An lá ina dhiaidh sin réitigh muid don imeacht.
Seandaoine a raibh eolas acu ar an Tír ó Dheas chuir siad
comhairle orainn. Mhínigh siad nósanna na tíre, rinne
cur síos ar an gcóras taistil, cúrsaí lóistín, bia, siopaí, gach
a mbeadh ag teastáil uainn. Tugadh airgead dúinn ach
moladh dúinn bheith spárálach leis. Dúradh linn bheith
cúramach agus muid óg agus aineolach ar an gcontúirt a
bhaineann le tír a bhfuil an seanchultúr, na seanbhéasa ag
dul i léig inti. Ach ba chinnte go gcuirfí fáilte romhainn
agus go dtabharfaí aire dúinn dá ndéanfadh muid
teagmháil leis an seandream faoin tuath nó dá n-éireodh
linn teacht orthu sna bailte móra. Chuimhneoidís sin ar
an gceangal a bhíodh idir an tír seo agus an Tír ó Dheas
fadó.

An Seanóir é féin a thug an rabhadh deiridh dúinn. Ar
a bhfaca muid riamh, a dúirt sé, ná taobhaigí an chathair
mhór i lár na tíre. Ní chuirfí aon fháilte romhainn ansin,
b'áit thar a bheith contúirteach dúinn é. Agus, ar aon
chuma, drochsheans go bhfaigheadh muid filíocht, ceol
ná scéalaíocht ar bith ann.

D'imigh muid.

Nuair a d'fhill muid eagraíodh lá mór. Tháinig na
sluaite, go háirithe an óige, agus chruinnigh siad
timpeall ar an ardán. Sheas an Seanóir suas agus chuir
sé fáilte ar ais romhainn agus an triúr againn inár suí in
aice le chéile ar thaobh amháin den ardán. Ar an taobh
eile bhí triúr eile, seanfhile a raibh ardcháil uirthi,
seanfhear arbh é scoth na gceoltóirí é agus seanscéalaí
nach raibh a sárú le fáil.

Mhínigh an Seanóir leagan amach an chomórtais,

lámh amháin ardaithe inár dtreo, ansin lámh eile ardaithe i dtreo an triúir eile, méar caite siar ar na duaiseanna ar chúl an ardáin, boirdín agus trí ghloine leathlíonta leagtha air. Ba iad an slua iad féin a bheadh ina moltóirí. Ní gá, a dúirt sé, ach méid bhur dtaitnimh a chur in iúl le méid bhur mbualadh bos. I dtosach, an dán ab fhearr sa tír seo.

D'éirigh an seanfhile agus shiúil go maorga anall go dtí tosach an ardáin. D'umhlaigh sí don slua agus thosaigh ag tabhairt cuntais ar an dán a roghnaigh sí, an file a chum é, a saol agus stair a linne, beagán eolais theicniúil faoin meadaracht, íomháineachas agus eile.

Ansin d'aithris sí an dán. Bhí sé thar a bheith go maith. Ba bhodhraitheach a bhí an bualadh bos. D'umhlaigh an file agus shiúil anonn go dtí a suíochán arís. Agus an bualadh bos fós ar siúl d'umhlaigh sí uair amháin eile sular shuigh sí.

Ansin d'fhág an file le m'ais a shuíochán agus sheas ag tosach an ardáin. Chrom sé go humhal agus thug sé cuntas ar an dán ab fhearr, dar leis, sa Tír ó Dheas. Cuntas an-fhada a bhí ann agus ba léir don lucht éisteachta tar éis tamaill gurbh éard a bhí ann tuairisc an dáin a fuair sé ó dhuine a casadh leis agus é i mbaile mór in oirthear na tíre. Mhínigh sé gur chuardaigh sé an dán féin ach níor éirigh leis teacht air sula raibh sé in am filleadh abhaile. Ghabh sé a leithscéal leis an Seanóir agus leis an slua. Ansin shuigh sé síos.

Tháinig an seancheoltóir go tosach an ardáin, dheasaigh é féin ar stól ard agus thosaigh ag tiúnadh a uirlise. Ansin bhreathnaigh sé go cúthail ar an slua agus thosaigh ag labhairt go ciúin. Thug sé cuntas gearr ar an bpíosa ceoil a bhí sé chun a chasadh, cén áit a bhfuair sé é agus rud éigin faoin rithim neamhghnách a bhain leis.

Ansin chas sé an ceol. Bhí sé ar fheabhas. Phléasc an
bualadh bos roimh an nóta deiridh. Tháinig an ceoltóir
anuas den stól agus sheas ansin ag gáire leis an slua, ag
ardú a uirlise os a chionn anois is arís. Faoi dheireadh
d'umhlaigh sé agus shuigh arís ar thaobh an ardáin.

Chuaigh an ceoltóir suas go tosach an ardáin. Tar éis
umhlú di thug sí cuntas ar an gceol ab fhearr, dar léi, sa
Tír ó Dheas. Ach ní raibh ann ach tuairisc an cheoil,
eolas a fuair sí ó dhuine a casadh léi faoin tuath i
ndeisceart na tíre. Bhí sé in am filleadh sular éirigh léi
teacht ar an gceol féin. Ghabh sí a leithscéal le gach
duine agus shuigh síos.

Shiúil an seanscéalaí suas go tosach an ardáin agus
gan a thuilleadh moille thosaigh sí ag insint an scéil ab
fhearr sa tír seo. Bhí sé chomh foirfe is atá foirfe ann.
Ag an deireadh bhain sí a lámha as a pócaí, d'umhlaigh
beagán agus shiúil go sciobtha ar ais go dtí a suíochán.
Bhí tost ar feadh soicind nó dhó agus ansin, tuiscint ag
scaipeadh ar fud an tslua de réir a chéile, d'ardaigh an
bualadh bos nó go raibh sé ina thoirneach. An bheirt
ina suí ar gach aon taobh uirthi bhrúigh siad amach ar
an ardán í gur umhlaigh sí arís agus arís eile.

Ansin bhí mise, an scéalaí, ag tosach an ardáin.
D'umhlaigh agus thosaigh ar an gcuntas a fuair mé ó
dhuine i mbaile beag in iarthar na tíre ar an scéal ab
fhearr sa Tír ó Dheas. Mhínigh mé nár éirigh liom,
cheal ama, teacht ar an scéal é féin. Ghabh mé mo
leithscéal. Shuigh.

Sheas an Seanóir i lár an ardáin. Thug sé buíochas do
na hiarrthóirí. Ba léir cérbh iad na buaiteoirí agus thug
sé cuireadh dóibh dul suas go dtí an bord agus na
duaiseanna a ghlacadh. Na gloiní ardaithe ag an triúr,

sláinte a chéile a ghabháil, comhghairdeas. Ansin an deoch a chaitheamh siar faoi bhualadh bos ón slua, ón Seanóir, ón bhfile, ón gceoltóir agus uaimse, an scéalaí.

Cuireadh clabhsúr leis an lá. Scaip an slua. D'fhill muid ar an seansaol, oícheanta filíochta, ceoil, scéalaíochta. Bhí deireadh leis an tóraíocht. Bhí teipthe orainn. Níor chuir óg ná sean ceist ar bith orainn faoinár dturas.

Scéal an Dáin

Is é an file is mó cáil sa tír é. An t-éileamh ar a chuid filíochta tá sé ag méadú in aghaidh an lae. Táthar tosaithe ar a shaothar a aistriú go teangacha eile. Tá an saol liteartha curtha trína chéile aige. Scoláirí ag sárú a chéile ag scríobh alt faoi sna foilseacháin léannta. Mic léinn ag éirí teasaí agus iad i mbun díospóireachta faoi sna tithe tábhairne. Dreamanna polaitiúla a bhfuil fealsúnachtaí acu atá éagsúil ar fad óna chéile, go fiú naimhdeach dá chéile, agus iad ag maíomh gur leo féin é—cuireadh ceisteanna in Áras na Parlaiminte faoina thionchar, go fiú.

Nach aisteach é agus gan ach dhá leabhar filíochta scríofa aige?

An chéad leabhar, foilsíodh lena linn féin é. Dhá bhliain is fiche a bhí sé. De réir mar a thuigim, ní thabharfaí an oiread suntais don leabhar murach an dara leabhar—d'aithneofaí na síolta, mar a deir siad. Bhain sé le dream, nó le scoil filíochta a bhí ag iarraidh seanmhúnlaí na filíochta a bhriseadh. Cé go bhfuil ard-mheas ar an leabhar seo, admhaítear sa réamhrá san eagrán is úire gur léir, gur róléir fiú, na filí a chuaigh i bhfeidhm air, a raibh tionchar acu air, a ndearna sé aithris orthu. Is dócha go raibh súil ag an am go ndéanfadh sé éacht fós dá gcloífeadh sé leis an bhfilíocht.

An dara leabhar, níor foilsíodh é go dtí trí bliana tar éis a bháis in aois a tríocha is a haon. Tús réabhlóide atá anseo, dar le cuid. Neamhfhilíocht, dar le cuid eile. Níl ach dán amháin críochnaithe ann. An chuid eile, níl iontu ach dréachtaí. Sa leagan criticiúil den leabhar tá liostaí in éineacht le gach dán de léamha ailtéarnacha ó na lámhscríbhinní. Is cosúil go bhfuil scór—nó níos mó—dréachtaí de gach dán ann agus i ngach ceann tá focail scriosta amach agus focail eile curtha ina n-ionad ar imill na leathanach, cuid de na focail sin scriosta amach freisin. Tá línte le saigheada ag dul trasna ar a chéile chun ord na línte a athrú. Comharthaí eile nach dtuigtear ar chor ar bith, uimhreacha beaga anseo is ansiúd, litreacha i gciorcal ceangailte le línte agus le míreanna. An t-aon dán sa leabhar atá críochnaithe, agus níl ann ach dhá scór líne, níl na dréachtaí sna lámhscríbhinní—cúis bhróin do na heagarthóirí mar nach bhfuil aon leid le fáil ar a nós oibre. Aimhréidh cheart chríochnaithe a bhfuil na saineolaithe fós ag argóint fúithi. Ach tá roinnt leaganacha eile de na dánta seo curtha in eagar ag filí eile, lena rogha léimh ar na lámhscríbhinní agus tá díol mór ar na leabhair seo i measc gnáthléitheoirí.

Ar na dánta seo amháin a bhraitheann a cháil mar mhórfhile na tíre seo. Ach an dán is fearr a scríobh sé, dar leis féin, níl sé sa leabhar sin.

Is é an chaoi a bhfuil a fhios agamsa sin mar bhí mé i mo chónaí in árasán leis ar feadh sé mhí. De thimpiste a chas muid le chéile. Ba é an dara bliain san ollscoil dom é agus mé ag cuardach áit chónaithe. Fógra a

chonaic mé ar chlár in oifig na mac léinn, b'in a thug le
chéile muid.

Bhí sé romham ag fanacht ar chéim dhoras an tí nuair
a tháinig mé chun breathnú ar árasán singil. Ba chúis
díomá dom duine a fheiceáil ann agus mé tagtha uair an
chloig luath le go mbeinn chun tosaigh sa scuaine. An
raibh sé anseo le haghaidh an árasáin? Bhí. Mé féin?
Bhí. Ar an ollscoil a bhí mé? Ba ea. Cén t-ábhar?
Innealtóireacht shibhialta, dara bliain. É féin?
Iarchéim, litríocht. Ba ghearr gur tháinig bean an tí ina
carr. Ag fanacht leis an árasán a bhí muid? Ba ea. Lig
sí isteach muid agus sheol an bheirt againn chuig doras
ag bun an halla. An t-árasán. Balla na binne tí béal
dorais mar radharc ón aon fhuinneog. Cupán i gcófra
agus coincleach ag fás ann. Prochóigín shalach dhorcha.

Ba léir do bhean an tí nach ndéanfadh sí margadh le
ceachtar againn. Ghlan sí a scornach. Bhí árasán
dúbailte thuas staighre, i gceist aici caoi a chur air sula
ligfeadh sí é, ach má bhí muid sásta é a roinnt, níor
theastaigh ach ruainne péinte le fírinne, agus dhá
sheomra leapa ann. Bhreathnaigh mé ar mo
chomhchuardaitheoir agus leathmhala ardaithe agam.
Níor mhiste. Níor mhiste leisean ach oiread, leathmhala
ardaithe aige. Bhreathnódh muid.

Suas staighre go dtí an t-árasán dúbailte linn. Cé go
raibh na seomraí leapa beag agus cúng, i bhfad níos mó
ná ruainne péinte ag teastáil, agus an chistin thar a
bheith lom, bhí seomra suite breá fairsing ann, seantolg,
dhá chathaoir uilleann, bord mór den seandéanamh
agus dhá fhuinneog mhóra. Tar éis do mo dhuine
bheith ag siúl thart tamall bhreathnaigh mé sna súile air.
Ní raibh aon diúltú le feiceáil. Thug mé aghaidh ar

bhean an tí. Bhuel, bhí na seomraí leapa an-bheag, agus
an troscán sean, agus go leor péinte ag teastáil. Cén cíos
a bhí air? Thosaigh mé ar an margáil léi agus socraíodh
ar chíos sásúil agus go ndéanfadh muid féin an
phéinteáil ach trí seachtaine a bheith saor ó chíos. Trí
seachtaine? Muise, ní chosnódh cúpla canna péinte an
méid sin. Nár leor seachtain amháin cíosa? Coicís a
fuair mé ar deireadh. Chroith mé lámh léi air. Chroith
seisean lámh léi air. Chroith mé féin agus é féin lámh
air. Bhí sé ina mhargadh.

Thug sí eochair an duine dúinn agus d'imigh léi. Cén
t-ainm a bhí air? Cén t-ainm a bhí orm féin? Ceiliúradh
le deoch? Chroith sé a chloigeann. Níor ól sé aon deoch
mheisciúil. Riamh.

Cé nár chaith mé an oiread sin ama san árasán idir
bheith sa choláiste sa lá, sa leabharlann tráthnóna, tithe
tábhairne san oíche, cóisirí anois is arís go maidin, ba
léir dom gur san árasán ag léamh agus ag scríobh a
chaitheadh sé a chuid ama. Thagainn abhaile go luath
an corrthráthnóna agus bhíodh sé ina shuí go
staidéarach ag an mbord agus leabhar oscailte amach,
dhá leabhar in aice le chéile amanna, fiú trí nó ceithre
cinn. Bhreathnaínn ar na leabhair seo mé féin ó am go
ham. Leabhair ó leabharlanna ar fud na tíre, fiú ó
thíortha eile, iad faighte aige tríd an leabharlann san
ollscoil. Agus ní hamháin leabhair a bhain le litríocht
ach leabhair faoi gach ábhar faoin spéir. Bhínn i gcónaí
ag déanamh iontais den éagsúlacht. Stair, polaitíocht,
ealaín, ceol, beathaisnéisí, fealsúnacht, na scannáin,
bitheolaíocht, leabhair do ghasúir, leabhair eile nach
raibh mé cinnte cén t-ábhar ar bhain siad leis. Fiú léadh
sé mo chuid téacsleabhar féin. Uair amháin cheistigh

mé é faoi cheann acu a raibh sé tar éis cuid de a léamh. Coincréit athneartaithe agus coincréit réamhstrusaithe— ba léir gur thuig sé go maith a raibh léite aige. Chuir sé cúpla ceist chliste orm faoi thógáil droichead nach raibh mé in ann a fhreagairt.

Uaireanta eile d'fheicinn an bord clúdaithe le bileoga páipéir, cóipleabhair agus leabhair bheaga nótaí, iad uile breactha leis an scríbhneoireacht bheag sin a chleachtadh sé. Ag scríobh filíochta a bhí sé. Dánta, arbh ea? An raibh mórán acu scríofa aige? Leabhar amháin foilsithe aige roinnt blianta ó shin. File. Níl a fhios agam anois cén tsamhail a bhí agam ag an am sin d'fhile nó de chumadh na filíochta—rud a bhain le grá, is dócha, duine ina shuí ar bhruach bláthmhar abhann ag aithris go brónach chun bean a mhealladh—ach is cinnte gur bhréagnaigh mo dhuine í. Amanna d'fheicinn é i mbun oibre. A chloigeann crochta i lámh amháin, an peann crochta sa lámh eile, gan aird ar bith aige ar aon rud taobh amuigh den bhord agus a raibh air. Chaitheadh sé deich nóiméad nó níos mó, gan ach na súile ag corraí, iad ag dul ó bhileog leathbhreactha ar a dheis go dtí ceann ar a chlé, síos chuig leabhar nótaí, suas chuig cóipleabhar. Ansin b'fhéidir go scríobhfadh sé cúpla focal síos, nó go scriosfadh sé cúpla focal amach. Ba mhall an obair í. Maidin amháin tar éis oíche mhór óil agus mé mall ag dul isteach go dtí an coláiste d'iarr sé orm páipéar a cheannach dó ag an siopa timpeall an choirnéil. Ba chuma gur mhínigh mé go raibh deifir orm, nach dtógfadh sé ach cúpla nóiméad air féin, cúig nóiméad, deich ar a mhéad. Bhí sé thar a bheith tábhachtach dó, chuirfí isteach ar a chuid smaointe dá mbeadh air dul amach sa tsráid, dhéanfadh

sé dearmad dá mbeadh air daoine a fheiceáil.
Bhreathnaigh sé go díreach orm. Bheadh sé thar a
bheith buíoch díom. Ní raibh sé de chroí agam é a
eiteachtáil agus cuma chomh himníoch sin air. Ba dhian
an obair í, cinnte, an cumadh filíochta seo.

Oíche amháin d'fhág mé an teach tábhairne go luath.
An chéad rud a chonaic mé nuair a shiúil mé isteach sa
seomra go raibh sé ina shuí ar an tolg os comhair na
tine. Ag ligean a scíthe faoi dheireadh, bail ó Dhia air!
D'iontaigh sé a éadan orm. Baineadh geit asam agus an
chuma chráite chéasta a bhí air. Go tobann phléasc sé
amach ag caoineadh. Deora, atá mé ag rá. Réabfadh sé
an croí is crua bheith ag éisteacht leis. Thit mo mhála
go hurlár. De rith a chuaigh mé chun suí in aice leis,
breith ar a lámh, fáscadh an mhisnigh a thabhairt di.
Céard a bhí tarlaithe dó? Duine básaithe? Nóiméad
iomlán sular fhéad sé na focail a chur i ndiaidh a chéile.
Idir snaganna d'inis sé an scéal—nach raibh sé in ann
scríobh níos mó. Filíocht a bhí i gceist aige. Ní raibh sé
in ann na dánta a chríochnú. Meascán mearaí a bhí sa
rud ar fad. Rug sé aníos cúpla bileog ó chual mór
páipéir in aice leis. Bhí sé tar éis uair an chloig a
chaitheamh ag iarraidh tabhairt air féin an obair ar fad
a chaitheamh sa tine.

Deoch a theastaigh uaidh, mise i mbannaí. B'fhéidir.
B'fhéidir, a deir sé—cinnte, a deir mise.

Sa teach tábhairne ba ghaire cheannaigh mé fuisce dó.
D'aon iarraidh anois agus dhéanfadh sé maitheas dó.
Rinne sé amhlaidh agus tar éis strainc a chur air féin,
anáil a tharraingt go sciobtha, cúpla casacht, chuaigh sé
chun suaimhnis. Cheannaigh mé ceann eile dó, ach
líomanáid dhearg tríd. Thógfadh sé am leis sin. Ansin

thosaigh mé an ceistiú. An raibh sé ag ithe a dhóthain? Céard faoi chodladh? Dul amach níos minice a mhol mé dó. Cúpla deoch. Comhluadar. Bean mhaith a fháil. Cheap mé gur tháinig cineál de luisne ina ghrua ar a rá sin dom. Ní raibh bean aige? Súil aige ar aon bhean?

Faoi dheireadh scaoil an deoch a theanga. I ngrá a bhí sé.

Ach cé leis a bhí sé i ngrá? Faraor, an cailín ab áille san ollscoil. Ní bheadh seans dá laghad ag a leithéid. Bhí a fhios agam cérbh í féin. Bhí a fhios ag gach fear san áit cérbh í féin. Ba mhinic í i súil na mac léinn agus baint aici le dreamanna éagsúla polaitiúla a mbíodh cruinnithe poiblí acu nó a bhíodh i mbun agóidíochta ar na sráideanna. Má d'fhreastail mo leithéid uair nó dhó ar na hócáidí seo níor le suim sa chúis ach le spéis inti sin. Scríobhadh sí ailt pholaitiúla in irisí sa choláiste ó am go chéile—thabharfá suntas dá grianghraf. Bhí cúpla teanga ar a toil aici agus d'fheictí í ina bean teanga agus eachtrannaigh ag labhairt faoi leatrom polaitiúil ina dtíortha féin. B'iomaí fear in éad leis an bhfear a raibh an dearg-ádh air bheith ag dul amach léi. B'eachtrannach dorcha dúnárasach é agus gan ach a theanga féin aige de réir cosúlachta—níorbh fhéidir le fir an choláiste fiú labhairt leis chun a thuiscint cén sórt fir é a raibh dúil aici ann. Cailín neamhghnách, cinnte, ar go leor bealaí. Ach í róphostúil agus thar a bheith ceanndána. Ach m'anam go raibh sí go hálainn, thar a bheith go hálainn. Bhí sí, cinnte, ach gan aon phostúlacht ag baint léi, de réir m'fhile. B'fhearr ligean dó labhairt. D'aithneodh sí fimíneacht, d'fheicfeadh sí cur i gcéill ar an toirt. Lean sé air á moladh. Sea, i ngrá ceart a bhí sé. Ar labhair sé léi riamh? Tháinig néal ar a shúile. Labhair. Anois! Cén scéal agat, a fhile mo chroí?

An lá roimhe sin eagraíodh bus le dul síos faoin tír chun freastal ar ócáid bhliantúil pholaitiúil. Bhí an bus beagnach lán nuair a tháinig an cailín in éineacht lena fear. Shuigh sí síos in aice leis an bhfile agus a fear i suíochán leathfholamh taobh thiar di. Is ansin a labhair an file le mian a chroí. Ar mhaith léi go mbabhtálfadh sé a shuíochán lena fear sa chaoi go mbeidís in ann suí le chéile? Ghabh sí buíochas leis agus ghlac leis an tairiscint. Bhabhtáil. M'fhile bocht, bhí gliondar croí air mar gheall ar gur bhreathnaigh sí go díreach isteach sna súile air, go ndearna sí meangadh mór croíúil leis le teann buíochais. Thug sí suntas dó.

Dia go deo! Céard ab fhéidir liom a rá? Ar cheart trua a bheith agam dó nó arbh fhearr breith air agus croitheadh a thabhairt dó chun cur in iúl dó gur chaith sé uaidh an deis ab fhearr a bhí aige comhrá a bheith aige léi. Nár thuig sé gur le comhrá a mhealltar na mná, an t-amadán? Ach ní hin a rinne ná a dúirt mé.

Ba cheart dó dán grá a scríobh di. Nach dtaitníonn rudaí mar sin leo? Idir shúgradh agus dáiríre a bhí mé ach b'in go díreach a rinne sé.

Gach tráthnóna ina dhiaidh sin nuair a thagainn abhaile bhíodh sé suite ag an mbord sin agus é brata le páipéar. Bhí mise ag súil go ndéanfadh muid tuilleadh comhrá, a rá is go raibh aithne curtha againn ar a chéile, ach ní bhíodh fonn cainte air. Ar maidin bhíodh sé ina chodladh ar an tolg. De réir a chéile méadaíodh ar an gcual páipéir. Bhíodh leathanaigh greamaithe den bhalla in aice leis agus líníochtaí, uimhreacha i gciorcail, comharthaí dothuigthe. Uaireanta bhíodh sé fós ag obair

ar maidin, ina chodladh nuair a thagainn abhaile.
Dhúisigh sé as mo chodladh mé ag a trí maidin amháin
agus é ag iarraidh páipéir uaim. Ní cuma na sláinte a bhí
air. An raibh sé ag ithe a dhóthain? A dhóthain codlata?
Ar mhaith leis dul le haghaidh cúpla pionta amárach? Ní
bhfuair mé ach leathfhreagraí ar na ceisteanna. D'iarr mé
air as cairdeas dul amach go dtí an teach tábhairne liom,
bialann, *café*, siúl cois canála. Ar éigean a thug sé aird
orm. Bhí aiféala orm gur chuir mé aon chomhairle air.
Filíocht, mo thóin!

Faoi dheireadh, tar éis b'fhéidir trí seachtaine agus é ag
obair mar sin tháinig mé abhaile lá ag am lóin. Bhí sé ina
shuí ar an tolg os comhair na tine agus é ag caitheamh
bileog ó chual in aice leis isteach inti. Scréach mé air.
Stop! Céard sa diabhal a bhí sé a dhéanamh? D'iontaigh
sé de gheit orm. Ag breathnú isteach sna súile air a bhí
mé. Iarracht d'fhearg orm. Ansin thosaigh sé ag gáire.
Ag gáire ar bhealach nár chuala ná nach bhfaca mé é á
dhéanamh riamh cheana. Agus a éadan lasta. Bhí sé
críochnaithe! An dán a bhí i gceist aige. An dán ab
fhearr a scríobh sé riamh. Léigh é, agus é ag éirí de
phreab, léigh é. Agus rug sé ar leabhar mór leabharlainne
a bhí ar an mbord. Bhí an leagan deiridh den dán scríofa
ar an gcúpla leathanach bán ag deireadh an leabhair. Ba
é an t-aon pháipéar bán é a bhí fágtha agus gach uile
phíosa eile sa teach úsáidte aige leis an réamhobair.
Chaith sé an leabhar isteach i mo lámha. Shín sé a lámh
síos mar chomhartha le go suífinn ar an tolg in aice leis.

Léigh mé an dán ansin agus é ina shuí in aice liom ag
caitheamh na mbileog a raibh na dréachtaí orthu isteach
sa tine.

Ba é an chéad uair é a léigh mé dán ó d'fhág mé an

mheánscoil. Níl a fhios agam céard leis a raibh mé ag súil. Ba chuimhin liom an seanamadán de mhúinteoir a bhíodh agam agus é ina sheasamh os comhair an ranga ag léamh as leabhar le glór ard galánta. Ba le rud sollúnta, tromchúiseach mar sin a bhí mé ag súil, b'fhéidir. Sollúnta a bhí an dán seo, cinnte, ach greannmhar chomh maith. Tromchúiseach in áit amháin, ach réchúiseach in áit eile. Níl a fhios agam le fírinne céard a cheap mé faoi ag an am. Níor thuig mé a leath, is dóigh. Cuid de ní raibh sé cosúil le filíocht ar chor ar bith. B'aisteach dom an éagsúlacht a bhí ann. Dán grá cinnte, ach is cuimhin liom go raibh polaitíocht agus stair ann, ealaín, ceol. Na rudaí uile sna leabhair a bhíodh á léamh aige. Fiú an choincréit réamhstrusaithe ó mo leabhar féin bhí sí ann! Faoin am ar chríochnaigh mé é, cúig nó sé de leathanaigh líonta lena scríbhneoireacht bheag shlachtmhar, bhí mearbhall orm. Bhreathnaigh sé ón luaith isteach i mo shúile. Bhí a fhios aige nár thuig mé é, is dóigh.

Thosaigh sé ag gáire. Maith thú, a chara. Agus rug sé barróg orm. Dá bhfoilseofaí é ba dhomsa a thiomnódh sé é. An bhfaigheadh sé airgead air? Airgead! Thosaigh sé ag gáire arís. Bhí gach rud a rinne mé agus a dúirt mé á chur ag gáire ina dhiaidh sin. Bhí sé chomh sásta. Agus mise chomh sásta é a fheiceáil mar sin. Tharraing sé seanchlóscríobhán anuas ó sheilf. Níor úsáid sé an diabhal rud sin le cúpla bliain anuas. An dtaispeánfadh sé an dán di? B'fhéidir. Agus é ag gáire arís. Thitfeadh sí i ngrá leis ar an bpointe, na rudaí polaitiúla sin. É sna trithí.

Bhí air dul amach chun páipéar clóscríobháin a cheannach. Aon rud ag teastáil uaim ón siopa? Buidéal fíona agus dhéanfadh muid ceiliúradh beag. An-smaoineamh! Bheadh sé ar ais ar ball. Ní raibh sé chomh cainteach sin riamh cheana. Amach leis. B'fhéidir anois, tar éis an oiread sin ama a bheith inár gcónaí in aon teach le chéile, go mbeadh muid in ann aithne cheart a chur ar a chéile.

Trí lá ina dhiaidh sin tháinig sé ar ais. Ar mo bhealach amach ar maidin a bhí mé nuair a shiúil sé go bríomhar isteach sa seomra suite agus rug barróg mhór spraoiúil orm. Má ba mheangadh mór a bhí air nuair a chríochnaigh sé an dán ba mhó arís an meangadh a bhí air anois. Bhí a shúile geal le gáire. Cá raibh sé ar chor ar bith? Ba dheacair an scéal a chreidiúint. An cailín. Bhí sí tite i ngrá leis. Bhí sé in éineacht léi ó shin!

Ní raibh ann ach gur chas sé léi sa siopa agus é ag ceannach fíona. Gur iarr sé uirthi cén sórt fíona ab fhearr mar nach raibh tuairim faoin spéir aige faoi. Níor stop sé ag caint agus an chéad rud eile bhí siad ag ól caife i g*café* beag, ansin ag siúl cois canála le chéile, ar ais chuig a hárasán, nach raibh ach cúig nó deich nóiméad ónár n-árasán féin. Ansin, agus an buidéal fíona ólta, stop an chaint ar fad agus phóg siad a chéile. Cé a cheapfadh go mbeadh sé chomh simplí nádúrtha sin? Ní mise, sin cinnte. Ach céard faoin bhfear sin a raibh sí ag siúl amach leis? É sin? Imithe ar ais chuig a thír féin seachtain ó shin tar éis achrainn mhóir! Dochreidte. . .

Bhí súil aige nár chuir sé as go rómhór dom nuair nár fhill sé leis an bhfíon. Mise a rug barróg airsean agus a phléasc ag gáire. Ba mhaith an leithscéal míorúilt. Mhínigh sé ansin go mbeadh sé ag imeacht ar feadh tréimhse. Go raibh sé féin agus an cailín ag dul chuig tír ar an taobh eile den domhan, áit a raibh toghchán le bheith ar siúl i gceann coicíse. Bhí sí tar éis conradh a fháil le hiris pholaitiúil éigin chun tuairisciú a dhéanamh ar chúrsaí thall mar go raibh an teanga aici, eolas aici cheana féin ar chúrsaí polaitíochta na tíre sin agus aithne aici ar chuid de na daoine a bhí éirithe mór le rá ann le gairid. Agus bhí seisean ag dul in éineacht léi. Trí seachtaine a bhí i gceist ach má bhí lucht na hirise sásta lena cuid oibre, níos faide, b'fhéidir. D'fhágfadh sé trí seachtaine cíosa ar aon nós.

Ghabh sé leithscéal liom as an athrú tobann seo ach bhí súil aige go dtuigfinn. Thuig. Ach céard faoin dán? Dán? Ba ea, an dán ab fhearr a scríobh sé riamh. É sin? Agus rinne sé gáire. Ní raibh sé tábhachtach níos mó. Níor theastaigh sé anois.

Nuair a tháinig mé abhaile an tráthnóna sin bhí an cíos ar an mbord agus nóta in aice leis. Ghlac sé buíochas liom as gach rud. Ghabh leithscéal arís. D'fheicfeadh sé mé i gceann cúpla seachtain. D'iarr sé orm na leabhair a thabhairt ar ais chuig an leabharlann dó. Bhí sé nó seacht gcinn carntha ar an mbord. Gan smaoineamh, rinne mé amhlaidh an mhaidin dár gcionn.

Cúpla lá ina dhiaidh sin bhí an tír a raibh an bheirt ann sa nuacht. Bhí sé ina chogadh dearg ann. I measc na marbh bhí tuairisceoir ó iris sa tír seo agus an fear a raibh sí ag taisteal leis. Bhí m'fhile marbh.

Tháinig gaolta leis agus thóg siad a chuid stuif, cóipleabhair, leabhair bheaga nótaí, cual páipéir. Níor fhág siad mar chuimhneachán air dom ach na pictiúir greamaithe den bhalla ina sheomra leapa, ealaín, grianghraif de dhaoine nár aithin mé. B'in deireadh.

Scéal an Cheoil

Tá grá agam don cheol.

Grá? Tá grá agam don ghaoth a shéideann ón bhfarraige, bíodh sí crua geimhriúil nó bog samhrúil. Tá grá agam d'fhás na mbláthanna i ndiaidh a chéile san earrach, an nóinín agus an caisearbhán, an sabhaircín agus an tsailchuach. Na dathanna a fheicim, an séideadh a airím, ar nós ceoil atá siad.

Tá grá agam do mo mhac is do m'iníon. Scaití, is mé ag breathnú orthu ina gcodladh, cuireann an grá sin pian fhisiciúil orm, imní faoin saol atá amach rompu, faitíos go dtarlódh aon drochrud dóibh. Agus iad ag scairteadh gáire amuigh sa ghairdín, bíonn an grá sin cosúil le dinglis ó mhullach mo chinn go barr mhéara mo chos. Ar nós ceoil atá na mothúcháin sin uile.

Bhíodh ceol i gcónaí i dteach mo thuismitheoirí. Nuair a chuimhním siar ar m'óige tá gach eachtra ceangailte le ceol áirithe. Bhíodh ceoltóirí, cuid acu a raibh an-cháil orthu, ag teacht is ag imeacht i gcónaí. Gach strainséir a thagadh chuig an teach, bhínn ag iarraidh a shamhlú cén sórt ceoil a bheadh aige nó aici. Daoine ó thíortha eile nach raibh ach a dteanga féin acu ach a raibh caidreamh á dhéanamh acu linne trí theanga an cheoil. De réir mar a bhí mé ag fás b'aoibhinn liom an éagsúlacht a bhain leis an gceol agus leis na ceoltóirí. Ceol scríofa, ceol a thaistil i gcuimhne na gceoltóirí ó ghlúin go glúin, ceol ón raidió, ó sheinnteoirí dioscaí agus ó théipeanna. Ceol cloiste agam ó léannta agus ó ainléannta, ó fhear beag agus a shúile i bhfolach taobh thiar de spéaclaí tiubha, faoi chaipín píce, a chloigeann ag luascadh ó thaobh go taobh agus é ag gabháil fhoinn, ceol ó dhruncaeirí agus ó staonairí, fear ard dubh dea-ghléasta ag séideadh isteach in uirlis mhór órga, scabhaitéirí agus naoimh, ceolfhoireann de chéad duine ar féidir leo casadh chomh híseal le geoladh gaoithe, chomh hard le stoirm thoirniúil.

Ach bhí a fhios agam i gcónaí go raibh rud éigin in easnamh sna ceolta sin uile. Ghlac mé leis go dtiocfadh an lá a gcloisfinn ceol áirithe, ceol a mbeinn in ann a rá faoi gurbh é an ceol ab ansa liom é, an ceol a gcloífinn leis as sin amach, an ceol ab fhearr amuigh. Ach de réir mar a bhí na blianta á gcaitheamh bhí ag laghdú ar an dóchas go gcloisfinn é.

Ach, faoi dheireadh, chuala mé an ceol a bhí uaim.

Beag nár chaill mé na fógraí ceoil an lá sin. Bhí mé sa chistin ag ní na soithí ach ag breathnú amach an fhuinneog den chuid ba mhó, m'aird ar an bhfonn beag a bhí ag tuile is ag trá istigh ionam. Bhí m'uaireadóir leagtha thuas ar sheilf agam agus nuair a chuir mé orm arís é thug mé faoi deara go raibh sé 16.56. Chuir mé air an raidió.

. . . M'anam go bhfuil mé ag ceapadh go mbeidh oíche mhaith cheoil ansin, b'fhiú go mór é ar an bpraghas sin. Oíche Dé hAoine beidh na Sabhaircíní ag casadh Tigh Mháirtín, ní hea, m'anam, ach Tigh Sheáin Mhóir ba cheart dom a rá, is iad Johnny agus Liam a bheas Tigh

Mháirtín. Ach faraor, tá an t-am caite, tá sé ag tarraingt ar a cúig anois agus níl d'am agam na fógraí uile a léamh ach tá ceann anseo a deir go mbeidh ceol ó na flaithis anuas le cloisteáil amárach ag a trí a chlog—ar an bpointe atá scríofa anseo, ná bígí mall nó caillfidh sibh an tús. Anois, fágfaidh mé slán agaibh mar tá sé in am nuachta ach beidh mé ar ais mar is gnáth ag a ceathair amárach le tuilleadh ceoil agus fógraí . . .

Ceol ó na flaithis anuas? De réir a chéile a chuaigh na focail i bhfeidhm orm. Agus mé ag éisteacht le scéal faoi dhamáiste mór a bhí déanta ag drochaimsir an gheimhridh, bhí mé ag rá liom féin gurbh aisteach é nár luaigh fear na bhfógraí cén áit a mbeadh an ceol seo le cloisteáil. Ceol ó na flaithis anuas! Diabhlaíocht a bhí ar siúl aige! Nó b'fhéidir nach raibh ann ach dearmad de bharr an iomarca deifre a bheith air. Scéal eile faoi haraicín ag bagairt ar thír éigin—níor thug mé mórán airde air agus mé ag rá gur chuma cén áit a mbeadh an ceol ar siúl mar ní bheinn in ann dul ag a trí amárach. Gaoth mhór a sciob tithe an chósta léi, na céadta básaithe, na mílte gan dídean—níor chuala mé ach an chéad chuid den scéal. Ceol ó na flaithis anuas . . . Rug na focail greim orm. Ní raibh a fhios agam an ag freagairt do mhacalla éigin aniar ó m'óige a bhí siad, nó do chreathán aníos ón talamh fúm, nó do sholas éigin anuas ón spéir os mo chionn—ach bhí rud éigin ann. Ceol ó na flaithis anuas. Sea. Thuig mé go tobann go gcaithfinn fáil amach céard a bhí i gceist. Ní raibh aon mhaith é a shéanadh, cuma cé chomh seafóideach is a d'airigh mé. Cineál ceoil, b'fhéidir, nár chuala mé riamh. Thriomaigh mé mo lámha leis an tuáille a chaith mé ar an urlár le lámh amháin fad is a bhí an lámh eile ag breith cúpla bonn airgid ón matal isteach i mo phóca. Amach liom, suas ar an rothar, siar an bóthar liom. Cén dochar seiceáil? a dúirt mé liom féin os ard.

Haló?

An bhféadfainn labhairt le fear na bhfógraí?

Tá sé imithe abhaile.

Ná bac. Níl sé tábhachtach, is dóigh. An bhfuil tú cinnte de?

Fan soicindín.

D'fhan mé ansin sa bhosca gutháin, mo chuid foighne do mo thréigean de réir a chéile. Bhí mé ar tí an glacaire a chur síos agus filleadh abhaile nuair a thosaigh blípeáil ag teacht ón nguthán. Chuir mé bonn eile isteach. D'fhan mé agus d'fhan mé.

Dia duit, a dhuine. Ag iarraidh labhairt liomsa a bhí tú?

Tú fear na bhfógraí, buíochas le Dia, dúradh liom go raibh tú imithe.

M'anam ach ar mo bhealach amach an doras a bhí mé nuair a cuireadh fios orm go dtí an deasc fáilte. Nach ortsa a bhí an t-ádh?

Fógra ceoil ar labhair tú air cúpla nóiméad ó shin. Ceol ó na flaithis anuas. Céard é féin?

Grúpa ceoil, ab ea?

Ab ea? Grúpa ceoil?

M'anam nach bhfuil a fhios agam. Ní dhearna mé ach a raibh scríofa romham a léamh amach os ard. Ceol ó na flaithis anuas, sea, is cuimhin liom anois é. A trí a chlog, nach ea?

Sea. Ach rinne tú dearmad a rá cén áit.

An ndearna? Bhuel, murar luaigh mé an t-ionad, is mar gheall ar nach raibh aon áit luaite. B'fhéidir go ndearna Dolores dearmad é a scríobh síos.

Dolores?

Is í a ghlacann leis na fógraí ar an nguthán níos luaithe sa lá. Breacann sí i leabhair nótaí iad agus clóscríobhann sí na sonraí domsa, bail ó Dhia uirthi.

An bhféadfainn labhairt léi?

D'fhéadfá, cinnte, a stór. Cuirfidh mé ar ais chuig an bhfáilteoir thú agus cuirfidh sí tríd thú. Go ngnóthaí Dia duit. Slán.

Bhí ciúnas ar an nguthán. D'fhan mé. Thosaigh an bhlípeáil arís. Chuir mé bonn eile isteach. D'fhan. Tháinig sraith de chliceanna a ghortaigh mo chluas. Ansin feadaíl ar bheag nár bhodhraigh sé mé. Chuir mé an glacaire leis an gcluas eile. Ba chuma faoin ngortú agus faoin mbodhrú ach ansin tháinig droch-cheol a chuir tinneas cinn orm. D'fhan agus d'fhan.

Haló?

An bhféadfainn labhairt le Dolores.

Dolores cé?

Cé mhéad Dolores atá ag obair ann?

Fan soicindín.

Tháinig an droch-cheol ar ais arís, níos airde an iarraidh seo. Sleachta i ndiaidh a chéile as na hamhráin ba róchleachtaithe, casta ag ceolfhoireann rómhór de veidhlíní róshiúcrúla a chuirfeadh pian i d'fhiacla. B'fhearr druileáil an fhiaclóra. Tháinig na blípeanna mar thionlacan dó. Bonn eile airgid isteach. D'fhan.

Haló?

Mise atá ann go fóill.

Cé thusa?

Mise atá ag fanacht le Dolores.

Tá Dolores bailithe abhaile le huair an chloig.

Buinneach! Tabhair dom a huimhir bhaile, le do thoil.

Ní thugtar eolas pearsanta ar an nguthán.

Ach tá sé seo thar a bheith tábhachtach. Práinneach, fiú.

Ní bhristear rialacha anseo.

An bhféadfainn labhairt le fear na bhfógraí arís?

Fan soicindín.

Cac an chait ar an droch-cheol a thosaigh arís. Cac an asail ar an bhfad a bhí mé ag fanacht. Cac dubh an diabhail ar na blípeanna a tháinig arís. Iad ar fad faoi sheacht ar an mbonn eile airgid isteach.

Haló?

Mise atá ann le deich nóiméad anuas.

Tusa atá ag fanacht le fear na bhfógraí?

Is mé, mo léan.

Tá sé bailithe leis abhaile.

Drochrath air! Céard a dhéanfaidh mé anois?

Glaoigh ar ais amárach. Slán.

Fan, fan. Soicindín amháin, le do thoil. Tá sé seo thar a bheith práinneach. Ceol—an maith leat ceol?

Ceol? Scaití, is dóigh.

Is maith liomsa ceol freisin. Is aoibhinn liom é. Is é an fhuil a ritheann i mo chuislí, an anáil i mo scamhóga, mo bheatha ar fad é. Impím ort, as ucht Chríost. Fógraíodh go mbeadh ceol ó na flaithis anuas le cloisteáil amárach ag a trí agus caillfidh mé é mura n-éiríonn liom teagmháil a dhéanamh leis an Dolores seo.

Ceol ó na flaithis anuas? Grúpa ceoil, ab ea?

As ucht Mhuire agus a Linbh Íosa, tabhair dom uimhir bhaile Dholores. Tá cinniúint ag baint leis seo. Caithfidh mé an ceol a chloisteáil.

Más sa chinniúint atá sé go gcloisfidh tú an ceol seo cloisfidh tú é gan mise. Slán.

Fan. B'fhéidir gur tusa uirlis na cinniúna. Ná loic ar an gcinniúint nó is duitse is measa é.

Ná bí tusa ag bagairt ormsa. Níl sé de chead agam an uimhir a thabhairt duit agus, *by dad*, ní thabharfaidh mé.

Céasadh Chríost uirthi ach chuir sí síos an glacaire. Chuardaigh mé mo phóca le haghaidh tuilleadh sóinseála. Tada. Scrios Dé air mar bhosca gutháin! Bhreathnaigh mé thart. D'fhéadfainn dul isteach sa siopa, an scéal a mhíniú dóibh, bonn a iarraidh.

Ceol ó na flaithis anuas. Seacht gcéasadh na seacht bpeaca air mar cheol, ní chloisfinn anois é. Ach b'fhéidir nach raibh ann ach grúpa ceoil nua, drochghrúpa ceoil gan tuiscint dá laghad acu ar rithim, tic tic tic meaisín drumála mar threoir d'amhránaí ag aithris ar ghlór réalt mhóir raidió nach bhfuil baint ar bith aige lena dhúchas féin. Nó níos measa.

Chun mé féin a thabhairt chun suaimhnis chuir mé timpeall orm féin chun filleadh abhaile, ar an gcladach. Ba dheas é gaoth bhog ón bhfarraige isteach ag séideadh trí mo chuid gruaige. Bhlais mé an salann ar mo liopaí. Ní raibh deoraí le feiceáil, mo bhróga agus rothaí an rothair ag fágáil an chéad loirg i ngaineamh na trá. Shleamhnaigh scamaill bheaga thar an ngrian, an solas ag gealadh agus ag dorchú gach soicind, dath na farraige ag athrú dá réir ó ghealghorm go dubhuaine. Bhí báisteach le feiceáil i gcéin ag titim ina línte tiubha ó íochtar dubhliath na scamall amuigh ar íor na spéire. Ghluais bogha báistí romham, codanna de ag imeacht agus ag teacht ar ais agus mé ag siúl soir ina threo.

In uachtar an chladaigh, sular chas mé suas an bóithrín go dtí an príomhbhóthar, d'aimsigh mé sabhaircín ag bun claí. Ba é an chéad cheann é a bhí feicthe agam an bhliain sin. B'álainn an buí in aghaidh ghlas an fhéir. Go tobann coscadh an solas geal le scamall mór dubh. D'éirigh sé níos dorcha agus níos dorcha. Neartaigh an ghaoth agus chuaigh sí i bhfuaire. D'ardaigh mé mo scaif suas ar mo chluasa le nach bhfeannfadh a faobhar iad. Ansin thosaigh braonta móra báistí ag titim de phlimpeanna ar chlocha an chlaí. Phreab cloch shneachta ó mo bhróg. I gceann cúpla soicind bhí sé ina mhúr trom de chlocha crua sneachta ar bheag an díonadh a rinne mo scaif orthu. Bhí nimh uafásach sa ghaoth. Ansin, an chéad soicind eile tháinig an ghrian amach ó bhun an scamaill agus scall sí anuas go geal buí ar an gcladach. Bhí an scamall glanta leis ó thuaidh agus na clocha sneachta stoptha. Mhaolaigh an ghaoth go dtí go raibh an t-aer ar fad socair. D'airigh mé teas na gréine ar mo chluas, mo leiceann, mo mhuineál agus mé cromtha ag méarú an bhláth bhig bhuí. Bhí sé ina shamhradh.

Leath bealaigh suas an bóithrín stop mé. Ar nós scamaill séidte thar aghaidh na gréine nochtadh dom cén áit a mbeadh ceol ó na flaithis anuas le cloisteáil an lá dár gcionn. Rinne mé gáire. Tar éis an oiread stró a chuir mé orm féin ach an t-eolas a bheith agam ón tús. Cén fáth nár thuig mé? Bhreathnaigh mé ar m'uaireadóir. Bheinn mall. Suas ar an rothar liom agus deifir abhaile orm. Bheadh na gasúir tagtha ó na ranganna ceoil tar éis na scoile ag fanacht le dinnéar. Ba é an chéad uair riamh é nach raibh mé rompu.

Ní bheidh mé sa bhaile amárach nuair a thiocfaidh sibh ón scoil.

Stop dhá spúnóg leath bealaigh idir plátaí agus béil. Bhreathnaigh ceithre shúil go díreach orm. Shlog mé siar spúnóg anraith agus bhain plaic as píosa aráin. Thosaigh mé ag cogaint.

Beidh mé ag dul ag éisteacht le ceol. Seans nach mbeidh mé ar ais roimh an oíche. Tuilleadh anraith?

D'éirigh mé agus thug mé an pota ón sorn go dtí an bord. Chomh réchúiseach agus ab fhéidir liom rug mé ar an ladar agus líon an dá phláta arís. Thug mé an pota ar ais go dtí an sorn agus d'fhan ansin droim leo, an ladar á chur timpeall san anraith agam.

Ach déanfaidh Daidí dinnéar agus beidh sé ag fanacht libh tar éis na scoile. Tuilleadh aráin?

D'iontaigh mé ón sorn agus thosaigh ag gearradh an bhuilín ar an mbord. Leag mé dhá phíosa in aice leis na plátaí. Bhí an bheirt acu róchiúin. Bhí teipthe ar mo sheift, bhí na súile fós do mo scrúdú. Ní raibh aon mhaith leanúint leis an iarracht bheith ar nós cuma liom. Ba ghearr go mbeadh na ceisteanna ag titim i mullach a chéile faoin mbriseadh seo i ngnáthnós na laethanta.

Ach beidh Daidí ag obair amárach.

Nach mbeidh Daidí ag obair amárach?

Ní bheidh. Beidh lá saoire aige. Caith siar an t-anraith sin.

Beidh lá saoire ag Daidí amárach, an mbeidh?

Cén fáth nach mbeidh lá saoire againne?

Mar ní bheidh. Ithigí an t-arán sin.

Ní raibh Seáinín Ó Néill ar scoil inniu. Lá saoire a bhí aige.

Cén fáth nach féidir linne lá saoire a bheith againn?

Ní féidir. Tuilleadh anraith?

Ach cén fáth?

Cén fáth?

Mar sin an fáth. Tuilleadh aráin?

An féidir liomsa dul chuig an gceol?

Tá mise ag iarraidh dul freisin.

Ní bheidh sibh ag dul. Bheadh sibh ag rith thart fiáin.

Ní bheadh.

Beidh mise ciúin.

Ithigí, le bhur dtoil. Beidh Daidí ag fanacht libh amárach.

Nach mbeidh Daidí ag dul chuig an gceol?

An mbeidh Daidí ag dul chuig an gceol?

Ní bheidh. Mise amháin a bheidh ag dul. Ithigí.

Cén fáth?

Cén fáth?

Mar go ndéanfaidh sé maitheas daoibh, sin an fáth.

Ach—

Ach—

Nuair a bhí na ceisteanna uile curtha, an cantal ídithe, na deora silte agus an dinnéar ite chuaigh siad amach sa ghairdín ag spraoi. Shuigh mé síos. Bhí ceist agam orm féin. Cén fáth a raibh mé ag cur cúrsaí as a riocht mar gheall ar an gceol seo? Ní raibh freagra ar bith agam. Tar éis tamaill tháinig sé féin. Bhí na gasúir taobh thiar de, ag faire.

Cloisim nach mbeidh mé ag dul ag obair amárach.

Tá—

Breá nár inis tú dom cheana sular chuala mé ó na gasúir é.

Tá ceol—

B'fhéidir go bhfuil jab thar a bheith tábhachtach le déanamh agam amárach.

Tá ceol an-tábhachtach—

B'fhéidir go bhfuil todhchaí na hoibre ag brath ar an jab seo.

Tá brón orm ach—

Cén chaoi a mbeadh a fhios agat faoi mo chuid oibre?

Ach caithfidh mé an ceol seo a—

Nach cuma fúmsa ar deireadh thiar thall?

An ceol seo—

Caithfidh tú dul ag éisteacht leis an gceol seo. Muise, ab ea?

Ach ceol ar leith é, ceol—

Ó, gabh mo leithscéal, ní gnáthcheol é.

Le do thoil, éist—

Nach mbíonn tú ag pramsáil thart trí nó ceithre oíche sa tseachtain ag éisteacht le ceol?

Ach an ceol seo—

Ceol ar leith, mo thóin!

Ba léir go mbeadh sé ina achrann géar, luath nó mall. B'fhearr tabhairt faoi le faobhar. Ruaig mé na gasúir amach sa ghairdín arís, dhún an doras agus rug mé isteach air. Ar deireadh ghéill sé. Rinne mé iarracht a mhíniú dó cé chomh tábhachtach is a bhí an ceol seo dom. Ach cé gur phóg muid, gur ghabh muid leithscéal le chéile, gur chuir muid na gasúir ar ár nglúine chun dinglis a chur iontu, ba léir go raibh an dochar déanta. Chonaic mé ina shúile é agus é ag caitheamh sracfhéachaintí amhrasacha orm. I ngáire na ngasúr, beagán míchompoird faoi achrann nár ghnáthachrann é.

D'fhág mé an teach ag a haon a chlog an lá dár gcionn. Chuaigh mé siar an bóthar, na mílte siar gur chas mé ar bhóthar eile, ar dheis agus ar chlé ar bhóithre i ndiaidh a chéile, trí chrosbhóithre agus ar lánaí cúnga idir garraithe. Bhí mé sásta gur éirigh liom na deacrachtaí uile a shárú chun bheith ag imeacht liom mar sin chun éisteacht le ceol ó na flaithis anuas. Ansin polladh an roth tosaigh. Mo chuid tubaiste air! Bhreathnaigh mé ar m'uaireadóir. Agus mé ag ceapadh go mbeadh neart ama agam. Cloch bheag ghéar, mallacht Dé uirthi, a chuaigh isteach sa bhonn, mallacht na Naomh beannaithe air as í a ligean isteach. Ní raibh an dara rogha agam ach dul díreach trasna na ngarraithe. Chaith mé an rothar thar chlaí agus chaith an claí eile de léim. Rinne mé mo bhealach thar thalamh treafa ag crúba beithíoch, rith suas anuas cnocáin, lean cosáin, phlubáil trí shrutháin, d'fhág claíocha leagtha i mo dhiaidh agus mé ag mallachtú fúm agus tharam. Faoin am ar shroich mé ceann scríbe bhí drochbhail orm. Snátha stróicthe ó mo chuid éadaigh ag driseacha agus ag sceacha a ghearr mo chraiceann chomh maith, mo bhróga ag sileadh uisce agus cac bó suas go dtí na rúitíní, puiteach ar mo thóin áit ar sciorr mé. Ba chuma sa sioc liom. Bhí mé ann agus fiche nóiméad le spáráil agam.

Seanhalla pobail a bhí ann. Cúpla fuinneog bheag thuas in uachtar, doras ar a thaobh agus é líonta isteach le brící, doras mór dúbailte chun tosaigh agus thart ar scór daoine ag fanacht ann, ag comhrá le chéile i ngrúpaí beaga. Bhí driseacha agus feochadáin fásta suas thar an gcosán suiminte timpeall ar an halla, copóga agus caisearbháin trí na scoilteanna, caonach ar na ballaí liatha salacha. Sméid cúpla duine orm.

Dia daoibh.

Dia is Muire duit.

Dia is Muire duit.

Dia is Muire duit.

Lean siad ar aghaidh lena gcomhráite príobháideacha.

Bhí aithne shúl agam ar chuid acu, cheap mé. Ceoltóirí, amhránaithe, dream a d'fheicfí ag ócáidí a mbeadh ceol ann. Thug mé suntas do chlár mór adhmaid caite ar an talamh. Clár é a bhíodh crochta os cionn dhoras an halla, na focail Ionad Pobail le léamh air ach an chuid eile den scríbhneoireacht—ainm an bhaile fearainn— imithe le hoibriú na haimsire. Ní raibh mé in ann cuimhneamh ar an ainm, cé go raibh mé anseo le mo thuismitheoirí agus mé an-óg, drámaí, ceolchoirmeacha, daoine ag gabháil fhoinn thuas ar an stáitse, bualadh bos, béicíl spreagúil. Chiúnaigh na daoine. Bhí muid ag fanacht.

Ag ocht nóiméad chun a trí tháinig sagart. Bhí meangadh beag gáire air agus é ag féachaint síos ar an talamh roimhe. Bhí aithne shúl agam air ó áit éigin ach ní raibh mé in ann cuimhneamh cén áit. Shiúil sé caol díreach chuig an doras dúbailte. Sheas gach duine siar. Óna phóca tharraing sé eochair mhór a bhí donn le haois. Rinne sé gáire beag.

Agus mé ag ceapadh go mbeadh sí caillte.

Scaip an gáire beag i measc an tslua ar an dá thaobh air. Chuir sé an eochair isteach sa pholl. Thit tost. Ach casadh ní dhéanfadh sí. Bhí sé seacht nóiméad chun a trí. Bhain duine eile triail as. Ní chasfadh sí. Duine eile agus duine eile ach diabhal maith a bhí ann. Bhí teannas le haireachtáil. Lámha bainte as pócaí, análacha séidte amach le mífhoighne, colainneacha ag plódú aniar, ag brú ar a chéile. Bhí gach súil ar an sagart. An meangadh a bhí ann ón tús cheap mé go raibh sé le himeacht. Chaith sé a shúile ó thaobh go taobh leathshoicind. Ansin tháinig straois gháire air go dtí an dá chluas.

Bhuel, is dócha go gcaithfear an doras a bhriseadh isteach.

Agus scairt sé amach le gáire óna chroí amach, a shúile ag déanamh teagmhála le gach duine. Bhí a fhios agam ansin cén chaoi a raibh aithne agam air. I dteach cara liom a chonaic mé é uair, ag casadh ar an bhfeadóg mhór a bhí sé, i gcistin bheag plódaithe le daoine, fear thar a bheith ciúin agus cúthail, ach scaití tar éis port a raibh brí neamhghnách ag gabháil leis dhéanfadh sé an gáire ceannann céanna agus é ag breathnú ó dhuine go duine. Bheadh fonn ort dul suas chuige agus a lámh a chroitheadh agus a fháscadh, barróg a bhreith air, póg cheanúil a thabhairt dó dá gceadódh sé é.

Sé nóiméad chun a trí. Chiceáil fear le buataisí móra an doras. Chiceáil beirt é. Rith fear mór téagartha ina aghaidh agus bhuail de thuairt lena ghualainn é. Rith beirt mhóra ina aghaidh. Bhuail triúr le cloch mhór é, uair amháin, dhá uair, trí huaire. Ach bogadh ní dhéanfadh sé. Cúig nóiméad chun a trí. Tháinig an sagart timpeall ó thaobh an halla.

Tá seanchuaille leictreachais ar chúl anseo.

I bhfaiteadh na súl rith scór daoine timpeall an halla, triúr ag breith ar bhun an chuaille, triúr eile ag cuardach sa luifearnach thiubh chun breith ar an mbarr, gach duine eile faoi fhuadar ag baint driseacha agus raithní ón dá thaobh. Ardaíodh é. Crochadh idir ceathracha lámh é. Ceithre nóiméad chun a trí.

Aon, dó, trí, rithigí!

Rithigí.

Rithigí . . .

Rithigí . . .

Cé gur bhog an doras, níor oscail sé. Siar arís,

ceathracha cos ag siúl i ndiaidh a gcúil. Tarraingíodh análacha. Díríodh súile ar an mbac.

Aon, dó, trí, rithigí!

Rithigí.

Rithigí . . .

Rithigí . . .

De phlimp d'oscail na doirse. Leagadh síos an cuaille agus isteach de rith le gach duine. Bhí doras dúbailte eile taobh istigh agus cúpla maide mór adhmaid greamaithe trasna orthu le tairní a raibh a gcloigne móra ag gobadh amach. Trí nóiméad chun a trí. Bhí an rud ar fad dochreidte. Leag an sagart a lámh ar cheann de na maidí agus tharraing.

Dá mbeadh casúr ag duine d'fhéadfadh sé na tairní a bhaint.

Níor éisteadh leis. Amach le gach duine. Ardaíodh an cuaille arís. Siar leo cúpla coiscéim.

Aon, dó, trí, rithigí!

Rithigí.

Rithigí . . .

Rithigí . . .

Leath na doirse de phlab, maidí ag eitilt san aer, ag titim ar an dá thaobh dínn. Leagadh síos an cuaille. Bhí muid istigh.

Shiúil gach duine thart ar an halla. Sna scáthanna d'fhéadfá rudaí a dhéanamh amach. Stáitse lom, trí nó ceithre cinn de bhinsí fada in aghaidh na mballaí. Boladh stálaithe, aer marbh. Ar cheann de na binsí d'aimsigh mé feadóg stáin, é clúdaithe le deannach, dearmadta le blianta. Bhreathnaigh mé thart. Bhí gach duine socair, gan le cloisteáil ach an saothrú anála ag dul chun suaimhnis. An sagart a bhris an ciúnas.

Tá cathaoireacha anseo.

Bhí siad carntha os cionn a chéile sa chúinne. Ní raibh le cloisteáil ansin ach coiscéimeanna agus cosa miotail na gcathaoireacha á mbualadh síos agus á dtarraingt ar adhmad an urláir. Shuigh daoine síos, scaipthe ar fud an halla. Shuigh mé síos ar an mbinse in aice liom. Bhreathnaigh mé ar m'uaireadóir. 14:59:12. 14:59:13. 14:59:14. Bhí sé i gceist agam fiafraí den duine ba ghaire dom cén t-am go díreach é ach bhí a aire iomlán dírithe suas, suas ar an díon, ar na rachtaí agus ar na frathacha, scáthanna dorcha i ngach áit. Stop mé ag análú. D'éist. Ní raibh fuaim ar bith le cloisteáil. Bhí gach cloigeann dírithe suas. D'ardaigh mé mo shúile.

A trí a chlog. Thosaigh an ceol.

Cineál feadaíola a bhí ann, ach tostanna fada tríthi. É chomh haoibhinn sin go leathadh sé meangadh ar mo bhéal ach ansin, go tobann, stopadh sé, ciúnas a chuireadh teas míchompordach i mo bholg nó go dtosaíodh sé arís. Lean sé ar aghaidh mar sin nó gur thuig mé gur chuid den cheol é an ciúnas. Ceol chomh coimhthíoch domsa nach féidir liom é a mhíniú i bhfocail. De réir mar a bhí sé ag dul ar aghaidh d'aithin mé go raibh athrá ann, go raibh struchtúr éigin ag baint leis, rithim thar a bheith mall. Thuig mé, nó d'airigh mé i mo cholainn, an uair a bhí an fheadaíl chun stopadh agus chun tosú arís, ach díreach nuair a cheap mé faoi dheireadh gur thuig mé an ceol seo tharlaíodh rud éigin nach raibh súil ar bith agam leis. D'ardaíodh sé, bhuaileadh sé buillí ar mo chroí, d'íslíodh sé gan choinne agus bhíodh tost an-fhada ann. Cúpla uair ghlac mé leis go raibh deireadh tagtha ach ansin thagadh tuilleadh. Chuir an rud ar fad saghas umhlaíochta orm, náire fiú—ag foghlaim as an nua a bhí mé, an ceol seo ag spraoi liom, ag cur in iúl gur duine aineolach ar an gceol a bhí ionam riamh anall.

Bhí mé ag fanacht go dtiocfadh ceann de na tostanna fada sin chun deiridh nuair a d'airigh mé meáchan ar mo ghualainn. Níor thuig mé nó gur oscail mé iad go raibh mo shúile dúnta. Bhí an chuid ba mhó den lucht éisteachta imithe. Croitheadh mo ghualainn. M'fhear céile a bhí ann, an bheirt ghasúr in aice leis.

Tar abhaile, a stór.

Ba bheag nár bhris sé an draíocht ar fad lena ghlór. Bhí súile na beirte gasúr ag taisteal anonn is anall, suas is anuas an halla. Bhreathnaigh mé suas ar an díon. Chroith sé mo ghualainn arís. Ba le drogall mór a tharraing mé na súile anuas. Bhí cuma an-bhrónach air is a shúile ag impí orm m'aird a dhíriú air.

Tar abhaile, a stór, le do thoil.

Ach níl an ceol thart fós. Cén t-am é?

Leathuair tar éis a cúig.

Ach níl mé anseo ach óna trí. Fanfaidh mé.

A trí inné. Tar abhaile. Tá na gasúir ag fanacht leat.

Bhreathnaigh mé ar m'uaireadóir. Bhí an ceart aige. Den chéad uair d'airigh mé an tuirse i ngach ball de mo cholainn agus pian ar chúl mo chloiginn. Chonaic mé an imní i súile na ngasúr. D'iontaigh duine de na héisteoirí thart. Thug mé faoi deara go raibh cual de pháipéar ceoil ar a ghlúine agus peann crochta ina lámh. Ag breacadh síos na nótaí ceoil a bhí sé. Chuir sé méar suas lena bhéal. Ciúnas. Díreach ansin d'ardaigh an ceol arís. Thuig mé ar an toirt go raibh an cúpla nóta seo ag freagairt don phíosa deireanach a chuala mé. Ach bhí mé traochta. Bhí an tinneas cinn ag éirí níos measa.

Bhí na gasúir ag breathnú suas ar an díon, iarracht den iontas ina súile. Bhí an fear ag breacadh ar an bpáipéar. Labhair m'fhear céile de chogar.

Gaoth. Caithfidh sé go bhfuil poill sa díon sin.

Tuigim anois gur ansin a rith sé liom nach raibh grá ar bith agam don fhear seo le fada an lá. Fear nach raibh aon cheol ina chroí, fear nach n-aithneodh an ghaoth thar cheol ó na flaithis anuas.

D'imigh mé.

Fillim ar an halla gach deireadh seachtaine nuair a thugann m'fhear céile na gasúir chuig a theach féin. Scaití ceapaim nach bhfuil an ceol thart, nach bhfuil sa tost seo ach tost níos faide ná na cinn eile, go gcloisfidh mé nóta amháin eile a thabharfaidh an rud iomlán ar ais i mo chuimhne. Bíonn súil agam i gcónaí go gcasfaidh mé leis an bhfear a scríobh síos an ceol, gur féidir é a sheinm, go n-eagróidh muid ceolchoirm. Scaití eile, ceapaim go bhfuil dul amú orm, go bhfuil an ceol thart le fada an lá, nach bhfuil sa tost ach tost leanúnach an halla tréigthe seo, nach bhfuil mé anseo chun éisteacht le ceol ar chor ar bith—cumha orm, b'fhéidir, i ndiaidh na hoíche a thug mo thuismitheoirí anseo mé agus mé i mo ghasúr, an halla líonta le ceol, duine ag séideadh is ag méarú na feadóige stáin sin, allas ag sileadh óna bhaithis, a chos ag gabháil de bhuillí ar an stáitse, ceoltóirí eile timpeall air, cúpla céad duine ag damhsa suas is anuas ar an urlár rompu.

Scéal an Scéil

Bhí scéalaí ann agus dá mbeadh sé ag saothrú sa gharraí bhainfidís an uirlis as a lámh chun faill a thabhairt dó suí ar a chompord lena phíopa agus scéal dá chuid a aithris. An oiread sin tóra ar a scéalta go mbíodh a chuid talún curtha, leasaithe, cothaithe agus bainte ag na comharsana dó, nach mór. Sna tithe tábhairne dhiúltaíodh fear an tí a chuid airgid agus gleo na gcustaiméirí íslithe ag súil go n-inseodh sé cúpla scéilín idir a bholgaim phórtair agus a shúmóga fuisce. San aimsir bhreá d'fheictí é ina shuí ar ard agus idir óg agus aosta cruinnithe timpeall air, cluasa bioraithe. B'údar mór fleá é sa cheantar.

Bhí éagsúlacht iontach scéalta aige: an duine uasal agus an duine íseal; an laoch agus an cladhaire; an míol beag suarach ag snámh ar an talamh agus an míol mór maorga ag snámh sa duibheagán. Ba chumhachtach a ghlór: d'fhéadadh sé teannas a chruthú is a scaoileadh le haon fhocal amháin; níor fhoghraíocht cheolmhar, níor shoiléireacht urlabhra, níor líofacht teanga go dtí é. Bhí bua aige dul i bhfeidhm ar mhothúcháin an duine: bhaineadh sé gáire breá aerach as an bpusachán; chuireadh sé deora ag sileadh leis an gcruachroíoch; súile bréan le seanaithne leathadh sé le hiontas iad. Ach thar na buanna seo ar fad bhí sé ar a chumas scéalta éagsúla a mheascadh trína chéile, gnéithe den seanscéalaíocht a chur ag obair ar bhealaí go hiomlán úr agus nua: an eachtra a bhaineadh gáire as na daoine seachtain amháin bhaineadh sé deora astu an chéad seachtain eile; an gníomh a gheiteadh a gcroíthe nóiméad roimhe líonadh sé a súile le háthas ar ball.

Bhí scríobhaí ann a thug cuairt ar an gceantar agus chuir sé an-suim sa scéalaí. Mhaígh sé go raibh sé beagnach cinnte de gurbh é an scéalaí ab fhearr sa tír é, sa domhan ar fad, b'fhéidir. Dúirt sé gur mhaith leis cuid de na scéalta a scríobh síos—leabhar a dhéanamh astu. Thaispeáin sé dó cúpla leabhar a bhí aige le scéalaithe agus le seanchaithe eile, na hainmneacha clóscríofa i litreacha móra ar an gclúdach, cur síos taobh istigh ar shaol na scéalaithe, fiú pictiúir díobh. Ba bhródúil a bhí an scéalaí. Leabhar a d'aistreofaí go dtí na seacht dteanga, a scaipfeadh a cháil, cáil a mhuintire, cáil a shinsear ar feadh na gcéadta bliain a bhí le teacht. Thiocfadh an scríbhneoir chuig a theach an tráthnóna sin, lena pheann agus lena pháipéar, le ruainne beag tobac agus braon fuisce. Agus d'aithriseodh an scéalaí scéal.

Ach ag machnamh air i rith an lae, tháinig an scéalaí ar mhalairt tuairime. Nach uaibhreach an mhaise é a ainm a bheith ar chlúdach leabhair? Leabhar le scéalta nach eisean a chum ná a cheap iad? Scéalta a mhuintire iad, scéalta na reiligí iad, scéalta na n-ainmneacha caillte san uaigneas thiar. Má rinne sé iarracht a lorg féin a chur orthu, fós ní raibh sé de chead aige iad a thabhairt do scríobhaí chun iad a bhreacadh i leabhar. Leabhar a mbeadh a ainm air, cur síos ar a shaol, a phictiúr. Ní aithriseodh an scéalaí scéal.

B'ionadh leis an scríobhaí a dhearcadh. Rinne sé a dhícheall a chur ina luí air gur mhór an dul amú a bhí air. Nárbh ionann a ainm a bheith ar an leabhar agus a rá gurbh é a chum na scéalta. Thuig an scéalaí é sin ach ba chuma leis. Mar chomhréiteach mar sin, ní bhacfaí le cur síos ar a shaol a chur ann. Agus ní bheadh aon ghá le grianghraf. Fós, ba chuma leis an scéalaí. D'fhéadfaí an leabhar a chur amach agus gan a ainm a bheith luaite leis ar chor ar bith. Ba ríchuma leis an scéalaí. Thuig an scríbhneoir nárbh fhiú leanúint lena achainí. Labhródh sé leis arís faoi, sa teach tábhairne Dé hAoine, áit a mbíodh sé de nós aige cúpla scéal a aithris don chomhluadar. Dúirt an scéalaí nach mbeadh aon scéal ann Dé hAoine, nach mbeadh sé féin ann, ar aon nós. Mar bhí sé i gceist aige an ceantar a fhágáil. Dul ar deoraíocht. B'fhéidir nach n-aithriseodh an scéalaí scéal arís go deo.

Chuaigh an scríobhaí ar ais chuig a theach lóistín agus é trína chéile. An lá dár gcionn bhí an drochscéal scaipthe ar fud an bhaile. Sa tráthnóna chnag an scríobhaí ar dhoras an scéalaí. Bhí scéin ina shúile. D'impigh sé air gan an baile a fhágáil, athmhachnamh a dhéanamh. Cé go ndúirt go leor de mhuintir na háite nach ar an scríobhaí a bhí an milleán, bhí an-amhras le feiceáil i súile go leor eile. Nach raibh na gasúir ag rith ina dhiaidh ar na bóithríní ag spochadh as agus ag scairteadh ina dhiaidh agus iad ag rá go hoscailte gach a raibh na daoine ag rá sna tithe? D'iarr sé air, as ucht Dé, in ómós do thraidisiún ársa na scéalaíochta, fanacht ina bhaile dúchais agus leanúint ar aghaidh leis an seansaol. Dúirt an scéalaí go raibh trua aige dó, agus gur náire shaolta é gasúir a bheith chomh mímhúinte sin, go háirithe le cuairteoir sa cheantar. Ach bheadh sé ag imeacht amárach.

D'ainneoin gach iarrachta a rinne na daoine, d'fhág an scéalaí an lá dár gcionn agus thosaigh ar a aistear fada siar. Nuair a thit an oíche chuaigh sé i dtreo an chéad solais tí a chonaic sé agus cuireadh fáilte roimhe. Ar maidin cuireadh builín aráin síos ina mhála agus fágadh slán leis. Shiúil sé an lá ar fad. Níor chas sé le duine ar bith agus ní fhaca sé solas ar bith nuair a thit an oíche. I seanchró ar thaobh an bhóthair a chodail sé.

Tháinig sé ar bhaile tréigthe an lá dár gcionn: tithe a raibh na fuinneoga clúdaithe le cláir mhóra adhmaid, chun creachadóirí a choinneáil amach—súil ag muintir an tí filleadh lá éigin, b'fhéidir; tithe eile agus na cuirtíní dúnta go docht, an tsúil fhiosrach a choinneáil amach—deacair acu nósanna a thréigean; teach amháin agus na cuirtíní leata, radharc aige ar bhord a raibh píopa agus bosca cipíní ina luí air, an eochair féin fágtha sa doras tosaigh—breá sásta an ceantar agus gach ar bhain leis a fhágáil ina ndiaidh. Shiúil sé leis. Arbh in an ghaoth ag cogarnach ina chluasa, ag rá leis filleadh, nó ar thaibhsí iad ag rá leis gur gheis dó dul níos faide siar? Siar leis.

D'imigh na laethanta thairis. D'imigh na bailte tréigthe i ndiaidh a chéile thairis. Siar níos faide leis, ainneoin ghlórtha na marbh ina chluasa, siar thar chlaíocha timpeall ar thithe beaga agus ar bhotháin, cinn tuí tite anuas, doirse agus fuinneoga lofa, siar go dtí nach raibh ach an corrfhothrach le feiceáil anseo is ansiúd, smionagar de chlocha agus dhá bhinn eatarthu. D'airigh sé meáchan na mblianta ina luí go trom ar a cholainn, na blianta ó leagadh cos duine ar an talamh sin, na blianta ina ngeasa a raibh sé á gcoilleadh, na blianta fada ó cumadh na scéalta a raibh a chuid scéalta féin ina n-oidhrí orthu. Stop sé chun scíth a ligean, d'airigh súil fhuarchúiseach ag stánadh air—préachán in airde ar charraig, préachán a scréach air go tobann, scréach ba chosúil le glothar an bháis. Shuigh sé ar chloch chun an meáchan a bhaint dá chosa, a anáil a tharraingt, spalla a chaitheamh leis an bpréachán.

Siar leis, go dtí, ar deireadh, bhí sé cinnte de go raibh sé san áit cheart. Ba sceird é. Ní raibh an duine ná a lorg ann. Ba ar éigean a bhí ithir ar bith ann. Clocha, leaca móra fada sínte ar an talamh agus paistí beaga féir eatarthu. Gan crann ar bith ach sceacha beaga éagruthacha anseo is ansiúd.

D'fhan an scéalaí roinnt blianta san áit seo. Cé nach raibh an chosúlacht sin air bhí maireachtáil ann: d'aimsigh sé uaimh nach raibh braon anuas ná aníos inti; bhí éisc sa sruthán; bhí bileoga ann, bhí meacain bheaga, sméara; adhmad i gcomhair tine ach siúl i bhfad; uibheacha ach staidéar a dhéanamh ar nósanna na n-éan; thóg sé gaistí a bheireadh ar ainmhithe beaga, ar ghiorria nuair a d'éiríodh an t-ádh leis.

D'imigh na laethanta thart agus é faoi anró ag síorshaothrú chun greim a choinneáil faoin bhfiacail, teas a choinneáil ina sheanchnámha. Ach de réir a chéile chuaigh sé i dtaithí ar an saol nua, fuair an ceann is fearr ar an gcruatan faoi dheireadh. Bhí deis aige a aithint go raibh áilleacht sna rudaí a raibh cuma chomh garbh neamhfháiltiúil orthu i dtosach: an spéir ollmhór timpeall air lena scamaill agus solas na gréine orthu ina n-éagsúlacht dathanna; athrú crutha na gealaí ó oíche go hoíche; éirí agus dul faoi na réaltaí ó shéasúr go séasúr; na bláthanna a d'fhásadh ar an mbeagán cré idir na

clocha; na feithidí; na héin; na héisc; na hainmhithe.
Bhíodh am saor aige sna tráthnóntaí chun suí ag béal na
huaimhe agus a mhachnamh a dhéanamh. Am chun
cuimhneamh ar a bhaile, ar a mhuintir féin. Má bhí an
seansaol uaidh, agus creid go raibh, bhí rud thairis sin
uaidh—a ghlór féin ag insint scéalta, a intinn ag oibriú go
mear chun na seanscéalta a shníomh le chéile i scéalta a
thabharfadh taitneamh dá lucht éisteachta, agus dó féin.

Chinn sé ar scéal a insint. Ach ní scéal as a stór mór
scéalta. Scéal a chumfadh sé as an nua, a d'úsáidfeadh a
chuid focal féin, gnáthfhocail a mhuintire, a phléifeadh
saol a mhuintire féin ina gceantar féin lena linn
féin. D'ardaigh an misneach ina chroí. Thosaigh a
shamhlaíocht ag cur thar maoil le carachtair agus le
heachtraí. Sea, chumfadh sé scéal, scéal mór fada a
mbeadh sé de chead aige a ainm féin a chur leis.

Ar ndóigh, theastaigh modh oibre ar leith chun a
chinntiú nach ndéanfadh sé dearmad ar aon chuid den
scéal. Gach tráthnóna shuíodh sé ag béal na huaimhe
agus d'aithrisíodh sé ón tús an méid a bhí cumtha aige
cheana, os ard. Ansin chumadh sé mír nua le cur leis.
Ach ba dheacair é a fhoghlaim de ghlanmheabhair—
níorbh ionann an scéal seo agus na seanscéalta agus iad
lán d'athrá, carachtair an-simplí, eachtraí nár athraigh
mórán ó scéal go scéal. De réir mar a bhí an scéal ag dul
i bhfad thuig sé gur éacht a bhí curtha roimhe aige,
éacht beagnach dodhéanta.

Ar deireadh tháinig an lá a raibh an oiread sin den
scéal le haithris de ghlanmheabhair go mbíodh sé
deireanach go leor san oíche sula dtosaíodh sé ar mhír
nua a chumadh. Thuig sé gur ghearr go mbeadh
géarchéim ann.

Lá amháin chonaic sé fear ina sheasamh roimhe. Na buataisí a chonaic sé i dtosach, buataisí troma leathair suas go dtí na rúitíní, ansin an cóta, mór agus fada agus tiubh, agus ar deireadh, taobh istigh de chochall le himeall fairsing fionnaidh, éadan leathcheilte ag féasóg agus croiméal, spéaclaí agus péire súl taobh thiar díobh. Labhair an fear, d'fhiafraigh sé den scéalaí arbh é a leithéid seo de dhuine é as a leithéid seo d'áit. Níor thug an scéalaí de fhreagra ach seasamh suas agus stánadh air. Mhínigh an fear cérbh é féin: fear a bhí tar éis taisteal ón taobh eile den domhan chun casadh leis. Mhínigh sé cén fáth a raibh sé ann: gur minic a chuala sé trácht ar an scéalaí mar bhí a cháil scaipthe ina measc siúd a raibh dúil acu sna scéalta—ag iarraidh scéil a bhí sé.

Thug an scéalaí droim leis an strainséir, lean air le cúraimí an lae: iascaireacht; bailiú adhmaid; seiceáil gaistí; dreapadh aillte ar thóir uibheacha; garraíodóireacht sa gharraí beag a bhí cruthaithe aige. Sa tráthnóna d'fhill sé ar an uaimh, d'fhadaigh sé tine, réitigh a bhéile gortach agus d'ith. An strainséir, bhí sé ann i gcónaí, ag guairdeall thart, ina thost.

Faoi dheireadh labhair an scéalaí leis an strainséir: shuigh sé ag béal na huaimhe, mar a dhéanadh gach tráthnóna, agus d'aithris a scéal dó. D'ísligh an ghrian, ach go mall, d'ísligh tuilleadh agus tuilleadh, chuaigh sí faoi, tháinig clapsholas, dorchadas, oíche, d'éirigh an ghealach, chuaigh sí in airde, ach go mall, go han-mhall, agus ansin, ar deireadh, stop an scéalaí. Bhreathnaigh sé idir an dá shúil ar an strainséir. Dúirt sé leis gurbh in an méid a bhí cumtha aige, go raibh an oiread céanna fós le cur leis. D'fhiafraigh sé de an raibh dúil ar bith aige sa scéal? Tost ón strainséir. Ansin chroith sé a chloigeann

ó thaobh go taobh. Ach níor le drochmheas é ach le
hiontas. Dúil? Faoi dhraíocht ag an scéal a bhí sé. Bhí
éacht beagnach dochreidte déanta ag an scéalaí. Níor
chuala sé scéal níos fearr ná é riamh. Bhí croí agus
anam an scéalaí ann. Bhí áthas agus uafás ann.
Macántacht mhisniúil chróga ann. Brón, trua, gach rud.
Lean an strainséir ar aghaidh ag moladh an scéil agus an
scéalaí go dtí, mar a dúirt sé féin, gur chlis na focail air
agus thosaigh sé ag labhairt i dteanga eile. Dúirt an
scéalaí go raibh sé traochta agus chuaigh sé a chodladh.

Ba é an chéad rud a rinne an strainséir ar maidin breith
ar a mhála mór droma agus cannaí bia a bhaint amach as.
Bhí gléas beag tine aige chun iad a théamh agus
thaispeáin sé dó an chaoi ar oibrigh sé—buidéal beag gáis
a chur faoi agus an gléas a chasadh síos air. Réitigh sé
bricfeasta dóibh agus ina dhiaidh bhronn sé an gléas tine
ar an scéalaí, agus na cannaí bia a bhí fanta aige. Ansin,
thóg sé rud eile as an mála: téipthaifeadán. Agus
thaispeáin sé dó an chaoi ar oibrigh sé sin—na cnaipí
éagsúla, na téipeanna, na cadhnraí agus gach eile ar bhain
leis. Ansin ghlan sé a scornach agus mhínigh céard a bhí
uaidh: go ligfeadh an scéalaí dó a scéal a thaifeadadh; go
n-imeodh sé leis chun é a scríobh síos; go bhfillfeadh sé
chun an dara leath a thaifeadadh; agus go bhfoilseofaí—
amach anseo, am éigin—i bhfoirm leabhair é. An mbeadh
an scéalaí sásta leis sin? Chuaigh dhá phéire súl i ngreim
ina chéile, bhí tost ann, teannas tamall sular thug an
scéalaí freagra air: bheadh, bheadh cinnte! An strainséir:
osna faoisimh. An bheirt le chéile: gáire mór fada.

Ní raibh ann ansin ach gur aithris an scéalaí a scéal,
thaifead an strainséir é agus d'imigh sé leis.

Ní fhaca an strainséir an scéalaí ag rith ina dhiaidh

ach is dóigh gur chuala sé an saothrú anála, an chos
nocht ar an leac taobh thiar de—ach sula raibh deis aige
casadh buaileadh le cloch é ar chúl a chinn, buaileadh
arís agus arís é nó gur léir don scéalaí go raibh an
strainséir marbh. Níor bhac sé leis na buataisí, ná leis an
gcóta ach bhain an mála mór dá dhroim agus d'iompair
leis é.

Ar ais san uaimh las sé an gléas tine. Thóg sé an
téipthaifeadán amach as an mála, d'aimsigh na
téipeanna cuí agus chuir ar siúl iad, ceann i ndiaidh a
chéile. Bhí sé chomh gafa ag éisteacht lena scéal go
ndearna sé dearmad ar an ocras, dearmad an gléas tine
a mhúchadh—níor thug sé faoi deara é nó go raibh an
lasair imithe i léig agus an buidéilín gáis ídithe.
Chuardaigh sé sa mhála ach ní raibh aon cheann eile
ann. Ach bhí go leor cadhnraí ann—ní bheadh aon
fhadhb leis an téipthaifeadán.

Ar maidin chuaigh sé amach, mar a théadh i gcónaí,
ag saothrú chun greim a choinneáil faoin bhfiacail, teas
a choinneáil ina sheanchnámha. Sa tráthnóna shuigh sé
ar an gcloch ag béal na huaimhe chun dul i mbun a scéil.
Ach modh oibre na cumadóireachta, bhí sé athraithe
anois: ar téip a stóráladh sé na míreanna nua seachas ina
chuimhne. Ní raibh call imní a bheith air go ndéanfadh
sé dearmad ar aon mhír den scéal, ar aon abairt nó ar
aon fhocal. Bhí go leor ama aige mar sin don
chumadóireacht. D'fhás an scéal gan srian.

Faoi dheireadh tháinig an lá ar chuir sé críoch leis an
scéal. Ba í an obair a chuir sé roimhe ansin an scéal ar
fad a fhoghlaim de ghlanmheabhair. D'éisteadh sé le
cuid den téip agus d'aithrisíodh sé ina dhiaidh. Lean sé
ar aghaidh mar sin, lá i ndiaidh lae, ag dul siar ar na

téipeanna nuair ba ghá chun seiceáil an raibh aon bhotún déanta aige. Mí i ndiaidh míosa go raibh sé cinnte de go raibh gach focal, abairt agus mír den scéal ar eolas aige. Ansin d'fhill sé abhaile.

Thréig sé an sceird. Bhreathnaigh sé thar a ghualainn ar na blianta fada dá dheoraíocht a bhí sé ag fágáil ina dhiaidh. Soir leis. Bhuail sé a chosa ar an talamh agus d'airigh sé an meáchan ag sciorradh siar óna cholainn. D'éirigh a chosa níos éadroime. Soir leis, abhaile. Na geasa a choill sé na blianta fada ó shin thaispeáin sé nár lig sé dóibh é féin a choilleadh. D'imigh na laethanta. D'imigh na fothracha, na seantithe ceann tuí, na tithe beaga, na bailte tréigthe i ndiaidh a chéile. Bhain sé amach a bhaile féin.

Shiúil sé thar na fuinneoga clúdaithe, na cuirtíní dúnta go docht, na doirse agus na heochracha fágtha iontu. Faoin mata a bhí a eochair féin, mar a leagadh sé í i gcónaí. Sa vardrús sa seomra leapa bhí athrú éadaigh. Bhí siosúr sa bhosca fuála agus rásúr sa seomra folctha. Chaith sé na giobail de. Ach níor tháinig uisce ar bith ón sconna. Chuir sé na héadaí air agus leis an siosúr ghearr sé a chuid gruaige agus bhain an méid dá fhéasóg agus ab fhéidir. Agus airgead ina phóca, an dusta séidte óna phíopa, amach leis, an eochair fágtha sa doras ina dhiaidh.

Ar aghaidh leis, soir. Tar éis tamaill fhada chonaic sé rudaí a thug misneach dó: madra a thosaigh ag tafann go fíochmhar air; fear a chuaigh thairis ar rothar agus a bheannaigh dó; sráidbhaile beo. I siopa beag grósaera d'fhan sé gur chomhair seanbhean chraplaithe sóinseáil amach sular chuir sí brioscaí agus pionta bainne síos i mála. Tobac a bhí uaidh féin, agus bosca cipíní. Soir leis agus isteach sa chéad teach tábhairne a casadh air. Agus é ag baint scamall deataigh as an bpíopa, ag ól a phionta pórtair agus a ghloine fuisce thug sé suntas do ghlór ag teacht ó sheomra beag chun tosaigh sa teach tábhairne. Seanghlór ag insint scéil. Nuair a shiúil sé isteach ann bhí fear ag breacadh síos an méid a bhí seanfhear slóchtach ag rá. Ach slogadh an scéal i mbéal an tseanfhir nuair a d'aithin sé an scéalaí sa doras. D'aithin an scríobhaí é chomh maith.

Tá muintir do bhaile scaipthe, a mhínigh an seanfhear don scéalaí. Cén dochar, a dúirt seisean, saol níos fearr acu. D'iarr sé ar an scríobhaí an raibh sé fós ag iarraidh scéal a chloisteáil uaidh. Bhí. Agus é a scríobh síos? Bhí. Leabhar a dhéanamh de? Bhí, cinnte. D'inseodh an scéalaí scéal.

Thiomáin an scríobhaí an scéalaí soir go dtí a bhaile féin. Socraíodh go dtosóidís ar a scéal a scríobh síos amárach. Rinne an scéalaí cur síos cruinn ar ar tharla dó ó chas siad le chéile cheana, an sceird agus ar tharla dó ann, a scéal agus gach rud. Ba chosúil gur chuma leis an scríobhaí faoin marú. Ar bís a bhí sé—scéal thar scéalta ó scéalaí thar scéalaithe.

Ar maidin bhí an scéalaí lag tinn. Ní raibh sé in ann éirí as an leaba. Dúirt an dochtúir gur bheag an seans go mairfeadh sé lá eile. Bhí sé básaithe faoin am ar shroich an t-otharcharr an t-ospidéal.

An Seanóir

Roinnt seachtainí tar éis dúinn filleadh ón Tír ó Dheas cuireadh fios orainn go teach an tSeanóra. Faoi thost shiúil an triúr againn suas an lána fada sa tráthnóna, na scáthanna ag éirí níos dorcha faoi na crainn agus na sceacha ar an dá thaobh dínn. D'éist muid le gach torann inár dtimpeall, cogar na mbileog agus an duilliúr á chreathadh ag geoladh tobann gaoithe, an gliogar a rinne dreoilín beag donn a lean muid ar feadh tamaill, ag preabadh ó sceach go sceach, ó chraoibhín go craoibhín, a chloigeann ag casadh ó thaobh go taobh chun a shúilín a dhíriú orainn, cúpla glag a lig lon dubh a d'eitil ó chrann anuas go talamh amach romhainn, a chuaigh de léimeanna ar leataobh agus a d'fhan ansin agus muid ag siúl taobh le chéile thairis. Rinne muid iarracht ciall a bhaint as na heachtraí beaga seo, tuar an agallaimh a bhí romhainn a fheiceáil iontu. Faoi dheireadh shroich muid an teach, na crainn arda ghiúise ar a chúl breac le préacháin, a nglórtha garbha inár gcluasa nuair a bhuail muid, duine i ndiaidh a chéile, trí chnag ar adhmad an dorais. Searbhónta an tSeanóra a d'oscail é, a chuir fáilte gan focal romhainn, a rinne comhartha chun cur in iúl dúinn fanacht sa halla. D'fhan.

Ar éigean a bhí mé in ann an bheirt eile a fheiceáil sa solas a tháinig isteach an fhuinneoigín bheag in aice leis an doras. Rinne mé iarracht rud a rá de chogar, cúpla focal chun an neirbhís a mhaolú, beag is fiú a dhéanamh dá raibh romhainn, ach theip ar mo mhisneach. Tar éis nóiméid, le lúbadh corrmhéir i solas an dorais oscailte ag bun an halla, d'iarr an searbhónta orainn í a leanúint. Treoraíodh muid isteach go seomra ar chúl an tí a raibh bord fada agus cathaoir taobh thiar de. Ar an taobh eile de chuir an searbhónta trí chathaoir a thóg sí go cúramach amach ón mballa. Leag sí lámh ar gach ceann acu i ndiaidh a chéile agus bhreathnaigh orainn. Shuigh muid agus d'imigh sí.

Sa bhalla taobh thiar den chathaoir trasna an bhoird uainn bhí fuinneog ard leathoscailte, an t-aon solas sa seomra. Bhí muid ag breathnú amach ar na crainn ghiúise in aghaidh an chlapsholais, ar na préacháin in airde orthu, scamall acu sa spéir i gcéin ag teacht níos gaire de réir a chéile, cuid acu ag tuirlingt ar na craobhacha faoi cheiliúradh de ghrágaíl agus de dhíoscán slóchtach. Ansin, taobh thiar dínn, osclaíodh an doras agus tháinig an Seanóir isteach. Shiúil sé cromtha, coinnleoir ina lámh, gan aird aige orainn.

Bhí sé suite sa chathaoir ar an taobh eile den bhord agus gan ach scáil a chloiginn agus a ghuaillí le feiceáil in aghaidh sholas na fuinneoige. D'fhan sé ina shuí ansin, socair, a anáil ag saothrú ar nós go raibh sé tar éis rith. Ansin thosaigh sé ag caint os íseal. Bhí air stopadh anois is arís chun casacht a dhéanamh, a chloigeann a iontú ar leataobh agus a lámh a ardú go dtí a bhéal. Cúpla uair d'fhan sé go raibh gleo na bpréachán íslithe sular lean sé ar aghaidh. Ag pointe amháin stop sé i lár abairte agus las sé an choinneal sa choinnleoir a bhí leagtha aige ar imeall an bhoird, an cipín lasta ar crith ina lámh. Bhí muid in ann a éadan a fheiceáil ansin nuair a thosaigh sé an abairt arís, solas crónbhuí ar an gcraiceann, réaltaí beaga lasta sna súile, scáth mór caite suas ar an mballa taobh thiar de. D'eitil féileacán oíche isteach an fhuinneog tar éis tamaill agus thosaigh ag damhsa go fiáin timpeall na lasrach gur thit sé ar an mbord, dóite. Ghlac an Seanóir leis an eachtra seo mar shiombail, a shúile ag dul ón lasair go dtí an fheithid ghonta ag streachailt ar an mbord, mar léargas ar phointe a bhí sé ag déanamh ag an am. Ach thug muid triúr faoi deara gur éirigh an féileacán oíche arís agus thosaigh ag damhsa arís gur thit arís. Lean sé seo ar aghaidh, an titim dóite agus an t-éirí chun damhsa arís agus arís eile. Ba léargas dúinne é ar rud eile nach raibh ar eolas ag an Seanóir, nó, má bhí, a raibh dearmad déanta aige air.

B'éard a dúirt an Seanóir go raibh cloiste aige nach raibh muid chomh díograiseach chun páirt a ghlacadh sna hoícheanta filíochta, ceoil, scéalaíochta is a bhíodh sula ndeachaigh muid go dtí an Tír ó Dheas. Gur ghlac sé leis gurbh í an chúis a bhí leis sin go raibh náire agus lagmhisneach orainn mar gheall ar gur theip orainn sa tóraíocht. Dúirt sé linn go raibh dul amú orainn. Nach raibh aon chúis náire againn. Gur cheart go mbeadh ár misneach neartaithe. Mar nár theip orainn.

Fiú dá bhfillfeadh muid le dán, le ceol, nó le scéal bhí a fhios ag an Seanóir go maith nach bhféadfaidís bheith níos fearr ná dán, ceol, scéal ar bith sa tír seo. Cén chaoi a bhféadfadh agus droim tugtha ag an Tír ó Dheas don seanchultúr le glúine anuas? Tír nach raibh an ealaín ina dlúthchuid de shaol na ndaoine níos mó ach rud ar leataobh, rud a bhain le dreamanna aonaracha scoite amach ón bpobal. Dán leathchumtha, ceol gan spiorad, scéal gan chiall a thabharfadh muid ar ais, rudaí dothuigthe do mhuintir na tíre seo. Bhí a fhios ag an Seanóir nach n-éireodh linn sular chuir sé ar an tóraíocht muid.

B'aisteach an rud é ach an filleadh gan tada, léirigh sé ar bhealach níos éifeachtaí easpa cultúir na Tíre ó Dheas. Na tuairiscí ar fhill muid leo, ba ríléir do gach duine, óg agus sean, nach bhféadfadh aon mhaith a bheith san ealaín sin. Rudaí caillte na rudaí ab fhearr? Má bhí siad chomh maith sin, a d'fhiafraigh gach duine a chuala na tuairiscí, cén fáth ar fágadh caillte iad? Ar cheart muinín a bheith as an duine a mheas a bhfeabhas? Dán a chum file chun a ghrá a léiriú ach ansin agus an bhean meallta aige an dán a chaitheamh ar leataobh? Cá raibh an bród as a cheird? Cá raibh an cur i láthair don phobal? Píosa ceoil a fógraíodh faoi rún aisteach do bhean, a thug uirthi loiceadh ar a dualgas teaghlaigh, a scrios an teaghlach sin ar deireadh? Cén chaoi a dtarlódh a leithéid in aon áit a raibh meas ar an gceol? Agus an ghealt de scéalaí sin—nár mharaigh sé an duine a bhí chun an scéal a fhoilsiú don saol mór dó, ar nós gur scéal dó féin a bhí ann? Ba dheimhniú iad na tuairiscí a fuair muid go raibh an fhilíocht, an ceol, an scéalaíocht bunoscionn ar fad sa Tír ó Dheas.

Dá bhrí sin níor theip orainn sa tóraíocht, mar ba thóraíocht bhréagach a bhí ann ón tús. Ach in amanna, bhí an bhréag riachtanach. An bhréag a d'inis an Seanóir dúinn, bhí údar maith léi. Ní dhéanfadh muid aon tóraíocht dá mbeadh a fhios againn an méid a bhí sé tar éis a insint dúinn. Ar mhaithe leis an óige a bhí sé. Cé go raibh an Seanóir i laethanta deiridh a shaoil bhí cuimhne aige ar a óige féin agus tuiscint aige ar óige na linne seo dá bharr. Ba é nádúr na hóige bheith in amhras faoi fhocail na sean. Cén t-iontas é agus cead taistil ó dheas cosctha go gceapfadh cuid go raibh rud éigin níos fearr ann? Filíocht, ceol, scéalaíocht. Ar thaobh amháin ba cheart cead a cinn a thabhairt don óige le go bhfeicfeadh sí lena súile féin. Ach ar an taobh eile níor mhór í a chosaint ón gcontúirt, ón drochthionchar nach dtuigfeadh sí go mbeadh sé ródheireanach agus é dulta i bhfeidhm uirthi i ngan fhios di. Meallann solas na coinnle an féileacán oíche ach dónn sé é féin. Níorbh fhéidir é sin a mhíniú don óige. Ach muide, daoine óga, chreid siad muid. Ar an gcaoi sin dhaingnigh muid meas na hóige ar chultúr ár dtíre féin. D'aon turas a roghnaigh sé an triúr againne, mar ba léir dó go raibh tuiscint dhaingean againn ar ár gcultúr, agus dá bhrí sin go dtabharfadh muid faoin tóraíocht go díograiseach, go mbeadh cosaint againn ón gcontúirt agus ón drochthionchar, agus go dteipfeadh orainn filleadh le haon rud fiúntach.

Ansin lig sé béic as. Gheit muid. Ainm an tsearbhónta a bhí ann, rud a thuig muid nuair a tháinig sí isteach an doras taobh thiar dínn. Leag sí tráidire ar an mbord ar a raibh trí ghloine leathlíonta agus d'imigh léi. Rug an Seanóir ar ghloine i ndiaidh a chéile agus chuir ceann an duine os ár gcomhair. Thit tost ar feadh tamaill. Fiú na préacháin, bhí siad imithe chun suaimhnis.

Ansin chrom an Seanóir a chloigeann. Dúirt sé go raibh brón air má gortaíodh muid agus d'iarr orainn a

leithscéal a ghabháil as an mbréag a d'inis sé dúinn, as
an mí-úsáid a bhain sé asainn. Bhí súil aige gur thuig
muid cén fáth. Chuir muid in iúl gur thuig. D'iarr sé
orainn an deoch a ól, mar chomhartha cúitimh.

Ag siúl síos an lána dúinn faoi thitim na hoíche, an
éadroime inár gcloigne, níor fhéad muid focal a rá le
chéile. Náire, b'fhéidir, faitíos nó mearbhall na dí a
choinnigh ciúin muid.

Mar má d'inis an Seanóir bréag dúinne, d'inis muide
bréag dósan. Ba é lom na fírinne é nach ndearna muid
tóraíocht ar bith. An chéad bhaile a bhain muid amach
sa Tír ó Dheas fuair muid traein ann caol díreach go dtí
an chathair i lár na tíre. Chaith muid an t-am ar fad
ansin go dtí go raibh orainn filleadh. Ar an mbealach
abhaile ar an traein chum mise an trí scéal úd. Bunaithe
ar na ráflaí a chuala muid sa bhaile faoin Tír ó Dheas a
bhí siad, agus ní ar aon eolas ar nósanna na tíre féin, tír
nach bhfuair muid aon eolas uirthi agus muid sa
chathair i gcónaí. D'fhoghlaim gach duine againn an
scéal a bhain lena cheird féin le go mbeadh tuairisc de
shaghas éigin againn ar shroichint an bhaile dúinn.
Bréaga ar fad a bhí iontu.

Má bhí údar ag an Seanóir leis an mbréag a d'inis sé
dúinn bhí ár n-údar féin againne lenár mbréaga féin.
Chun go mbeadh leithscéal againn, a cheap muid a
bheith inchreidte, as teacht abhaile gan tada. Agus súil
againn go mbeadh deis chun cuairt eile a thabhairt ar an
gcathair. Go gcuirfí ar an ath-thóraíocht muid.
Leabharlanna na tíre a chíoradh ar thóir an dáin a
scríobhadh ar na leathanaigh bhána ar chúl leabhair
éigin. Dul ar lorg an fhir a raibh an ceol breactha ar
pháipéar aige. Uaimh a aimsiú in iarthar na tíre a raibh

téipthaifeadán inti agus an scéal uile air.   Seifteanna
soineanta a bhí ann.   Agus theip orthu.

Agus cén fáth a ndeachaigh muid go dtí an chathair?
Is é an freagra is simplí air sin go ndeachaigh muid ann
mar gur dúradh linn gan dul ann.   Fiosrach, b'fhéidir,
faoin rud nach bhfuil ceadaithe.   Tá cuid de nádúr an
duine ansin, nádúr na hóige go háirithe, nach bhfuil?
Ach má bhí muid in amhras faoin méid a dúirt an
Seanóir linn faoin gcathair ní raibh muid i bhfad ag
foghlaim go raibh an ceart ar fad aige.   Ní raibh aon
fháilte romhainn ann, bhí sé contúirteach agus ní raibh
filíocht, ceol ná scéalaíocht ann.

Ach bhí rud eile ann, rud a thug orainn an tóraíocht
a chaitheamh in aer agus fanacht sa chathair chomh fada
agus a d'fhéad muid.   Ba chuma linn faoin míchompord,
faoin éiginnteacht, faoin gcontúirt fiú, ba é ár mian níos
mó agus níos mó de shaol na cathrach a fheiceáil.

Cén chaoi ar féidir an rud seo a mhíniú?   Rud a bhí
coimhthíoch amach is amach domsa, ach a bhí, ar
bhealach, ag freagairt do choimhthíos a bhí ionam féin.
Rud é a bhí chomh dorcha doiléir sin nár thuig mé ar
chor ar bith é.   Rud a bhí chomh glan soiléir nár
theastaigh tuiscint ar bith.

Scéalta na Cathrach

Nuair a tháinig muid go dtí an chathair i dtosach thuig muid go raibh gach duine sna sráideanna ag stánadh orainn. Ní hé go bhfaca muid iad. Ach dá gcasfadh muid timpeall d'fheicfeadh muid go raibh daoine tar éis a gcloigne a iontú uainn. Cuid eile bhí spéaclaí dubha orthu agus cé nach raibh a n-aghaidh orainn bheadh a fhios go raibh a súile claonta ar leataobh chun breathnú orainn. Bhí ceamara crochta os cionn gach siopa agus a raibh le feiceáil aige, an chuid den tsráid os comhair an tsiopa, á thaispeáint ar theilifíseán mór daite san fhuinneog i measc na n-earraí a bhí le díol. Ar an gcaoi sin bhí daoine ag faire orainn agus a ndroim linn, slua dár leanúint ar dhá thaobh na sráide ag dul ó fhuinneog shiopa go fuinneog shiopa.

Cheap muid gurbh iad na héadaí a bhí á gcaitheamh againn ba chúis leis. Ní raibh na héadaí céanna ar aon duine eile ná fiú éadaí cosúil leo. Cé go raibh daoine eile ann, lucht déirce, agus iad gléasta in éadaí neamhghnácha ina suí, ina seasamh nó ag siúl anonn is anall agus gan mórán airde ag na daoine orthu ach bonn airgid a chaitheamh chucu anois is arís.

Nuair a chuaigh muid isteach i siopa chun éadaí nua

a cheannach eitíodh muid agus tháinig fear faoi éide
agus caipín agus dúirt go borb linn imeacht.   Ba
chuma cén míniú a thug muid, ar chluasa bodhra a thit
sé, ar nós nár thuig sé muid ar chor ar bith.   Díbríodh
muid ó na siopaí éadaí eile le canúint nár thuig muid
go rómhaith ach go raibh focail ann a raibh gaol acu
leis na mallachtaí a chleacht muid féin sa bhaile.   Cuid
de na siopaí níor ligeadh isteach iontu muid fiú.   Ba é
an toradh céanna é nuair a d'iarr muid bia agus deoch
a cheannach.   Ba chuma faoin airgead a thaispeáin
muid.

Cheap muid ansin go raibh an doicheall seo
romhainn mar gur in éineacht le chéile a bhí an triúr
againn ag dul ó áit go háit.   Chuaigh mise thart i
m'aonar ansin agus cé nár éirigh liom éadaí a
cheannach cheannaigh mé cúpla paicéad bia faoi
dheireadh.   Chuaigh an file thart ansin agus d'fhill sé
tar éis cúpla uair an chloig le bainne agus le halcól.
Thug sé sin ardú croí dúinn.   Bhí sé ag éirí dorcha
faoin am sin, cuid de na siopaí á ndúnadh agus na
sráideanna á mbánú.   Shocraigh an ceoltóir go
mbainfeadh sí triail as an tsiopadóireacht seo ach bhí
sí ar ais tar éis deich nóiméad agus í ag caoineadh go
cráite.   Ní mar gheall ar an mbuille a thug fear ar chúl
a cinn di, ná mar gheall ar an ngeit a baineadh aisti as
an bhforéigean gan chúis seo, ná fiú mar gheall ar gur
ghoid sé a huirlis cheoil ach mar gheall ar gur chaith
sé an uirlis thar dhroichead isteach san abhainn agus é
ag siúl go réidh uaithi.   Ba é a sin-seanathair a rinne an
uirlis cheoil.

De réir a chéile a tháinig muid isteach ar shaol na
cathrach agus d'éirigh linn maireachtáil ann go dtí

nach raibh ach airgead an turais abhaile fágtha. Níor chaith muid ach sé seachtaine ar fad ann. Chonaic muid go leor. Ach ba léir go raibh tuilleadh le feiceáil.

Bhí fear déirce ann a bhíodh ar shráid áirithe gach lá. Thagadh sé thart ar a deich, bhaineadh sé a chaipín de agus shuíodh sé síos sa spota céanna i gcónaí. Chuireadh sé cuma thar a bheith brónach ar a éadan, a shúile caite síos, a dhá lámh crochta ar dhá thaobh a chloiginn agus é claonta beagán ar leataobh, a dhá chos sínte scartha amach roimhe agus a chaipín eatarthu. An cruth ceannann céanna gach lá. Stopadh daoine chun breathnú air. Ba chuma céard a dhéanadh daoine, labhairt leis, lámh a chroitheadh roimh a shúile, lámh nó cos a leagan air fiú, ní chorraíodh sé oiread na fríde. Uair amháin chonaic mé duine ag caitheamh seile isteach ina chaipín agus níor chorraigh sé oiread is nach bhfaca sé é. De ghnáth, airgead a chaitheadh daoine sa chaipín agus leanadh siad orthu suas nó síos an tsráid.

Ag am lóin d'éiríodh sé, chuireadh an t-airgead ón gcaipín síos ina phóca agus isteach leis sa bhialann in aice láimhe chun dinnéar a ithe ag an mbord in aice leis an bhfuinneog. Amach leis ina dhiaidh agus suí go brónach, mar dhea, ar an tsráid go tráthnóna. Ansin shiúladh sé suas síos dhá thaobh na sráide ag breathnú isteach i bhfuinneoga na siopaí. Chonaic mé tráthnóna amháin é, ag breathnú isteach i scáileán teilifíseáin ar fhear mór a bhíodh ina sheasamh gach re lá cúpla slat óna spota suí féin, fear a bhíodh ag caitheamh trí chloch mhóra dhuirlinge suas i ndiaidh a chéile san aer agus ag breith orthu go gcaithfeadh sé suas arís iad. Tar éis tamaill stop fear caite na gcloch chun scíth a ligean agus chuaigh fear an bhróin isteach sa siopa.   Nuair a tháinig sé amach bhí caipín air díreach cosúil leis an gceann a bhí á thaispeáint san fhuinneog.   Chaith sé a sheanchaipín síos i mbosca bruscair.

B'fhéidir go siúlfadh sé píosa, ag breathnú isteach sna fuinneoga, ach luath nó mall théadh sé isteach go teach óil.   Ní an ceann céanna gach lá.   Thagadh sé amach ansin tar éis uair an chloig, dhá uair, trí huaire agus é súgach, óltach nó dallta, ag brath, is dóigh, ar an méid airgid a tugadh dó an lá sin.   Shiúladh sé, luascadh sé, thiteadh sé go dtí stad bus ar shráid áirithe agus d'fhanadh ansin go dtagadh an bus.

Níl a fhios agam cén áit a dtéadh sé ina dhiaidh sin mar níor ligeadh ar bhus riamh mé.

Gan mórán achair thuig muid gur chontúirteach an áit í an chathair san oíche.   Ní bhíodh mórán daoine thart, ach iad siúd a bhí bhreathnaídís isteach sna súile orainn. Bhí muid scanraithe.   Tar éis cúpla eachtra thuig muid gurbh fhearr súile na ndaoine a sheachaint san oíche, ligean orainn go raibh muid i ndlúthchomhrá le chéile. Dá labhraídís linn ligeadh muid orainn nár thuig muid iad.   B'fhíor é, cuid mhaith den am.

Oíche amháin bhí muid inár suí timpeall ar leacht mór ard i lár sráide nuair a chonaic muid beirt phóilíní ag siúl go mall ar an gcosán trasna uainn.   Ba iad na chéad phóilíní iad a chonaic muid sa chathair agus b'in an fáth ar choinnigh muid orainn ag breathnú orthu, rud a thug siad faoi deara.   Bhí teagmháil súl déanta.   Shiúil siad trasna chugainn.   Duine amháin, bhain sé gunna amach

as a chrios agus thosaigh an duine eile ag cur ceisteanna
orainn. Ní dúirt muid tada, le faitíos roimh an ngunna,
roimh an mífháilte a chuirtí i gcónaí roimh ár gcuid
cainte sa chathair. Thosaigh fear na gceisteanna ag
labhairt isteach i raidió beag agus i gceann cúpla soicind
tháinig carr faoi luas síos an tsráid gur stop le
scréachach coscán os ár gcomhair.

Tháinig beirt fhear amach as an gcarr seo agus thóg
siad mise isteach sa suíochán cúil. Bhí duine ar gach aon
taobh díom. Bhain duine acu bolgam as buidéal agus
shín tharam é. Bhain an duine eile bolgam as agus shín
ar ais é. Bhrúigh uillinn gach aon duine acu ar mo
mhuineál le linn dóibh a bheith ag roinnt na dí mar sin.
Labhair mé. Mhínigh mé cé muid féin, cén fáth a raibh
muid ann, céard a bhí ar siúl againn. Lean mé orm go
dtí gur thosaigh siad ag gáire go hard. D'oscail duine
acu an fhuinneog agus scairt amach ar an mbeirt
phóilíní. Thosaigh siadsan ag gáire agus tháinig suas go
dtí an carr. D'oscail an fear an doras agus d'éirigh
amach gur sheas taobh thiar de. Thug sé comhartha
dom teacht amach. Sheas mé amach.

I mo sheasamh ansin a bhí mé agus an ceathrar sin
timpeall orm ag gáire. Fear amháin romham taobh thiar
den doras, lámh amháin i ngreim ar a bharr, á
choinneáil oscailte dom agus é ag breathnú isteach sna
súile orm, ag gáire. An fear istigh sa charr sleamhnaithe
anall sa suíochán cúil go dtí an doras oscailte, a dhá chos
amuigh ar an tsráid, ag breathnú aníos orm ag gáire go
croíúil. Duine de na póilíní taobh thiar díom, an gunna
curtha ar ais ina chrios, suite suas ar leath cúil an chairr,
roic ina éadan leis an ngáire. An póilín eile ina
sheasamh in aice leis, an caipín brúite siar ar chúl a

chinn, a dhá lámh sáite go domhain i bpócaí a threabhsair, cosa scartha beagán, é ag luascadh siar is aniar, loinnir ina shúile leis an ngáire.

D'ardaigh an fear os mo chomhair a lámh ón doras agus leag ar mo ghualainn í, bhrúigh mé, go spraoiúil. Thosaigh mé féin ag gáire, ag casadh thart chun breathnú isteach sna súile orthu uile. Ní raibh i mo thimpeall ach gáire. Bhí cuma chomh cairdiúil sin orthu. B'in a thug orm buíochas a ghabháil leo, a rá gur ag cuardach lóistín le cúpla lá anuas a bhí muid, mise agus mo bheirt chompánach ina seasamh thall, ach nach rabhthas sásta glacadh linn áit ar bith. D'fhiafraigh mé den fhear romham an bhféadfadh sé cúnamh a thabhairt dúinn, eolas, comhairle. Ach ag gáire a bhí sé i gcónaí. Bhreathnaigh mé síos ar an bhfear sa charr. Gáire. Go tobann bhuail seisean lena dhorn mé suas i lár an éadain. Gáire méadaithe ar gach taobh. Bhí fuil le mo lámh nuair a bhain mé ó mo shrón í. Thug an póilín a bhí ina sheasamh cic sa tóin dom nuair a thug mé mo dhroim leo le himeacht.

D'imigh an triúr againn ón láthair de shiúl sciobtha, cloigne cromtha.

Sa lá ní bhreathnaíodh daoine ort ach nuair a bhídís chun thú a eiteachtáil.

Lá amháin cheannaigh mé cóta. Shiúil mé isteach sa siopa éadaí agus dúirt 'cóta' chomh soiléir agus ab fhéidir le fear a bhí ina shuí taobh thiar den chuntar ag léamh nuachtáin. D'éirigh sé agus lean mé é go dtí áit a raibh cúpla céad cóta ar crochadh, ceann i ndiaidh a chéile. Ansin thosaigh sé ag cur síos ar na cótaí, ceann i ndiaidh a chéile, an cineál éadaigh, an stíl, na cnaipí, na pócaí, an déantóir agus tír a dhéanta, an praghas, éileamh beag nó mór air agus tréithe éagsúla eile. Stop mé é tar éis an ceathrú cóta. Rug mé aníos ón ráille é agus chuir ina lámha é. D'iompair sé ar ais go dtí an cuntar é agus chuir síos i mála é. Thug mé an t-airgead dó agus thug sé sóinseáil, admháil agus an mála dom. D'imigh mé amach ar an tsráid. Ba chuma liom go raibh an cóta rómhór dom.

Sa chathair bhíteá neirbhíseach agus tú ag iarraidh rud éigin a cheannach uathu siúd a bhíodh ag cur seirbhíse ar bith ar fáil do na daoine. Go hiondúil bhreathnaídís i do shúile ar feadh soicind, d'eitídís thú agus ansin ruaigtí amach ar an tsráid thú. Más éisteacht a bhí le fáil agat d'iontaídís cluas ort, ar nós go raibh siad leathbhodhar.

Ba chomhartha dom, mar sin, nach n-eiteofaí mé nuair nár bhreathnaigh fear an chóta orm. D'éireodh liom cóta a cheannach. Ní raibh mé neirbhíseach níos mó.

An mhaidin ina dhiaidh sin shiúil mé isteach sa siopa céanna chun cóta a fháil don fhile. Ach bhí fear eile ina sheasamh taobh thiar den chuntar, téip thomhais crochta ar a mhuineál, siosúr agus píosa éadaigh ina lámha. Bhreathnaigh sé orm, d'eitigh sé mé agus chuir ruaig orm. D'fhan mé go dtí tar éis am lóin agus chuaigh isteach arís. Bhí fear an lae roimhe sin ann. Níor eitigh sé mé. Fuair mé cóta don cheoltóir ar an gcaoi chéanna an lá ina dhiaidh sin.

D'inis an ceoltóir dom faoin gceol ab fhearr a fuair sí sa chathair.

Dar léi, má bhí ceol ar bith sa chathair níor cheol é a n-éistfeadh duine leis. Níor cheol é a chasfadh duine. Má bhí ceol ann ní raibh ceoltóirí. Ní raibh ann ach an rud a dtabharfaí fuaim air. Ní raibh aon bhaint aige le daoine, is é sin le rá, leis an mbéal nó leis na méara, leis an gcluas nó leis an tsúil.

Taifeadadh a bhí i gceist i gcónaí. Ní mar áis fhoghlama, mar chuimhneachán ar an ré atá caite, ach mar rud ann féin. Istigh sna siopaí agus taobh amuigh díobh. Ar an teilifís nó ar an raidió. An rud marbh. An rud beo, duine ag canadh ar an tsráid, ag feadaíl agus é ag siúl, ní raibh sé ann.

Lá amháin ar shráid éigin chonaic sí beirt bhuachaillí, cineál d'fheadóg mhór ag duine amháin, gan é ach sé nó seacht de bhlianta, feadóg bheag ag an duine eile, é b'fhéidir bliain níos óige. Ag séideadh ar a seacht ndícheall a bhí siad, an dá chos dheas ag baint rithime ón gcosán. An ceol ag dul go sciobtha ar feadh tamaill agus ansin ag dul níos moille, pé comhartha a bhí siad ag tabhairt dá chéile le go mbeidís in ann comhaontú ar luas an cheoil. Dúirt an ceoltóir gur baineadh preab aisti agus iad in ann ceol chomh maith a chasadh agus iad chomh hóg.

Ach ní raibh siad in ann na huirlisí a chasadh. Is é sin le rá nár thuig siad tada faoin bhfeidhm a bhaintear as na méara ar na poill sna huirlisí. Ní raibh acu ach tuiscint ar an análú agus séideadh le rithim óna gcroíthe, óna mboilg, óna nglúine, óna mboinn. Ach ceol den scoth a bhí ann. An bunrud a bhaineann le ceol de shaghas ar bith ba léir gur thuig siad go nádúrtha é. An rud nach féidir leis an saineolaí a fhoghlaim, an duine a chaith a shaol iomlán ag casadh agus ag éisteacht ach nár thuig riamh ina chroí, ina intinn, ina chuislí, ina chuid fola nó pé áit as a dtagann an ceol. Ní raibh ag an mbeirt óg sin ach an rud amh, ach an rud beo.

D'fhan sí tamall maith ag éisteacht leo. Má bhí suim

ag daoine ar na sráideanna sna rudaí éagsúla a bhíodh an lucht déirce a dhéanamh, níor stop duine ar bith chun éisteacht leo sin. Níor caitheadh airgead ar bith isteach sa bhosca a bhí leagtha ag a gcosa. Bhí an bheirt ag caitheamh súilfhéachaintí uirthi. Ba léir gur thug siad faoi deara gur thaitin a gcuid ceoil léi. Chonaic sí an gáire ina súile. Bhí sé de rún aici labhairt leo, fáil amach cárbh as iad, cén fáth a raibh siad sa chathair. Ach go tobann bhí uirthi imeacht ón tsráid agus nuair a tháinig sí ar ais bhí siad imithe. Ní fhaca sí arís iad go ceann tamaill fhada ina dhiaidh sin.

Cúpla lá sular fhág muid an chathair tháinig sí orthu ar shráid éigin. Ba léir go raibh duine éigin tar éis cúpla píosa ceoil a mhúineadh dóibh. Bhí a méara ag streachailt leis na poill, saothar orthu, a súile dírithe i gcónaí ar na huirlisí. Stadach, ciotach, tútach, gan rithim ar bith.

Ba bhreá leis an gceoltóir an ceol sin a thabhairt abhaile léi. Ach níorbh fhéidir é. Fiú dá mbeadh sí in ann an traenáil a fuair sí ó aois linbh di a chur ar neamhní chun an bhunrithim ina colainn a chasadh amach mar sin, ba chinnte nach dtuigfí sa bhaile é.

Leanainn daoine amanna. Ag iarraidh a thuiscint cén saol a bhí ag na daoine a bhí mé. Agus an lá a chur isteach. Lucht siopadóireachta nach bhfeicinn ach aon uair amháin agus iad ag dul ó shiopa go siopa, ó shráid go sráid, ansin ag imeacht lena gcuid málaí i gcarranna nó i mbusanna. Siopadóirí, ag teacht ar maidin, ag dul áit éigin le haghaidh lóin, siúl thart tamall b'fhéidir roimh fhilleadh, imeacht tráthnóna. An lucht déirce i mbun a ngnó féin.

Uair amháin thug duine faoi deara go raibh mé á
leanúint. Seanfhear a bhí ann, faoi sheanghiobail. Ní
fheictí seandaoine mórán sna sráideanna. B'fhéidir
gurbh in a thug orm é a leanúint. Níor den lucht
siopadóireachta é, ná de lucht na siopaí. Leis an lucht
déirce a bhain sé.

D'aimsigh mé é ag siúl go mall ar an tsráid, ag stopadh
anois is arís chun breathnú isteach i bhfuinneoga na
siopaí. Aon duine den lucht déirce a d'fheiceadh sé
d'iarradh sé airgead air. Sheasadh sé in aice leis an
gcaipín, an bosca nó pé soitheach a raibh an t-airgead á
chaitheamh síos ann, agus thosaíodh sé ag caint.
Deireadh sé gur sheanduine é a raibh bróga nua ag
teastáil uaidh. Den chuid ba mhó d'fhaigheadh sé bonn
nó dhó. Ach ansin d'iarradh sé tuilleadh. Ag rá go
raibh a bhean sean agus bróga nua ag teastáil go géar
uaithi freisin. B'fhéidir go bhfaigheadh sé tuilleadh ach
den chuid ba mhó chuirtí an ruaig air agus chaití
mallachtaí ina dhiaidh.

Leanadh sé air mar sin ag siúl go mall ó shráid go
sráid, ag breathnú isteach sna fuinneoga agus ag dul ó
dhuine go duine den lucht déirce. Bríste nua a bheadh
uaidh, léine, cóta. Hata dá bhean chéile, péire stocaí,
scaif. Bhí deartháir aige, thar a bheith sean. Deirfiúr
arbh ar éigean a bhí lúth na gcos fanta aici. Chaith mé
an chuid eile den lá ina dhiaidh go dtí gur tháinig an
tráthnóna nuair a thosaigh na sráideanna á mbánú.

Rug sé orm nuair a bhain mé amach coirnéal a bhí sé i
ndiaidh a chasadh. Go tobann bhí a lámh i ngreim i mo
scornach agus an lámh eile ar mo chluas á fáscadh go
docht agus á casadh timpeall. De bhéic d'fhiafraigh sé
díom cén fáth a raibh mé á leanúint. Ní raibh mé in ann
focal a rá agus mé beagnach tachta aige. Ba léir gur cheap

sé go raibh mé chun é a robáil. Le lámh amháin fós i ngreim cluaise ionam thosaigh sé ag cuardach timpeall ar mo bhásta. Thug sé casadh uafásach do mo chluas a chuir na deora ag sileadh liom. Gunna a bhí sé a chuardach, a dúirt sé, nó scian. D'éirigh liom a rá nach raibh aon dochar i gceist agam, go raibh brón orm. Stop sé ag casadh mo chluaise. D'iarr sé orm airgead a thabhairt dó nó go stróicfeadh sé an chluas de mo leiceann.

Ach nuair a tharraing mé mo lámh ó mo phóca agus bonn sa bhos inti ní dhearna sé ach é a bhualadh go feargach go talamh leis an lámh a bhí tar éis scaoileadh le mo chluas. Airgead, a scréach sé, mo chuid airgid uile nó mharódh sé mé. Rith mé agus rith sé i mo dhiaidh. Ach theip ar na seanchosa. Ní fhaca mé arís é.

Fuair mé deoch i dteach óil uair amháin. Ní raibh ann ach go ndeachaigh mé isteach ann, d'ordaigh agus fuair í. Ba bheag nár cailleadh mé leis an iontas.

Sciorr mé isteach i ngan fhios don fhear a bhí mar gharda ag an doras. Sheas mé sna scáthanna taobh thiar den doras oscailte taobh istigh ag éisteacht agus ag gliúcaíocht amach. Bhí gleo beag cainte ann, treisithe anois is arís ag daoine ag scairteadh cúpla focal amach— ainmneacha deochanna, mar a thuig mé ar ball. Bhí cailín freastail ag siúl thart le tráidire ag cur deochanna síos ar na boird agus ag bailiú na ngloiní folmha, ag fanacht sa doras leathoscailte i lár an chuntair tar éis na horduithe a scairteadh amach. Formhór na ndaoine, ba ina seasamh ag an gcuntar a bhí siad, beirteanna agus daoine ina n-aonar ag comhrá go híseal gan chorraí nó ag ól go ciúin, ag scairteadh amach orduithe ó am go chéile.

Nuair a thug mé faoi deara duine ó cheann an chuntair ag imeacht thapaigh mé an deis chun siúl suas go sciobtha agus sleamhnú isteach sa bhearna. Scairt mé amach ainm na dí a chuala mé i mbéal fhormhór na gcustaiméirí. Ar an toirt d'ísligh mé mo shúile agus thosaigh ag cartadh i bpóca taobh istigh de mo chóta. Ar nós cuma liom, shíl mé. An chéad rud eile bhí gloine mhór lán curtha os mo chomhair. Tharraing mé nóta airgid as mo phóca agus shín amach é fad is a bhí mo lámh eile ag breith ar an deoch. Níor ghlac fear an tí an t-airgead ach d'fhan ansin in aice liom agus é ag caint go réasúnta ard. Agus mé ag baint cúpla bolgam as an deoch thuig mé gur liomsa a bhí sé ag caint. D'ardaigh mé mo shúile. Bhí sé crochta le huillinn amháin ar an gcuntar romham agus a shúile caite síos. Lean sé ar aghaidh agus gan aon bhagairt ina ghlór. An t-ábhar cainte a bhí aige níor thuig mé ach labhair mé cúpla focal leis mé féin, go ciúin, ag aontú leis nó ag cur ceisteanna beaga fánacha air, cúpla siolla a chuirfeadh in iúl dó go raibh mé ag éisteacht.

D'fhan sé tamall maith mar sin ag labhairt liom agus ag caitheamh sracfhéachaintí ó am go chéile timpeall ar na custaiméirí ag an gcuntar. D'imíodh sé uaim nuair a thugadh sé faoi deara duine ag an gcuntar ag ardú gloine fholamh, méar á síneadh síos inti mar chomhartha go raibh a hathlíonadh ag teastáil, sin nó nuair a chloiseadh sé duine ag scairteadh amach, le teann mífhoighne chonacthas dom, ainm na dí a bhí uathu. Ach d'fhilleadh sé ormsa i gcónaí chun leanúint leis an gcaint.

Nuair a bhí mo dheoch ólta d'iarr mé ceann eile. An ghloine a bhrú amach faoina shúile agus mo mhéar a shíneadh síos inti. Thug sé an ghloine leis, thóg an nóta

airgid a bhí fós i mo lámh agus ba ghearr go raibh deoch
eile agus sóinseáil romham. Lean sé air ag caint. Chaith
mé siar an dara deoch sciobtha go leor le go bhfaighinn
ceann eile ach nuair a d'imigh sé uaim chun ordú an
fhreastalaí a fháil níor fhill sé. D'fhan sé in aice le
duine ag ceann eile an chuntair, a shúile caite síos ag
caint agus ag caitheamh sracfhéachaintí timpeall ó am
go chéile.

Theip orm a aird a tharraingt orm chun an tríú deoch
a fháil. Ní raibh sé de mhisneach agam scairteadh
amach mar mhothaigh mé go raibh aird gach duine orm.

Duine den lucht déirce a bhí san aithriseoir.

D'fheictí í agus slua timpeall uirthi, cuid acu ag
scairteadh amach ainmneacha, daoine mór le rá, is
dócha, agus thosaíodh sí ag siúl anonn is anall, ag
geáitsíocht le lámha san aer agus cosa ag dul ó thaobh go
taobh, a héadan ag oibriú, súile agus malaí, béal agus
leicne i gcruthanna áibhéalacha, ag cur glórtha uirthi
féin agus cineál de dhíoscán tríothu, búireach, seabhrán,
gliogar.

Amanna dhéanadh sí aithris ar dhaoine ag siúl thairsti
gan aird ar bith acu uirthi, duine le hiompar ar leith,
ródhíreach, róchromtha, duine a chuirfeadh méar ina
chluas, a chíorfadh a chuid gruaige le cuimilt láimhe.
Leanadh sí an duine sin cúpla coiscéim ag cur cuma na
postúlachta, na mímhuiníne nó pé ar bith tréith é uirthi
féin. D'fhilleadh sí ar a lucht féachana chun seó gearr
míme a dhéanamh bunaithe ar thréith bheag
neamhchúiseach a léirigh an duine a bhí tar éis imeacht
leis síos an tsráid i ngan fhios.

Roghnaíodh sí duine a bhíodh ag breathnú isteach i

bhfuinneog shiopa, stoptha chun rud a cheannach ó na
mangairí sráide, nó fiú daoine óna lucht féachana a
mbíodh gáire nó bualadh bos ar leith acu. Sheasadh sí
in aice leo agus dhéanadh aithris orthu. Níl dabht ar
bith ach gurbh iontach an scil a bhí aici.   Ó
chéadaimsigh sí mise trí bhearna sa chiorcal timpeall
uirthi bheireadh sí orm i gcónaí. Ní ligeadh sí dom éalú
uaithi, ag seasamh os mo chomhair chun nach
n-imeoinn, ag léim timpeall orm chun mé a bhrú isteach
i lár an chiorcail. Thosaíodh sí ag aithris orm ansin, má
b'aithris í, ag siúl timpeall go mall stuama agus na lámha
ag luascadh—siúl sciobtha a bhíodh ag na daoine sna
sráideanna, agus a lámha ina bpócaí—cloigeann ag iontú
ar gach taobh, breathnú suas san aer, casadh timpeall,
siúl ar gcúl, ag tochas a cloiginn, béal tite oscailte, súile
leata. Stánadh sí isteach sna súile ar dhaoine—iad siúd
nach raibh spéaclaí dubha orthu d'iontaídís uaithi de
gheit ar nós gurbh í an drochshúil a bhí aici—bhaineadh
sé sin na rachtanna gáire óna lucht féachana. Dhéanadh
sí caint, priosláil, ardú ísliú glóir ar nós ceoil,
fuaimeanna tachtacha thíos ina scornach.

Scaoileadh sí liom faoi dheireadh chun go siúlfadh sí
thart leis an hata. Chloisinn í ag gabháil buíochais go
hard agus mé ag imeacht uaithi.   Ba chosúil gur
luachmhar an t-údar aithrise mé.

Dúirt an ceoltóir agus an file go ndearna sí an rud
ceannann céanna leosan. Rithidís nuair a d'fheicidís í.
Ach bhíodh suim agamsa ina lucht féachana, breathnú
ar agus éisteacht leis an ngáire—rud a bhí neamhghnách
sa chathair. D'aimsíodh sí i gcónaí mé agus ní fhéadainn
éalú. Ba mhór an náire dom é agus mé ag iarraidh mo
chuid éadaigh, mo shiúl, mo chuid cainte a athrú le nach
n-aithneofaí nach den chathair mé, go nglacfadh daoine

leis gur duine díobh féin mé. Nach dtabharfaí faoi deara mé, go mbeinn in ann dul sna háiteanna a raibh gach duine eile ag dul, na siopaí, na tithe óil, na tithe lóistín. Na pictiúrlanna, na hiarsmalanna, na gailearaithe. Suas ardaitheoirí sna foirgnimh arda le go mbeadh radharc agam ar na sráideanna uile. Ar bhusanna amach go sráideanna i bhfad amach a mbeadh daoine le feiceáil, eachtraí, nósanna nach bhfaca mé a leithéid riamh, nach féidir liom iad a shamhlú fiú.

D'inis an file dom faoin dán ab fhearr sa chathair.

Lá amháin bhí sé ag breathnú ar scáileán teilifíse i bhfuinneog shiopa ar fhear dall a bhí cúpla slat taobh thiar de. Ina sheasamh ar imeall an chosáin a bhí sé, a bhata bán ag bualadh síos de chliceanna agus é ag fiafraí cá raibh sráid áirithe. Na daoine a bhí ag siúl thairis níor thug siad aon fhreagra air.

Thug an file faoi deara ansin go raibh bean tar éis seasamh in aice leis chun breathnú isteach san fhuinneog. Chonaic sé í ag breathnú airsean ansin, síos aníos cúpla uair. Ansin ar thaobh a éadain. Ansin bhreathnaigh sí san áit a raibh a shúile dírithe. Ar an scáileán. D'fhan sí ansin, tamaillín, ag breathnú. Ansin, gan a súile a bhaint den scáileán, thóg sí coiscéim níos gaire dó. Chonaic sé go raibh muinchillí a gcótaí buailte le chéile, dá mbogfadh sé a uillinn amach beagán go n-aireodh sé an teagmháil lena huillinn féin. Bhí sí thart ar a aois féin, gruaig fhada dhonn, srón bheag thanaí, a liopa íochtarach ag gobadh amach beagán. Dathúil. D'fhan sé mar sin ag breathnú uirthi, síos aníos, ar a héadan agus ar a súile, tamaillín.

D'ardaigh sí a cloigeann agus bhreathnaigh sí suas

thar a chloigeann féin. Thuig sé go raibh sí ag breathnú
isteach i lionsa an cheamara a bhí crochta os cionn
dhoras an tsiopa ar an taobh eile de. Bhí a súile gorma
ag breathnú díreach isteach ina shúile féin. Bhain sé
stad as, ar nós teagmhála súl i scáthán, ach níor bhain sé
a shúile ón scáileán. D'fhan siad mar sin tamaillín.

D'ísligh sí a cloigeann agus bhreathnaigh isteach sa
scáileán arís. Thóg an file a shúile den scáileán agus
bhreathnaigh suas, isteach i súil an cheamara. D'fhan
mar sin tamaillín. Ansin d'airigh sé lámh ag fáscadh ar
a uillinn. Gheit a chroí.

An fear dall a bhí ann. Ní raibh an bhean le feiceáil
áit ar bith. Thug sé faoi deara gur fo-éadaí ban a bhí san
fhuinneog. D'fhiafraigh an fear dall de cá raibh sráid
áirithe. Ghabh an file a leithscéal, dúirt nach raibh a
fhios aige, gur strainséir é. Rinne an fear dall sciotaíl,
dúirt sé gur chuma, nach raibh sé ach ag iarraidh glór a
chloisteáil, duine a labhródh cúpla focal leis. D'imigh sé
leis síos an tsráid.

Dúirt an file liom gur dán a bhí ann. Dán nach raibh
sé in ann na gnéithe de a cheangal le chéile i gceart, na
meafair a dhíscaoileadh, na mothúcháin a thuiscint. Ach
dán a bhí ann, é chomh glan simplí dó scaití, ach nuair a
dhéanfadh sé iarracht na focail a chloisteáil go dtéadh an
t-iomlán in aimhréidh. Dán, b'fhéidir, nach féidir é a
aithris i bhfocail. An fear dall, an bhean, é féin, na súile,
fo-éadaí, an fear dall nach raibh ach ag iarraidh
teagmháil ghlóir a dhéanamh. Dán.

Bhí droichead áirithe ann thar abhainn na cathrach.
Gan siopaí ar bith ar na sráideanna thart timpeall air ach
foirgnimh arda fhuinneogacha. Sa lá bhíodh carranna

páirceáilte ar dhá thaobh na sráideanna, bualadh mór daoine thart ar maidin, ag am lóin agus go luath sa tráthnóna. Bhíodh na mílte mílte carr ag dul thar an droichead sin go dtí go dtagadh an tráthnóna. Ansin bhíodh na sráideanna uile bánaithe, gan ach an corrcharr, an fíorchorrdhuine le feiceáil arís go maidin.

Faoin droichead seo a chaitheadh muid na hoícheanta. Bhí cineál de sheilf chloiche faoi a raibh muid in ann síneadh amach ann agus an droichead os ár gcionn. Áit a thugadh foscadh ón aimsir dúinn, a chuireadh i bhfolach muid ó chontúirt na hoíche. Bhíodh muid ag caint air seo is air siúd, bhíodh an file ag aithris dánta, an ceoltóir ag baint ceoil as rudaí fánacha, buidéil phlaisteacha, cannaí stáin, bruscar a bheadh ag imeacht le sruth na habhann in aice linn. Mé féin ag insint scéalta. Agus bhíodh muid ag ól.

Bhíodh buidéal mór acmhainneach ag dul ó dhuine go duine eadrainn. Chuireadh an t-ól ag comhrá nó ag rámhaillí muid, ag canadh nó ag scréachaíl, ag gáire nó ag caoineadh. D'athraíodh sé díospóireacht go hachrann, dhéanadh muid muintearas le chéile, bhíodh droch-chroí againn dá chéile. Bhíodh muid tinn le linn dúinn bheith ag ól nó ina dhiaidh agus na buidéil fholmha caite san abhainn. Ar maidin bhíodh pianta orainn, leisce, tart uafásach, muid scrúdaithe ag torann an tráchta sráide os ár gcionn, aiféala orainn as an íde a thabhairt dár gcolainneacha, ár sláinte a chur i mbaol agus am a chur amú. Ach an lá ina dhiaidh sin, cé gur thuig muid an chontúirt, cheannaíodh muid tuilleadh buidéal, dá mb'fhéidir é. Níl a fhios agam cén fáth.

Phléadh muid cúrsaí an lae, gach a bhfaca muid, gach ar chuala muid. An lucht déirce agus a mbealaí aisteacha, sráideanna beaga agus móra, fada agus gearra, leathana agus cúnga, a bpearsantacht féin acu uile. Siopaí éagsúla le hearraí éagsúla, iad siúd a raibh cead isteach againn iontu, iad siúd nach raibh. Eachtraí ar an tsráid a ndearna muid iarracht meabhair a bhaint astu. Iontas ar fad orainn faoi shaol na ndaoine sa chathair nár labhair le chéile, a raibh drogall orthu breathnú isteach sna súile ar a chéile. Cosúil le pobal a raibh tubaiste ollmhór tar éis tarlú dóibh a d'fhág a gcuid beannachtaí gan bhrí, tubaiste a bhain le gach duine sa chaoi gur sheachain siad an caidreamh súl mar nach gcuirfeadh sé in iúl ach saghas náire faoi fhuarchúis na beatha ar chuma léi fúthu, daoine i ngreim daingean uirthi go dtí go gcroithfeadh sí í féin agus go dtitfidís, básaithe.

Lá amháin shiúil muid go dtí an stáisiún, cheannaigh muid ticéid agus shuigh isteach ar an traein. Ní raibh focal le rá ag duine ar bith againn. Tocht orainn, is dóigh, agus deireadh lenár gcuairt ar an gcathair, na mothúcháin coinnithe faoi chois ag póit na maidine.

De phreab mhall thosaigh an traein ag fágáil an stáisiúin. Bhí traenacha eile le feiceáil i ngach áit, páirceáilte ar leataobh, á nglanadh agus fir faoi chótaí geala ina seasamh ar na ráillí ag breathnú orthu, ceann ag teacht isteach díreach in aice linn agus na daoine ina seasamh cheana féin chun a málaí a bhaint anuas ó na seilfeanna os a gcionn. Ansin gan ach ballaí arda ar an dá thaobh orainn. Bhí an traein ag dul níos sciobtha. Lean muid orainn ag breathnú amach. Aghaidheanna móra coincréite ag imeacht siar uainn, lom ach paistí beaga daite anois is arís, *graffiti* a d'imigh tharainn chomh sciobtha nárbh fhéidir iad a léamh. Ó am go

chéile théadh muid faoi dhroichead. Go tobann cheiltí
solas an lae, meandar ina bhfeictí an triúr againn inár suí
i suíochán ar thraein ag breathnú ar scáileanna a chéile
san fhuinneog.

Inár gcodladh a bhí muid. Dhúisigh muid agus an
traein stoptha ag stáisiún beag tuaithe. Bean a bhí tar éis
teacht ar an traein ag barr an charráiste, fear ar an ardán
ar an taobh eile dínn agus é ag fágáil slán léi. Thosaigh
sí ag siúl anuas idir na suíocháin ag breathnú amach
agus an fear ag rá cúpla focal leis an bpáiste ina
bhaclainn, ag croitheadh láimhe léi, an páiste ag aithris
air. Agus an traein tosaithe arís chaith sí í féin síos sa
suíochán ar an taobh eile dínn. Chroith sí lámh agus
choinnigh ag breathnú amach an fhuinneog go ceann
tamaill. Ansin bhain sí nuachtán amach óna hascaill
agus chrom ar é a léamh. Tar éis cúpla soicind
bhreathnaigh sí ar an triúr againn. Chuimhnigh mé go
raibh cuma shalach orainn. Ach ansin tháinig
meangadh gáire uirthi, a súile ag dul ó dhuine go duine
againn. Ar nós an dúchais trí shúile an chait sméid muid
na cloigne uirthi. Lean sí uirthi ag léamh.

B'ansin a thuig muid céard a bheadh i ndán dúinn sa
bhaile. Ní raibh fágtha againn ach na bréaga.